LA BIBLIOTECA DE LOS NUEVOS COMIENZOS

MICHIKO AOYAMA

LA BIBLIOTECA
DE LOS
NUEVOS COMIENZOS

Traducción de Marta Morros Serret

 Planeta

Obra editada en colaboración con Editorial Planeta – España

Título original: お探し物は図書室まで (OSAGASHIMONO WA TOSHOSHITSU MADE)

© Michiko Aoyama, 2020
All rights reserved
First published in Japan in 2020 by POPLAR Publishing Co., Ltd.
Spanish language translation rights arranged with POPLAR Publishing Co., Ltd., through The English Agency (Japan) Ltd and New River Literary Ltd.

© por la traducción, Marta Morros Serret, 2023
© de las imágenes del interior, Shutterstock
Composición: Realización Planeta

© 2023, Editorial Planeta, S. A. – Barcelona, España

Derechos reservados

© 2024, Editorial Planeta Mexicana, S.A. de C.V.
Bajo el sello editorial PLANETA M.R.
Avenida Presidente Masarik núm. 111,
Piso 2, Polanco V Sección, Miguel Hidalgo
C.P. 11560, Ciudad de México
www.planetadelibros.com.mx

Primera edición impresa en España: septiembre de 2023
ISBN: 978-84-08-27718-7

Primera edición en formato epub: enero de 2024
ISBN: 978-607-39-0941-9

Primera edición impresa en México: enero de 2024
ISBN: 978-607-39-0914-3

Impreso en los talleres de Impresora Tauro, S.A. de C.V.
Av. Año de Juárez 343, Col. Granjas San Antonio,
Iztapalapa, C.P. 09070, Ciudad de México
Impreso y hecho en México / *Printed in Mexico*

CAPÍTULO 1

TOMOKA, VEINTIÚN AÑOS, DEPENDIENTA EN UNA TIENDA DE ROPA DE MUJER

Recibí un mensaje de Saya por Line en el que me anunciaba que tenía novio. Le pregunté cómo era, pero ella se limitó a responderme: «Es médico».

Yo le había preguntado por él como persona, pero ella había eludido referirse a su forma de ser o a su aspecto físico para mencionar directamente su profesión, aunque médicos debe de haber de muchos tipos.

No obstante, seguramente Saya me lo había dicho para que yo entendiera qué clase de persona era, como si la profesión describiera el carácter de uno. A decir verdad, al comentarme que era médico, en cierta medida me imaginé cómo sería según la imagen estereotipada y subjetiva que yo misma me había creado de su profesión.

Me pregunté qué personalidad debía de proyectar mi trabajo a ojos de los demás. ¿Qué debía de decir de mí a las personas que no me conocen?

En el fondo de pantalla azul celeste de mi teléfono, la conversación sobre ese nuevo novio que había conocido en una cita múltiple de solteros fue avanzando poco a poco.

Saya era del mismo pueblo que yo. Éramos amigas desde la preparatoria y, aunque al terminar yo me fuera a Tokio a estudiar una carrera profesional y después me quedara a trabajar ahí, ella todavía seguía contactando conmigo de vez en cuando.

«¿Cómo va todo últimamente, Tomoka?»

Tras leer ese mensaje, mis dedos se detuvieron unos instantes. No tenía novedades. Empecé a escribir «Todo» y el autocorrector me sugirió un «Todo bien», así que eso fue lo que le mandé, pero en realidad lo que quería responderle era un «Todo me aburre».

Trabajaba en Edén, unos grandes almacenes con nombre de paraíso en los que me pasaba los días atendiendo a clientas y cobrando en la caja, vestida con una falda de tubo y un chaleco negros. Así había transcurrido la primavera, el verano y el otoño, y transcurriría también el invierno, que estaba a la vuelta de la esquina. El medio año que llevaba trabajando ahí desde que había terminado el grado de formación profesional se me había pasado volando.

Era noviembre y la calefacción estaba encendida. Los zapatos me quedaban estrechos y sentía los calcetines mojados en la punta de los pies. Los dedos me sudaban de lo apretujados que los tenía.

Todas las mujeres que trabajan con uniforme van vestidas más o menos igual, pero las dependientas de Edén se caracterizaban por llevar una blusa de color rosa coral que tendía a naranja melocotón. Durante el periodo de formación me habían contado que para escoger dicho color habían contratado a un famoso experto en la materia. Al parecer, una de las razones que dio para elegirlo fue que es

8

un color luminoso y dulce, y que, además, «favorece a las mujeres de todas las edades», argumento que me convenció del todo tras empezar a trabajar ahí.

—Fujiki, ya estoy de vuelta. Ahora te toca a ti descansar —me dijo la señora Numauchi, una de las empleadas de medio tiempo, que había regresado a la caja con los labios brillantes después de habérselos retocado.

Yo era nueva en el Departamento de Ropa de Mujer, mientras que la señora Numauchi era una gran veterana, con doce años de experiencia en el puesto.

—Acabo de cumplir años e hice un número capicúa —me había comentado el mes anterior.

No podía tener ni cuarenta y cuatro ni sesenta y seis, así que debían de ser cincuenta y cinco. Más o menos como mi madre.

Aquella blusa de color rosa coral realmente favorecía mucho a la señora Numauchi. Sin duda la habían elegido teniendo en cuenta la elevada cantidad de mujeres de cierta edad que trabajaban medio tiempo en estos grandes almacenes.

—Últimamente siempre llegas en el límite. Pon atención en eso —me dijo.

—Lo siento...

Entre las empleadas de medio tiempo, la señora Numauchi era una líder nata y se comportaba como si fuera miembro de alguna comisión disciplinaria. A veces era de lo más puntillosa, pero tenía razón en todo lo que decía, así que tampoco podía quejarme.

—Bueno, ¡a trabajar!

Dediqué una ligera reverencia a la señora Numauchi y

salí de detrás de la caja. Al pasar junto a unas prendas de ropa, me di cuenta de que estaban desordenadas e hice ademán de colocarlas bien, pero en ese momento oí que alguien me decía:

—Disculpa...

Volteé y me encontré con una mujer más o menos de la misma edad que la señora Numauchi. Llevaba el rostro sin maquillar, un abrigo viejo y una mochila colgada.

—¿Cuál crees que es mejor?

La clienta sujetaba un suéter en cada mano. Uno era rosa fucsia con el cuello en V, y el otro, café y de cuello alto.

A diferencia de las *boutiques* de moda, en Edén no nos dirigíamos a las clientas por iniciativa propia, lo cual era de agradecer; pero, como es natural, si nos preguntaban, debíamos responder. Ojalá no me hubiera detenido a ordenar la ropa y hubiera ido a descansar directamente.

—A ver, pues... —dije mientras pensaba para mis adentros y comparaba los suéteres—. Yo diría que este, ¿no le parece? —respondí señalando el de color fucsia—. Es más alegre.

—¿Tú crees? ¿No es demasiado llamativo para mí?

—No, para nada. Pero si prefiere un color más discreto, entonces mejor el café. También irá más calientita con el cuello alto.

—Pero este me parece un poco sobrio, quizá.

La conversación prosiguió sin llegar a ningún lado.

—¿Por qué no se los prueba? —le pregunté, pero me respondió que no, que le daba pereza.

Yo reprimí un suspiro y señalé el suéter fucsia.

—En mi opinión, este color es más bonito y va más con usted —dije, y por fin el ambiente se distendió.

—¿Ah, sí?

La clienta vio el suéter fucsia fijamente y después levantó la cabeza.

—De acuerdo, me quedaré con este entonces.

La mujer se formó en la caja. Yo doblé el suéter café de cuello alto y volví a colocarlo en su lugar. Acababa de perder quince minutos de los cuarenta y cinco que tenía de descanso. Salí por la puerta de atrás, reservada para empleados, y me crucé con una dependienta de una tienda de una marca de ropa para gente joven. Llevaba una elegante falda plisada con un estampado de color blanco y verde aceitunado que ondeaba al aire.

A pesar de trabajar en el mismo piso de ropa que yo, a mi parecer las chicas de las tiendas de ropa de marca vestían con más estilo. Sería porque las hacían ponerse prendas de sus propias tiendas. Gracias a ellas, que llevaban blusas de mezclilla y el pelo ondulado y recogido, Edén parecía más moderno.

Pasé un momento por mi casillero, agarré la bolsa cuadrada de vinilo que uso para el almuerzo y me dirigí hacia el comedor, que era de uso exclusivo para el personal.

El menú ofrecía fideos *soba* y *udon*, arroz con curri o un plato que cambiaba todas las semanas con algo frito y una guarnición. En el pasado solía pedirme uno de esos platos, pero en cierta ocasión tuve un encontronazo con la señora que los sirve porque se equivocó al hacer el pedido, y desde entonces se me quitaron las ganas de comerlos. Así que solía comprar un sándwich en una tienda abierta las veinticuatro horas que me queda de camino al trabajo.

En el comedor el rosa coral lucía por doquier, pero también se veía alguna que otra camisa blanca del personal masculino y alguna pieza extranjera de las tiendas de marca.

Oí unas risas escandalosas provenientes de una mesa muy cercana. Era un grupo de cuatro empleadas de medio tiempo. Las mujeres, vestidas de uniforme, hablaban animadamente sobre sus maridos e hijos. Parecía que se estaban divirtiendo. A ojos de las clientas, esas mujeres y yo debíamos de ser iguales, del mismo «equipo rosa coral», pero, a decir verdad, a mí esas mujeres me daban miedo. Tuve la impresión de que yo estaba en desventaja. De modo que decidí que lo mejor que podía hacer era no discutir. Quizá... me había equivocado.

Había pedido trabajo en Edén por una única razón: porque alguien me propuso que lo hiciera. Y, por algún motivo que desconozco, me aceptaron. También me había presentado a otros puestos, pero no creía que yo valiera para mucho y me convencí de entrar en el primer lugar donde me quisieran.

Cuando me notificaron que me habían concedido el puesto en Edén, estaba exhausta porque había solicitado trabajo en una treintena de empresas, así que acepté con gusto el puesto y dejé de buscar empleo. Para mí lo más importante en ese momento era poder seguir viviendo en Tokio.

Ahora bien, tampoco es que albergara ningún gran sueño que quisiera cumplir en Tokio. Quizá, más que permanecer en la ciudad, lo que sin duda deseaba era no tener que regresar al pueblo.

De Tokio a mi remoto pueblo natal había un sinfín de campos de arroz. La única tienda abierta las veinticuatro horas, que se encontraba en la calle principal del pueblo, estaba a quince minutos en coche de mi casa. Ahí las revistas llegaban con varios días de retraso y no había cines ni grandes almacenes, como tampoco restaurantes propiamente dichos, puesto que los mejores lugares a los que se podía ir a comer y a beber solo disponían de un único plato fijo. Todo esto hizo que en la época escolar empezara a aborrecer el pueblo y quisiera irme de ahí lo antes posible.

Las series de los únicos cuatro canales de televisión que tenía influyeron mucho en mí. Pensé que el simple hecho de irme a Tokio haría que encontrara mi lugar y que viviría una vida llena de glamur y de aventuras como las actrices. Por esta razón decidí estudiar con ahínco y presentarme a las pruebas de ingreso en un centro de formación profesional de Tokio.

Al llegar a la capital, rápidamente me di cuenta de que aquello no era más que una mera fantasía, pero que hubiera una tienda abierta las veinticuatro horas a cinco minutos a pie desde dondequiera que estuviera y que siempre pasara un tren cada tres minutos, para mí hacía que Tokio fuera, sin duda, un lugar de ensueño. Para empezar, porque tanto los artículos de primera necesidad como la comida preparada eran fáciles de encontrar en todas partes. Me había acostumbrado completamente a una vida llena de comodidades. De las distintas tiendas de Edén que había en la región de Kantō, la mía se encontraba a tan solo una estación de tren de mi casa, así que lo tenía fácil para desplazarme.

No obstante, de vez en cuando me asaltaba una duda profunda: ¿qué iba a ser de mí en el futuro?

Tanto el impulso entusiasta con el que había decidido trasladarme a Tokio como el fervor que sentí una vez realizado mi sueño se habían desvanecido como una burbuja de jabón.

Casi no había nadie de mi pueblo que hubiera ido a estudiar a Tokio. Todo el mundo me decía que era increíble y yo a menudo me llenaba de orgullo, pero al final nada había sido tan increíble como me había imaginado.

No había nada que realmente deseara hacer ni que me llenara, tampoco tenía novio; a lo único a lo que aspiraba era a no vivir una vida miserable, y si volvía al pueblo no tendría nada que hacer ahí.

Pensaba que mi vida se reduciría a seguir trabajando en Edén y a envejecer. Sin objetivos ni sueños, mi cuerpo se marchitaría vestido de rosa coral. Como no tenía descanso los fines de semana, no había hecho amigos ni conseguía tener novio, pero me temía que no era la única razón.

Tenía que cambiar de trabajo.

Esas eran las palabras que solían rondarme por la cabeza. Pero ello requería hacer un esfuerzo monumental y no hallaba las fuerzas para dar el paso. Eso era, me faltaban fuerzas en general. El simple hecho de pensar en redactar un currículo me detenía.

Para empezar, Edén había sido el único lugar en el que me habían querido después de terminar mis estudios, y me preguntaba si a estas alturas habría algún trabajo para mí.

—¡Hola, Tomoka! —me saludó Kiriyama mientras se acercaba con una charola en las manos.

Kiriyama era el chico de una tienda de lentes de la marca ZAZ. Tenía veinticinco años, cuatro más que yo, y era el único con el que podía hablar con franqueza ahí.

Kiriyama había llegado hacía cuatro meses. Como era empleado de ZAZ y no de Edén, de vez en cuando le pedían que fuera de refuerzo a otras tiendas de la marca y hacía tiempo que no hablábamos.

En la charola llevaba unos camarones fritos y unos fideos *udon* con carne. A pesar de que era delgado, Kiriyama comía mucho.

—¿Puedo sentarme aquí?

—Sí.

Se puso delante de mí. Llevaba unos lentes redondos de armazón fino que le quedaban muy bien y transmitía calidez en la mirada. A mi parecer, el trabajo le iba como anillo al dedo. De hecho, si no me equivocaba, en cierta ocasión oí decir que había dejado su anterior empleo para empezar a trabajar en ZAZ.

—Kiriyama, ¿a qué te dedicabas antes?

—¿Eh? ¿Yo? Trabajaba en el sector editorial, para revistas. Escribía artículos, los editaba y esas cosas.

—¡Vaya!

Me quedé pasmada. No sabía que había trabajado en el mundo editorial. De repente vi al amable y cercano Kiriyama como un chico bien informado, un intelectual. Aquello me hizo pensar en que las profesiones anteriores también marcan la imagen de las personas.

—¿Por qué te sorprende?

15

—Hombre, es un trabajo increíble, ¿no?

Kiriyama esbozó una sonrisa y a continuación sorbió unos fideos.

—Trabajar en una tienda de lentes también es un trabajo increíble.

—Tienes razón.

Yo también sonreí y después di un mordisco al bocadillo de salchicha.

—Tomoka, dices mucho la palabra *increíble*.

—¿Eh? ¿Tú crees?

Quizá sí.

Creí recordar que en la conversación que había mantenido con Saya sobre su novio le había contestado varias veces con un *increíble*. Pero ¿qué era lo que me parecía tan increíble? ¿Que alguien tuviera un talento especial o vastos conocimientos sobre algo? ¿Lo que no todo el mundo es capaz de hacer?

—Al final, quién sabe si acabaré en Edén... —murmuré mientras daba un sorbo a mi licuado de fresa.

Kiriyama arqueó una ceja.

—¿Qué te pasa? ¿Quieres cambiar de trabajo?

—Sí... Bueno, es algo en lo que pienso últimamente —respondí en voz baja tras dudar unos instantes.

—¿Quieres seguir trabajando frente al público?

—No, me gustaría que mi siguiente trabajo fuera de oficina. Quisiera poder ir vestida como quiera, tener los fines de semana libres, mi propio escritorio, comer con mis compañeros en una cafetería cercana al trabajo y quejarme de mi jefe en la cocina de la oficina.

—Todo eso no dice nada del trabajo en sí...

16

Kiriyama se rio entre dientes. La verdad es que ni yo misma sabía qué tipo de trabajo quería. Qué le voy a hacer.

—Tomoka, si te esfuerzas durante unos años como empleada, quizá te puedan trasladar a la central, ¿no crees?

—En eso tienes razón, pero...

En Edén los empleados empezaban trabajando durante tres años frente al público y, tras adquirir experiencia, se podía solicitar un cambio de trayectoria profesional en la central si se deseaba. En el Departamento de Asuntos Generales, en el de Recursos Humanos o de Desarrollo, en el Servicio de Atención al Cliente o en el Departamento de Organización de Actos. A eso yo lo llamaba «trabajo de oficina».

Aunque también había oído decir que la central atendía las peticiones de cambios en raras ocasiones. Lo más común era que, una vez adquirida cierta experiencia, se obtuviera una promoción como jefe de departamento. Mi superior, el señor Ueshima, no deslumbraba por su motivación. Tenía treinta y cinco años y llevaba cinco como jefe del departamento. Cuando lo observaba, pensaba que en el mejor de los casos acabaría como él. Aunque aquello fuera un ascenso, el trabajo en sí tampoco cambiaba tanto, sino que simplemente se tenían más responsabilidades, sobre todo la de coordinar a los empleados que trabajaban medio tiempo. Me estremecía solo de pensarlo. Me subirían el salario un poco, pero me faltaba confianza en mí misma.

—¿Cómo encontraste el trabajo en ZAZ? —le pregunté a Kiriyama.

—Me inscribí en una página web para cambiar de empleo. Me llegaron muchísimas ofertas entre las que elegir.

Kiriyama me mostró la página web en su teléfono.

Introducías el tipo de trabajo que deseabas hacer, tu experiencia y aptitudes, y ellos te mandaban por correo las ofertas que se ajustaban más a tu perfil. El formulario de inscripción era bastante detallado. Te pedían todo tipo de información: tu puntuación en el TOEIC, si tenías licencia de manejo... Y había que ir marcando unas casillas.

—Yo no tengo aptitudes, y solo cuento con el tercer nivel de inglés.

Pensé que ya podría haber sacado al menos la licencia de manejo. La gente del pueblo necesitaba el coche en su día a día y se apuntaba a la escuela de manejo al terminar la preparatoria durante las vacaciones de primavera. Pero, como yo había decidido mudarme a Tokio, pensé que no lo necesitaría y me dediqué a holgazanear. En cuanto al inglés, en la escuela nos habían medio obligado a terminar el tercer nivel, pero tampoco servía de mucho.

A medida que avanzabas en el formulario de inscripción, la lista de conocimientos era todavía más detallada: Word, Excel, PowerPoint y otros programas de los que no tenía ni idea.

Lo que sí que tenía era una laptop, que había usado a lo largo de mis estudios para escribir informes y el trabajo final de año. Pero desde que había empezado a trabajar, entre que ya no tenía que redactar ese tipo de documentos, que de repente se me había descompuesto el *router* y que no había comprado uno nuevo porque, por un lado, me había dado pereza y, por otro, no sabía cómo conectarlo al wifi, no había encendido la laptop desde entonces. Además, aunque no pudiera usar la computadora, más o menos lo podía hacer todo con el celular.

—En Word todavía podría escribir algo, pero de Excel no tengo ni idea.

—Si quieres trabajar en una oficina, te convendría saber usarlo también.

—Pero las escuelas de computación son caras.

Entonces Kiriyama dijo algo que me sorprendió:

—No es necesario ir a una escuela de computación. En los centros culturales, por ejemplo, también dan muchos cursos de computación. Son baratos, para la gente del vecindario.

—¿De verdad?

Mientras enrollaba la bolsa del bocadillo, que me acababa de terminar, vi mi reloj; ya solo me quedaban diez minutos. Todavía quería ir al baño y si no me presentaba en mi puesto tres minutos antes de mi hora, la señora Numauchi se molestaría conmigo.

Sorbí el último trago del licuado de fresa y me levanté de la silla.

Aquella noche, introduje en mi teléfono «vecindario de Hatori», donde vivo, «residentes» y «cursos de computación» y me sorprendió la cantidad de resultados que aparecieron. No tenía ni idea de que hubiera tantos.

Me llamó la atención el centro cultural Hatori. Vi dónde se encontraba y lo tenía muy cerca de casa. Era parte de una escuela primaria que estaba a menos de diez minutos a pie. Estudié con atención su página web y vi que organizaban todo tipo de actos y cursos: de ajedrez, haiku, gimnasia rítmica, danza hawaiana, gimnasia para mejorar la salud, y también cursos de arreglos florales y otros talleres. Podías inscribirte siempre y cuando fueras del vecindario. No sabía que en la escuela primaria tuvieran algo así. En los casi tres años que llevaba viviendo en este departamento, jamás había oído hablar de dicho lugar.

Los cursos de computación se impartían en una sala de juntas, y podías llevar una laptop propia o pedir una prestada. La clase costaba dos mil yenes y se impartía los miércoles de dos a cuatro de la tarde. Eran clases con atención personalizada a las que podías asistir cuando tenías disponibilidad. Por suerte no eran los sábados y aquella semana tenía libre precisamente el miércoles.

Clases aptas para principiantes. Ideal para aquellos que quieran aprender a su propio ritmo. El profesor ofrece orientación personalizada. Se puede aprender desde a usar Word o Excel hasta crear páginas web y programar. Imparte: Gonno.

Me vi capaz de tomar un curso con esas características.

Llené el formulario de inscripción y lo mandé. A pesar de que todavía no había ni empezado, me imaginé dominando Excel y me emocioné como hacía tiempo que no me emocionaba.

Dos días más tarde, llegado el miércoles, agarré la computadora y me encaminé hacia la escuela primaria.

Según el mapa informativo de la página web, había un pasaje estrecho que rodeaba la barda de la escuela y por la que, al parecer, se accedía al centro. Era un edificio blanco de dos pisos. Tenía una puerta de cristal con un techo bajo parecido a un toldo del que colgaba un pequeño cartel en el que decía: CENTRO CULTURAL HATORI.

Abrí la puerta. Al entrar, me topé con el mostrador de la recepción, en el que se encontraba un señor mayor con una abundante cabellera blanca. Al fondo, en una oficina, una señora que llevaba la cabeza cubierta con un pañuelo escribía algo en su escritorio.

—Disculpe, vine para la clase de computación —le dije al anciano.

—Bien, anota ahí tus datos. La clase tendrá lugar en el salón A.

El señor señaló un portapapeles que había encima del mostrador y que contenía una lista de registro donde los visitantes tenían que escribir el nombre, el propósito y las horas de entrada y salida.

El salón A se ubicaba en la planta baja. Pasando la recepción, había que cruzar un espacio parecido a un vestíbulo, dar vuelta a la derecha y ahí estaba el salón. La puerta corrediza estaba abierta, así que observé desde fuera. Dentro había una chica de pelo esponjoso que era un poco mayor que yo y un anciano de facciones angulosas. Estaban sentados de frente a las computadoras encendidas en unas mesas largas enfrentadas.

Yo pensaba que el que impartía el curso era un hombre, pero en realidad se trataba de una mujer de unos cincuenta años: la señora Gonno.

—Me llamo Tomoko Fujiki —me presenté.

La profesora Gonno me respondió con una sonrisa sincera:

—Puedes sentarte donde más te guste.

Me situé en la silla del final de la mesa en la que estaba sentada la chica. Tanto el anciano como la chica siguieron sumidos en sus quehaceres, sin prestarme atención.

Abrí la laptop que había llevado. Como hacía mucho que no la encendía, la había probado antes en casa por si acaso. Al principio le costó arrancar, pero después funcionó sin que me diera ningún tipo de problema.

No obstante, como siempre utilizaba el teléfono, me costó horrores usar el teclado. Pensé que quizá también debía practicar mi mecanografía en Word.

—Fujiki, quieres aprender a usar Excel, ¿verdad?

Supongo que me preguntó aquello porque era lo que había puesto en el formulario. La señora Gonno observó mi computadora.

—Sí, pero esta computadora no tiene Excel.

Ella echó un vistazo a la pantalla y movió el ratón con delicadeza.

—Sí tiene. Te lo pondré en el escritorio, ¿de acuerdo?

En una esquina de la pantalla apareció un icono cuadrado de color verde con la X de Excel. Qué sorpresa me llevé al saber que la computadora lo tenía escondido.

—Como parece que puedes usar Word, pensé que quizá tuvieras instalado Office.

¿Que quizá tenía instalado Office? No entendí qué quería decir con aquello, pero me alegré de que así fuera. En ese momento recordé que, cuando era estudiante, como había sido incapaz de instalar el programa yo sola, un amigo lo había hecho por mí. Así son las cosas cuando te las hacen otros.

Tras aquello, la profesora estuvo dos horas enseñándome a utilizar Excel desde cero. Se pasó la clase yendo y viniendo desde donde se encontraban los otros dos alumnos para prestarme especial atención a mí, la nueva.

Lo que más me sorprendió de todo fue que con solo pulsar una tecla se pudiera obtener la suma de un sinfín de casillas previamente seleccionadas. Al ver que existía una función tan útil, solté una exclamación de sorpresa y la profesora se rio.

Mientras ponía en práctica las instrucciones que me daba, oía las conversaciones que mantenía con los otros alumnos. Al parecer, ambos habían asistido ya a diversas clases. El anciano estaba creando una página web sobre flores silvestres y la chica quería abrir una tienda en línea.

Pensé que, mientras yo me estaba pudriendo poco a poco por dentro, en aquella habitación tan pequeña tenía bien cerca a dos personas que estaban aprendiendo algo de un modo proactivo, y me sentí todavía más miserable.

Cuando se acercaba el final de la clase, la profesora me dijo:

—No solemos usar ningún libro en particular, pero yo recomiendo este manual. No es necesario que uses este en concreto, también puedes ir a una librería o biblioteca y llevarte uno que te resulte fácil de seguir tú sola.

Me ofreció un libro de computación con una sonrisa.

—En este centro también disponemos de una biblioteca.

Una biblioteca.

Aquellas palabras resonaron en mis oídos con una suavidad que me devolvió a mi época escolar. Una biblioteca.

—¿Puedo llevarme libros prestados?

—Sí. Si eres del vecindario, puedes llevarte un máximo de seis. Si no me equivoco, el periodo de préstamo es de dos semanas.

El anciano llamó a la profesora y ella se dirigió hacia él.

Anoté el nombre del libro que me había recomendado, apagué la computadora y salí del salón.

La biblioteca se encontraba al final de la planta baja, después de dos salas de juntas y una estancia con tatami, al lado de una habitación que parecía una cocina.

En la pared de la entrada había un cartel que indicaba que aquello era la biblioteca, y la puerta corrediza estaba abierta de par en par.

Asomé la cabeza y vi que el salón tenía el tamaño de un aula de escuela y que se encontraba repleto de libreros. El mostrador estaba situado entrando a la izquierda. En una esquina había otro cartel en el que se leía: PRÉSTAMOS/DE-VOLUCIONES.

Una chica menuda que llevaba un delantal azul marino estaba devolviendo un libro de bolsillo a un librero ubicado justo enfrente del mostrador.

Me dirigí a ella con determinación:

—Disculpa, ¿dónde están los libros de computación?

La chica levantó la cabeza con rapidez. Tenía los ojos sorprendentemente grandes y era tan joven que parecía una estudiante de preparatoria. La punta de la cola de caballo se le movía con un vaivén. En su gafete decía que se llamaba Nozomi Morinaga.

—¿Los libros de computación, dices? Por aquí.

Cargada con varios libros, me condujo hasta un gran librero que se extendía a lo largo de una pared junto a una mesa de lectura.

Computación, idiomas, títulos. Los libros estaban separados por secciones para que fueran fáciles de encontrar.

—Muchas gracias.

Dirigí la mirada hacia el librero y Nozomi me comentó con una sonrisa:

—Si tienes alguna consulta en concreto, la bibliotecaria está ahí al fondo.

—¿Alguna consulta?

—Sí. Si nos dices qué libro quieres, te lo buscaremos.

—Muchas gracias.

Dediqué una ligera reverencia a Nozomi y ella, después de devolvérmela, regresó al librero donde la había encontrado. Vi el librero dedicado a los libros de computación, pero no encontré el manual que me había recomendado la profesora Gonno. No tenía la menor idea de qué otro libro podía estar bien, así que decidí preguntarle a la bibliotecaria.

Nozomi había mencionado que se encontraba al fondo. Me dirigí de nuevo al mostrador, observé el final de la biblioteca, donde vi que había un panel divisorio con un cartel que colgaba del techo en el que decía: CONSULTAS. Fui hacia allá, y al llegar al lugar se me pusieron los ojos como platos.

La bibliotecaria se encontraba sumida en un mostrador con forma de L. Era una señora muy, pero muy grande. No era gorda, sino grande. Tenía la tez blanca, la barbilla se le juntaba con el tronco y llevaba un delantal beige con un suéter de color marfil encima. Me recordó a un oso polar hibernando en una cueva. Llevaba el pelo recogido en un moño alto con un pequeño pasador del que colgaban tres elegantes florecitas blancas. Tenía la cabeza agachada y parecía que estaba ocupada en algo, pero desde donde me hallaba yo no podía ver bien en qué.

En el gafete que portaba en el cuello decía que se llamaba Sayuri Komachi. Me pareció un nombre de lo más lindo.

—Disculpe... —le dije mientras me acercaba a ella.

La señora Komachi se limitó a alzar la mirada hacia mí. Me observó con ojos penetrantes y yo me quedé paralizada. Me fijé en sus manos, que tenía sobre la mesa, y vi que metía con ahínco una aguja en algo redondo parecido a una bola de ping-pong que tenía encima de un tapete con forma de postal.

Reprimí un grito. ¿Qué estaría haciendo? ¿Vudú?

—No... No se preocupe... —dije confusa, con intención de huir.

—¿Qué buscas? —preguntó entonces la señora Komachi.

Su voz me atrapó.

Pronunció aquellas palabras con un tono inexpresivo, pero su voz estaba envuelta de tal calidez que, en lugar de irme, me detuve. Tampoco sonrió al decirlas, pero me transmitieron una inmensa y misteriosa seguridad.

¿Que qué buscaba? Pues... descubrir cuáles eran mis posibilidades y los objetivos laborales que podía marcarme.

Pero aunque expusiera esas cuestiones a la bibliotecaria Komachi, ella no podía darme la respuesta. Además, yo ya sabía que tampoco me estaba preguntando eso.

—Pues... estoy buscando libros de computación...

La señora Komachi asió una caja de color naranja oscuro que tenía cerca. La caja, hexagonal y decorada con unas flores blancas, era de dulces Honey Dome: unas galletas blandas muy famosas con forma de cúpula fabricadas por la marca Kuremiyadō y que me gustaban mucho. No es que fuera un manjar de lujo, pero tampoco se podían encontrar en una tienda cualquiera, de modo que se les atribuía cierta exquisitez.

Abrió la tapa de la caja y vi que dentro había unas tijeras pequeñas y unas agujas. Al parecer la usaba como costurero. La señora Komachi metió dentro la aguja y la bola que tenía en la mano y me miró fijamente.

—¿Qué quieres aprender a hacer con la computadora?

—Me gustaría empezar por aprender Excel, lo necesario para poder marcar en las casillas de competencias que tengo nociones del programa.

—La casilla de competencias... —repitió la señora Komachi.

—Me quiero registrar en una página web para cambiar de empleo. El trabajo que estoy haciendo ahora no me satisface ni le encuentro sentido.

—¿Qué trabajo estás haciendo ahora?

—Nada importante. Solo vendo ropa para mujer en unos grandes almacenes.

La señora Komachi ladeó la cabeza sorprendida, emitiendo un pequeño chasquido. Las flores que le colgaban del pasador con el que llevaba sujeto el moño le brillaban.

—¿Realmente crees que tu trabajo como vendedora en unos grandes almacenes no es nada importante?

Me quedé sin palabras. La señora Komachi permaneció en silencio, aguardando pacientemente mi respuesta.

—Bueno... Cualquiera podría hacerlo. Entré ahí sin ningún motivo, no me hacía especial ilusión ni era mi sueño. Pero debo trabajar, porque vivo sola y no tengo a nadie que me mantenga.

—Pero te esmeraste en buscar empleo, lo conseguiste, trabajas todos los días y te alimentas tú solita, ¿verdad? Eso tiene mucho mérito.

Por poco lloro al oír que me decía algo positivo de mí de un modo tan directo y franco.

—Más que alimentarme... compro sándwiches en la tienda —solté, traicionada por los nervios.

Estaba claro que con lo de alimentarme yo solita ella no se refería a eso. La señora Komachi ladeó la cabeza hacia el lado contrario al que lo había hecho antes.

—Sea como sea, el porqué da igual. A mi parecer, lo importante es que tengas ganas de aprender.

Se volvió hacia la pantalla de la computadora y puso ambas manos sobre el teclado.

A continuación, tap, tap, tap, tap, tap, empezó a teclear a la velocidad del rayo. Iba tan rápido que no podía seguir sus movimientos con la mirada. Me dejó tan atónita que por poco me caigo de nalgas.

Al final, pulsó con fuerza una última tecla y después

levantó la mano con ligereza. Acto seguido, la impresora que tenía justo al lado empezó a imprimir un papel.

—Si lo que quieres es adquirir nociones básicas de Excel, diría que estos libros te irán bien.

Me entregó la hoja de papel que había impreso. Contenía una lista con algunos títulos y el nombre de sus autores. Al lado también aparecían los números por los que estaban clasificados y los de los libreros donde se encontraban. *Introducción al Word y al Excel desde cero, Manual de Excel para principiantes, Guía rápida para ahorrar trabajo con el Excel, Introducción fácil al Office.* Asimismo, al final de la lista, también estaba el título de un libro de otra índole:

Guri y Gura.

Observé desconcertada aquellas cinco sílabas.

¿Guri y Gura? ¿El álbum ilustrado de los dos ratones que viven en el bosque?

—Ah, otra cosa... —comentó la señora Komachi mientras rotaba ligeramente sobre la silla giratoria y extendía los brazos por debajo del mostrador.

Incliné un poco el cuerpo para mirar y descubrí que ahí había un mueble con cinco cajones. La señora Komachi abrió el de más arriba. Desde donde me encontraba no veía muy bien, pero tenía el cajón repleto de cosas muy coloridas. Agarró algo de ahí y me lo ofreció.

—Toma, esto es para ti.

Abrí la mano por acto reflejo y la señora Komachi me puso algo ligero en ella. Era negro y redondo, del tamaño de una moneda de quinientos yenes, con una suerte de mango.

¿Era un sartén?

Efectivamente, se trataba de un retal de fieltro de lana con forma de sartén que tenía una arandela metálica en la parte del mango.

—Bien... ¿Y esto?

—Un obsequio.

—¿Un obsequio?

—¿Es divertido que los libros traigan obsequios?

Me quedé observando fijamente el fieltro. Así que aquel sartén venía como obsequio de un libro. La verdad es que era bonito.

La señora Komachi sacó de nuevo la aguja y la bolita de lana de la caja de las Honey Dome.

—¿Has hecho alguna vez cosas con fieltro?

—No, pero he visto piezas en Twitter y por ahí.

La señora Komachi me puso la aguja delante de los ojos. La parte por la que se agarraba se doblaba en un ángulo recto y en el extremo fino de esta tenía varias protuberancias minúsculas.

—El fieltro de lana es bien curioso, ¿verdad? Vas clavando la aguja en un punto tras otro y, poco a poco, se torna tridimensional. Parece que estás bordando sin más, pero la aguja tiene un mecanismo secreto en la punta que entrelaza la lana y le da forma.

Tras esas palabras, chic, chic, chic, empezó de nuevo a clavar la aguja a la bola con ahínco. Seguramente ese sartén lo había hecho ella misma. Sin lugar a dudas, debía de tener el cajón lleno de piezas de fieltro de lana. ¿Las haría para regalar como obsequios con los libros?

La señora Komachi se entregó en cuerpo y alma a clavar la aguja, parecía que su labor como bibliotecaria terminaba ahí. Quise preguntarle muchas cosas, pero pensé que era mejor no molestarla.

—Muchas gracias —me limité a decirle, y a continuación me fui.

El número de los libreros de los manuales de computación de la lista correspondía al del mismo librero que me había mostrado anteriormente Nozomi. Eché un vistazo a los títulos y escogí un par que me parecieron fáciles de entender.

A continuación, me fui por *Guri y Gura*, el único que se encontraba en un librero con distinta numeración.

Lo había leído un sinfín de veces en la guardería y diría que mi madre también me lo leía. Pero ¿por qué me había recomendado ese libro? Quizá la señora Komachi se había equivocado al escribir el título.

Los álbumes ilustrados y los libros infantiles se encontraban en un rincón rodeado de libreros bajos junto a una ventana. El suelo estaba cubierto de colchonetas de poliuretano para que se pudiera caminar sin zapatos.

Estar rodeada de tantos cuentos lindos me calmó el espíritu. Había tres ejemplares de *Guri y Gura*. Debían de tener tantos porque es un clásico muy famoso. ¿Y si me llevaba uno? Total, no me costaría nada.

Con los dos manuales de computación y el álbum ilustrado de *Guri y Gura* me dirigí hacia el mostrador en el que se encontraba Nozomi, saqué la credencial de la biblioteca con el número del seguro y me llevé los libros en préstamo.

De regreso a casa, me compré un rol de canela y un frappé de café con leche en una tienda.

Me los tomé mientras veía la televisión y al terminar me dieron ganas de comer algo salado, así que me dirigí a la alacena donde guardo las sopas instantáneas y tomé una. Observé el reloj y vi que ya eran las seis. Decidí que aquella sería mi cena.

Puse el agua a hervir en la tetera y saqué de la bolsa los libros que me había llevado prestados. Primero, los manuales de computación. Me imaginé en una oficina tecleando en la computadora con maestría. A continuación, saqué el otro libro: *Guri y Gura*.

El forro era duro, sólido y blanco. De pequeña me parecía más grande, pero al volver a tenerlo en las manos me di cuenta de que no difería mucho del tamaño de un cuaderno clásico. Quizá me parecía más grande porque el libro se abría en sentido horizontal.

En la ilustración, debajo del título, escrito a mano, los dos ratones llevaban contentos un gran cesto mientras caminaban mirándose el uno al otro. Iban vestidos iguales, con un sombrero y un overol; el de la izquierda, azules y el de la derecha, rojos.

¿Cuál era Guri y cuál Gura? Si no recordaba mal, eran gemelos.

Me fijé en que en el título «Guri» estaba escrito en azul y «Gura», en rojo.

¡Vaya! Nunca había reparado en eso.

Me emocioné por haberme dado cuenta de aquel detalle. Sabiendo eso era más fácil entrar en la historia.

Hojeé el libro, siguiendo las ilustraciones. Al principio,

Guri y Gura se encontraban un huevo enorme en el bosque... Y hacia el final del libro, en el centro de una doble página, aparecía un gran sartén con un hot cake recién hecho en él.

Al ver aquello, recordé que la bibliotecaria Komachi me había regalado un sartén. Sumida en ese pensamiento, empecé a leer el texto de aquella página.

«El panqué estaba doradito y esponjoso.»

Aquella frase me sorprendió.

¿Cómo? ¿Era un panqué? Yo siempre había pensado que era un hot cake.

Fui unas páginas hacia atrás hasta que llegué al punto en que Guri y Gura cocinaban la receta. Huevos, azúcar, leche y harina de trigo. Lo mezclaban todo y lo ponían en el sartén. Era imposible que un panqué fuera tan sencillo de preparar.

La tetera se puso a silbar.

Me levanté, apagué el gas y saqué el envoltorio de la sopa.

Había leído aquel libro un sinfín de veces, pero lo había olvidado. O, mejor dicho, lo recordaba a mi manera.

Volver a leer de mayor los cuentos de la infancia resultaba interesante, porque te das cuenta de cosas nuevas.

Vertí el agua caliente en el recipiente de la sopa, lo tapé y el teléfono empezó a sonar.

Miré la pantalla y vi que era Saya. Me pareció extraño que me llamara, así que pensé que me contaría algo o bien muy triste o bien muy feliz.

Tras vacilar unos segundos mientras observaba de reojo la sopa, a la que acababa de verter el agua, al final tomé el teléfono.

—Hola, Tomoka. Perdona por llamar así de repente. Hoy era tu día libre, ¿verdad?

—Sí.

—Disculpa, es que hay algo que quisiera consultarte. ¿Puedes hablar ahora? —dijo con voz atormentada.

—Sí, claro. ¿Qué sucede?

Me dispuse a escucharla y noté que su tono de voz cambiaba de repente.

—Pues bien... Como ya sabes, el mes que viene es Navidad. Resulta que mi novio y yo decidimos que nos diremos qué regalo queremos. Y no sé qué escoger. Sería feo que le pida algo demasiado caro, pero tampoco quiero pedirle un regalo demasiado barato. Como tú tienes buen gusto, pensé que quizá podrías darme una idea.

O sea, que era algo feliz...

Pensé en la sopa y me arrepentí un poco de haber descolgado. Podríamos haber tenido aquella conversación una vez que hubiera terminado de cenar.

—Ah... —me limité a murmurar, e, incapaz de decir nada más en ese momento, puse el altavoz del teléfono y lo dejé encima de la mesita.

Separé los palillos desechables mientras asentía a lo que me decía Saya y me comí la sopa tratando de no hacer ruido.

—Oye, ¿te agarré en un mal momento? ¿Qué estabas haciendo? —me preguntó, como si hubiera percibido que no tenía ganas de hablar.

No supe si decirle que estaba a punto de comer una sopa o que me la estaba comiendo. En lugar de eso, respondí:

—No, no me molestas. Solo estaba leyendo el libro ilustrado de *Guri y Gura*.

—¿*Guri y Gura*? ¿El cuento ese en que hacen un pastel?

Me hizo gracia. Yo me había acercado más pensando que era un hot cake.

—No es un pastel, sino un panqué.

—¿Eh? ¿En serio? Pero es ese cuento en que se encuentran un huevo mientras pasean por el bosque, ¿verdad?

—Sí, Guri y Gura debaten sobre qué pueden cocinar y al final deciden hacer un panqué.

—¡Vaya! ¿Un panqué? Es algo que haría alguien que suele cocinar. Si no sabes qué recetas llevan huevos, jamás se te ocurriría qué hacer.

También podía verse así.

Me comí la sopa de un bocado.

—Eres muy distinta a los demás, Tomoko. Mira que leer un cuento en tu día libre... Es muy estiloso e intelectual. ¿Eso es lo que se acostumbra en Tokio? —añadió Saya.

—No sé, aquí hay cafeterías especializadas en libros ilustrados, pero...

Me quedé sin palabras. Saya llevaba ayudando en la ferretería de su familia desde que había terminado la preparatoria. A sus ojos, yo era una chica de ciudad que podía enseñarle el desconocido mundo de Tokio.

—Eres increíble, Tomoko. La promesa de nuestro pueblo. ¡Te fuiste a Tokio y te estás labrando una carrera!

—Ya te dije que no es así.

Me sentí culpable por contradecirla. Tuve la sensación de que la inocente sinceridad de Saya reflejaba la vergüenza de mi corazón cual espejo.

Yo le había dicho que trabajaba en el «sector de la moda», rozando el filo de la mentira. Tampoco le había explicado que estaba empleada en Edén, porque si buscaba el nombre por internet me descubriría. Quizá era incapaz de sincerarme con Saya no por salvaguardar nuestra amistad, sino porque siempre que me decía que era «increíble» me levantaba el ánimo. O tal vez porque quería una amiga ante la que presumir. O porque ella veía en mí lo que yo deseaba ser.

Cuando estaba en la universidad, sus alabanzas me complacían. Me subían la moral. No obstante, en los últimos tiempos me resultaba difícil oír decirle que era «increíble».

Sumida en ese sentimiento de culpabilidad, estuve escuchando las batallitas amorosas de Saya durante dos buenas horas.

A la mañana siguiente, se me pegaron las sábanas y me subí al tren de un brinco sin tan siquiera haberme peinado ni maquillado.

Por la noche había tardado en dormirme porque cuando me acosté en el futón me entretuve con el celular. No debería haberme puesto a ver videos de mis *idols* preferidos. Sin darme cuenta, se me había hecho de madrugada y apenas había dormido porque me tocaba el primer turno de la mañana.

Tras abrir la tienda, me había puesto a ordenar los estantes inferiores, reprimiendo los bostezos, cuando de repente oí que una voz me gritaba por encima de mí.

36

—¡Aquí estás! ¡A ver! ¡Dime!

Era una voz aguda que perforaba los tímpanos. Todavía agachada, volteé hacia la voz y me encontré con una mujer despeinada que me miraba desde arriba con toda su altivez.

Era la clienta que hacía unos días me había preguntado si le quedaba mejor el suéter café o el fucsia.

Me puse de pie al instante y estampó el suéter fucsia contra mí.

—¿Qué es esto de vender ropa defectuosa como esta?

Se me heló la sangre. ¿Defectuoso? ¿Qué tendría aquel suéter?

—¡Lo puse en la lavadora y se encogió! Quiero devolverlo y que me den el dinero.

La sangre en ese momento más bien empezó a hervirme.

—No se pueden devolver productos lavados —le respondí con vehemencia.

—Pero ¡yo lo compré porque me dijiste que era la mejor opción! Asume tu responsabilidad.

Eso eran ganas de pelea. Hasta el momento había recibido muchas quejas, pero era la primera vez que me encontraba en una disputa tan descabellada.

«Trata de serenarte —me dije para mis adentros—. Seguro que en la capacitación te dijeron algo al respecto.» ¿Qué debía hacer en una situación así? Pero estaba tan indignada que la mente se me había quedado en blanco y no sabía cómo enfrentarme a la situación.

—¿Acaso pretendes burlarte de mí vendiéndome productos de mala calidad?

—¡En absoluto!

—Contigo no voy a llegar a ningún lado. Quiero hablar con tu superior.

En el fondo de mi cerebro algo hizo un clic. ¿Acaso no era ella la que se estaba burlando de mí?

Si hubiera podido llamar a un «superior» lo habría hecho con gusto, pero por desgracia, al responsable del departamento, el señor Ueshima, ese día le tocaba el turno del mediodía.

—Hoy no vendrá hasta más tarde.

—¿Ah, sí? Entonces volveré luego.

La clienta observó la placa con mi nombre.

—Así que eres la señorita Fujiki, ¿eh? —espetó, y se fue.

Así que en esas me encontraba yo, una mujer de carrera brillante y con un futuro prometedor según los de mi pueblo, temblando de rabia porque había sido ninguneada e insultada por una necia sin razón.

Pensé que no quería que Saya me viera nunca así.

A pesar de que había estudiado duro y de que había dejado el campo para irme a Tokio, en esas me tenía que ver.

Cuando el señor Ueshima llegó a las doce y le informé de lo sucedido, este frunció el ceño y dijo:

—Deberías gestionar mejor ese tipo de cosas.

Su comentario me dejó atónita, pero realmente tampoco supe qué replicarle. Me volvió a invadir la rabia, aunque esta era distinta a la que me había suscitado la clienta.

La señora Numauchi pasó junto a nosotros y nos observó. Me cayó fatal que se enterara, porque quería evitar que creyera que yo era una empleada incompetente.

Llegué a la hora del descanso con el ánimo por los suelos.

Como aquella mañana iba tarde, no había podido pasar a la tienda. Pensaba que llevaba unas galletas saladas en la bolsa y que con eso me bastaría, pero entonces recordé que me las había acabado hacía un par de días en casa. ¿Qué iba a hacer para comer?

Teníamos prohibido entrar en la sección de alimentos con el uniforme y también salir al exterior. No tenía margen de movimiento. Estaba igual de oprimida que mis dedos en esos zapatos.

Quizá fuera por la sensación de abatimiento que me había invadido, pero no tenía nada de hambre y tampoco quería cambiarme de ropa expresamente ni ir al comedor de empleados.

Por casualidad, vi una puerta que daba a la escalera de incendios y me pregunté si podría abrirla.

La empujé y emitió un chirrido. Bien pensado, siendo una escalera de incendios, lo más natural era que se abriera. Entró una bocanada de aire y yo salí como si estuviera huyendo.

—¡Ah! —exclamé, a la vez que otra voz exclamaba lo mismo.

Era Kiriyama. Estaba sentado en el rellano con los pies en el escalón de abajo.

—¡Me atrapaste! —dijo sonriendo mientras se quitaba los auriculares de las orejas.

Debía de estar escuchando música en su teléfono. Tenía un libro de bolsillo en una mano y, al lado de donde estaba sentado, una botella de té y dos bolas envueltas en papel aluminio. Alzó la mirada hacia mí y dijo:

—¿Te pasa algo? ¿Qué haces aquí?

—¿Y tú?

—Yo vengo bastante. Cuando quiero estar solo, por ejemplo. Hoy salí porque hace un día de primavera muy bonito. ¿Quieres un *onigiri*? Si no te importa que los haya hecho yo —dijo, a la vez que señalaba las bolas de aluminio.

—¿Los hiciste tú mismo?

—Sí. Yo ya me comí mi preferido, el de salmón, así que queda el de hueva de bacalao a la plancha o el de alga *kombu*. ¿Cuál prefieres?

De repente se me abrió el apetito.

—Hueva de bacalao a la plancha...

Kiriyama me invitó a sentarme a su lado y así lo hice. Me dio el *onigiri* y saqué el papel aluminio. La bola de arroz asomó la cabeza por el aluminio y después saqué un segundo envoltorio de plástico transparente.

—Así que sabes cocinar, ¿eh? —dije.

—Me acostumbré a hacerlo —respondió él sucintamente.

Le di un mordisco al *onigiri* y me pareció que estaba en su punto de sal, delicioso. La hueva de bacalao crujiente con aquel arroz compactado a la perfección formaban una combinación exquisita. Como si la parte blanca abrazara el interior de color rosa coral. Lo devoré en silencio.

—Me da gusto que te lo comas con tantas ganas —comentó Kiriyama riéndose.

De repente, me dio un subidón de energía. El efecto fue realmente inmediato.

—Los *onigiri* son increíbles —dije.

—¿Verdad que sí? ¡¿Verdad que son increíbles!?

Me quedé observando a Kiriyama un poco sorprendida porque no me esperaba aquella reacción tan entusiasta por su parte.

—Comer bien es muy importante. ¡Trabajar bien y comer bien! —exclamó.

Aquellas palabras sonaron de lo más profundas.

—Kiriyama, ¿por qué dejaste la editorial? —le pregunté.

Él empezó a desenvolver el papel aluminio del otro *onigiri*.

—Yo no estaba en una editorial, sino en una agencia editorial con diez personas en plantilla.

Me sorprendió que no solo las editoriales se dedicaran a hacer revistas y pensé que había muchos tipos de empresas y trabajos que desconocía por completo.

—Editan no solo revistas, sino también todo tipo de publicaciones, como folletos y panfletos. Ahora incluso están empezando a hacer videos. Mi jefe aceptaba todos los encargos que entraban, pero el que realmente los hacía era yo, de modo que acabé exhausto. Él daba por supuesto que me quedaría toda la noche trabajando, dormía en el suelo de la oficina sobre un abrigo y llegaban a pasar hasta tres días sin que me pudiera lavar siquiera.

Kiriyama se quedó mirando al infinito con una sonrisa.

—Yo pensaba que aquello era normal en el mundo editorial. Pensaba que trabajar para una revista era increíble... Pero no podía estar más equivocado.

A continuación, comió tres bocados de *onigiri* en silencio. Yo también permanecí callada.

—No tenía tiempo ni para comer, mi cuerpo estaba débil y tenía el suelo repleto de botellas de bebidas multivitamínicas. Hasta que cierto día reparé en todo eso y me pregunté qué estaba haciendo ahí.

Kiriyama se llevó el último trozo de *onigiri* a la boca.

—Trabajaba para poder comer, pero el trabajo no me permitía hacerlo. Pensé que aquello era ridículo. —Arrugó el papel aluminio y a continuación murmuró—: Qué bien me cayó. —Y después se volteó hacia mí y añadió complacido—: Ahora vivo como una persona. Me alimento bien, duermo, leo revistas y libros por placer y no solo por trabajo. Estoy recuperando mi día a día y poniéndome en forma.

—No sabía que hacer una revista fuera tan duro...

—Bueno, ¡no todas las agencias editoriales son iguales! Yo tuve la mala suerte de ir a parar a una así —comentó, haciendo un gesto de negación con una mano, seguramente para que yo no adquiriera prejuicios.

Pensé que a Kiriyama sin duda le gustaba el ámbito editorial, pero las duras condiciones en las que trabajaba habían hecho mella en él.

—Ahora bien, no es que quiera criticar esa empresa ni a las personas que se esfuerzan en hacer ese tipo de trabajo. Puede que haya gente que encuentre el equilibrio y se sienta realizada con un empleo así. Es solo que yo soy diferente.

Kiriyama dio un sorbo pausado al té.

—El sector óptico es totalmente distinto. ¿No te dio miedo? —le pregunté sin tapujos.

—Un día tuve que escribir un reportaje sobre lentes para el que me documenté mucho. Al hacerlo, me pareció que era un mundo interesante y ello me impulsó a aventurarme en él. Resultó que la persona con la que hice la entrevista de trabajo había leído mi reportaje y le había encantado. De hecho, al parecer, incluso conocía al diseñador de lentes que entrevisté para el artículo. —Kiriyama prosiguió su explicación, parecía contento—: Surgió así, sin planearlo. Y pensé que, dadas las circunstancias, tenía que dar lo mejor de mí. A todo esto, mis esfuerzos anteriores me fueron muy útiles y había hecho buenos contactos. Para ser sincero, desde que trabajo en ZAZ tampoco tengo claro qué haré más adelante. Pero por mucho que lo planee nadie me garantiza que vaya a salir como yo quiero. Así que... —En ese punto hizo una pausa, y a continuación añadió en voz baja—: A saber qué va a ser de nosotros en este mundo, así que de momento haré lo que esté en mis manos.

Parecía que hablara para sus adentros, no conmigo.

Cuando regresé del descanso, Ueshima no estaba.

Le pregunté por él al resto del personal y me comentaron que se había ido a algún lugar de improviso porque quería comprobar algo de unos artículos. Pensé que se habría escabullido, pero tampoco podía asegurarlo.

Pasadas las dos de la tarde, volvió a aparecer la clienta de hacía un rato.

—¿Está tu superior?

Me puse tensa. No podía aceptar esa devolución y no sabía cómo persuadirla.

Pero debía solucionarlo. «Dadas las circunstancias, tenía que dar lo mejor de mí.» En ese momento, la señora Numauchi, que estaba en la caja, se acercó rápidamente.

—¿Qué sucede, señora? —le preguntó a la clienta.

Esta debió de asumir que la señora Numauchi era mi superior y empezó su retahíla de quejas.

Yo estaba siendo juzgada como la mala de la película, de un modo totalmente categórico y arbitrario. La señora Numauchi se dedicó a asentir diciendo «sí», «de acuerdo» y «ya veo» con seriedad en el semblante hasta que la clienta se quedó a gusto. Una vez terminada la perorata, la señora Numauchi comentó con calma:

—Bueno, cuando se pone un suéter en la lavadora, es normal que encoja. ¿No lo sabía?

A la clienta le cambió el color del rostro. La señora Numauchi le dio la vuelta a la prenda y le mostró la etiqueta con las indicaciones de lavado. El dibujo de una mano dentro de una tinaja significa que debe lavarse a mano.

—A mí también me pasa seguido. Meto los suéteres de lana en la lavadora sin fijarme antes en la etiqueta.

—Vaya... Así que era eso —murmuró la clienta.

La señora Numauchi prosiguió diciendo con jovialidad:

—Pero hay un truco para que recupere su forma. Ponga un poco de suavizante en una tina, disuélvalo con agua caliente y sumerja el suéter en ella. Después, sáquelo rápidamente, escúrralo, estírelo, póngalo plano a secar y ¡listo! —le explicó con el tono rítmico perfecto—. Esta es una de las últimas piezas de este modelo, que ha tenido mucho éxito. Tiene una textura muy difícil de encontrar y, además, es de un magenta único.

—¿Magenta?

El rostro de la clienta se relajó rápidamente.

—Sí, el color.

De repente, aquel suéter fucsia me pareció de lo más a la moda. Color magenta. Claro, también podía llamársele así.

—Además tiene un diseño sencillo que combina con todo. Sin duda, vale la pena tener uno. El cuello está muy bien hecho y con este color irá muy elegante hasta comienzos de primavera.

—¿Con suavizante recuperará su forma entonces...?

—Sí. Así es. Le recomiendo que lo cuide y que se lo ponga mucho en los próximos años.

La señora Numauchi había llevado totalmente la batuta de la conversación. Había sido muy rápida convenciendo a esa clienta tan pesada de que no podía devolver el artículo.

A continuación, la señora Numauchi bajó ligeramente el tono de voz, mantuvo la sonrisa en los labios y dijo con sequedad:

—Si tuviera alguna petición, deme su teléfono y solicitaré a la persona responsable que se ponga en contacto con usted —comentó, ejerciendo cierta presión.

—No es necesario —le respondió la mujer, un poco intimidada.

Fue admirable.

Yo no podría haberlo hecho mejor, no podía competir con ella.

Después de eso, la señora Numauchi siguió hablando con la clienta de modo amistoso, y esta acabó por abrirse del todo e incluso hablarle de asuntos personales.

Lo había comprado para ir a una cena con una amiga que hacía diez años que no veía. Además de que le incomodaban los grandes almacenes, se le hacía complicado tener que tomar el tren para ir lejos y no confiaba en su criterio a la hora de escoger ropa, pero había querido añadir una prenda a su clóset.

Después la señora Numauchi me pidió que la sustituyera en la caja, le recomendó un pañuelo a la clienta, a la que incluso enseñó cómo anudarlo, y esta al final accedió a comprarlo. De lejos parecía que le quedaba muy bien y que combinaba con el fucsia. Seguro que, llegado el día, la clienta sonreiría ante el espejo cuando se anudara el pañuelo. Y cenaría con la amiga a la que hacía tiempo que no veía con la sensación de estar radiante.

Realmente creí que la señora Numauchi había hecho un trabajo maravilloso.

Cuánto me había equivocado al pensar que ser vendedora en Edén no era un trabajo importante. Más bien era yo la que no hacía nada. Ese día había atendido a la clienta con desgano porque quería irme deprisa para hacer la pausa del almuerzo. Sin duda, a la clienta se le había contagiado mi actitud.

Ya en la caja, la mujer tomó la bolsa que contenía el pañuelo, me dio las gracias con una sonrisa y se fue con el rostro feliz, satisfecha por haber hecho una buena compra.

Bajé la cabeza a la vez que la señora Numauchi le dedicaba una reverencia. Cuando la clienta desapareció de nuestro campo de visión, esta vez fui yo la que dedicó una profunda reverencia a la señora Numauchi. Realmente me había salvado.

—Muchas gracias.

La señora Numauchi me sonrió.

—En estos casos, los clientes están decepcionados porque no escuchamos lo que quieren decir y se sienten incomprendidos.

Reflexioné sobre la percepción que había tenido de la señora Numauchi hasta ese momento. Yo no había visto en ella más que a una mandona engreída que trabajaba medio tiempo.

De algún modo... ¿no la había infravalorado? ¿Quizá era que yo había sentido un extraño complejo de superioridad por ser más joven y trabajar tiempo completo? ¿O acaso con esa clienta y con la señora mayor del comedor había sentido un orgullo absurdo?

Estaba muy avergonzada. Tanto que quería taparme la cara.

—Me falta mucho por aprender —dije con la mirada en el suelo.

La señora Numauchi negó con la cabeza.

—Yo al principio tampoco sabía nada. Las cosas se aprenden con el tiempo. Es solo eso.

Llevaba doce años formando parte del equipo rosa coral. Desde el fondo de mi corazón, pensé que la señora Numauchi era realmente «increíble».

Como aquel día había tenido turno de mañana, salí a las cuatro de la tarde.

Me cambié de ropa y se me ocurrió ir a la sección de alimentos Inspirada por Kiriyama, pensé que podía tratar de cocinar algo, pero no se me ocurría qué. ¿Un plato de pasta, por ejemplo? Pero, cómo no, no sabía con qué acompañarla. Así que al final compré una salsa precocinada y me predispuse a volver a casa.

Metí la mano en el bolsillo del abrigo y me encontré con algo blandito. Era el sartén de fieltro.

Lo había puesto ahí después de que la señora Komachi me lo diera.

¡Ya lo tenía! ¿Y si cocinaba el panqué doradito de Guri y Gura?

Entré en el McDonald's que había justo enfrente de la sección de alimentos y, mientras me tomaba un café de cien yenes, busqué en el teléfono cómo hacer ese panqué. Para mi sorpresa, al teclear «panqué de Guri y Gura» aparecieron un montón de recetas y entradas de blogs. ¿Cuántas personas, fascinadas por aquel libro ilustrado, habían pensado seguir la receta de ese panqué?

Me había empezado a desmotivar al leer que se tenía que tamizar la harina y separar las yemas de las claras del huevo para batirlas a punto de turrón, pero después de consultar varias páginas me di cuenta de que nada de aquello era necesario. La cantidad de ingredientes y el modo de hacer el panqué eran algo distintos según el cocinero. Al poco rato, di con una receta sencilla de pocas líneas en la que no se tenía que tamizar la harina ni separar los huevos. En su descripción decía que era la receta «más fiel al libro ilustrado». Pensé que si ese era el caso, quizá sería capaz de hacerla.

Sí, daría lo mejor de mí. Con eso bastaba.

Necesitaba un sartén, un bol y un batidor.

Tres huevos, sesenta gramos de harina, sesenta gramos de azúcar, veinte gramos de mantequilla y trescientos mililitros de leche.

El sartén debía medir unos dieciocho centímetros de diámetro y necesitaba tener una tapa. Asimismo, aunque no estuviera escrito, también me hacían falta una báscula y unos vasos dosificadores.

Aunque me diera mucha vergüenza reconocerlo, no tenía nada de eso en mi cocina.

Pero...

Por suerte, en Edén había de todo.

Hacía mucho tiempo que no pasaba un buen rato en la cocina.

Rompí los huevos, añadí el azúcar y lo batí todo en el bol. A continuación, vertí la mantequilla derretida y la leche. En ese punto ya se desprendía un aroma dulce. No podía creer que estuviera haciendo un pastel yo sola.

Después añadí la harina al cuenco para mezclarlo todo. El simple hecho de batir aquello en el bol me hizo sentir que estaba haciendo algo muy productivo.

Puse el sartén a calentar, lo unté con mantequilla y vertí la masa. Lo tapé y lo puse a fuego lento. Después, al parecer solo se debía esperar treinta minutos y controlarlo de vez en cuando. Únicamente disponía de una parrilla, pero, por suerte, era de gas. Tuve el presentimiento de que saldría bien.

No podía creer lo fácil que era hacer un panqué en una cocina tan diminuta.

«¡Soy increíble!», no pude evitar pensar.

Feliz, junté las manos. Las tenía llenas de harina. Fui al baño para lavármelas.

Abrí la llave y sin querer me vi en el espejo. Observé mi propio rostro con atención. Se me estaba despellejando de tanto comer sopas instantáneas y sándwiches industriales.

Tenía el refrigerador casi vacío, pero lleno de salsas caducadas desde hacía mucho tiempo.

Además, con lo poco que dormía no era de extrañar que estuviera pálida y baja de energía.

Pero no era solo cuestión de la alimentación. El suelo acumulaba polvo y las ventanas estaban sucias. Ponía la ropa lavada a secar dentro del departamento y se me había hecho la costumbre de destender la ropa para ponérmela directamente. Tenía las repisas repletas de cosas: un frasco de esmalte de uñas reseco y pegajoso, una revista sobre programas de televisión de hacía tres meses, un DVD de yoga que había tenido la brillante idea de comprar medio año atrás y que ni siquiera había desenvuelto...

¿Por qué me había dejado tanto a mí misma hasta entonces? No cuidar lo que uno se lleva a la boca ni lo que lo rodea es maltratarse. Quizá de un modo distinto a Kiriyama, pero yo tampoco estaba viviendo «como una persona», ¿no?

Me lavé las manos a conciencia y, mientras esperaba a que el panqué terminara de hacerse, limpié rápidamente el estudio. Doblé la ropa y la guardé, y después pasé la aspiradora por el suelo. Fue cuestión de dedicarme a ello y el cuerpo se me empezó a mover solo. Si bien estaba convencida de que me supondría un arduo trabajo, tuve mi pequeño departamento ordenado en un abrir y cerrar de ojos. Un dulce aroma a panqué impregnó la renovada estancia. Regresé a la cocina, miré el aspecto del panqué y observé que la masa amarilla había empezado a subir con tanto vigor que parecía que se fuera a llevar la tapa de cristal por delante.

—¡Increíble...! —no pude evitar espetar llena de alegría.

Realmente estaba creciendo, como en el libro ilustrado.

Destapé contenta el sartén. Los bordes ya se habían solidificado. La masa líquida a medio hacer burbujeaba por el centro, así que volví a poner la tapa.

Pensé que quizá, en cierta medida, me estaba acercando a vivir como las personas, lo cual me reconfortó.

Me senté apoyada contra la pared y abrí el libro de *Guri y Gura*.

Guri y Gura eran dos ratones de campo que se adentraban en las profundidades del bosque.

Si llenamos el cesto de bellotas, las herviremos con mucha azúcar.

Si lo llenamos de avellanas, las herviremos para ablandarlas y haremos una crema.

—¡Vaya! —solté.

Guri y Gura no habían ido al bosque a buscar un huevo. Ni mucho menos a hacer un panqué. Como todos los días, seguramente solo habían ido a buscar bellotas y castañas, que es lo que suelen comer.

51

Entonces, inesperadamente, se encontraron un huevo gigantesco en medio del camino.

Recordé el comentario de Saya de que si no sabes qué recetas llevan huevos, jamás se te ocurriría qué hacer.

Claro, tenía toda la razón.

Cuando se encontraron aquel huevo enorme, Guri y Gura ya debían de haber aprendido en alguna parte cómo se hacen los panqués.

El corazón me dio un vuelco, como si hubiera entendido algo.

Regresé a la cocina con el ánimo exaltado. En el aire flotaba un aroma todavía más dulce que antes.

Abrí la tapa y me sobresalté.

La parte del centro, que debería haber crecido, se había hundido. Los bordes de la masa estaban a punto de desbordarse del sartén y se habían tornado negros.

Alarmada, fui a poner el panqué en un plato con la ayuda de una espátula. No solo no había subido, sino que también se había desparramado por los lados y la base estaba totalmente quemada. Al poner la masa en el plato, esta se hundió todavía más.

—Pero ¿qué es esto?

Saqué un pellizco del borde y lo probé. Aquello de panqué no tenía nada. Estaba correoso y duro como la suela de un zapato.

¿Qué era lo que no había hecho bien? Pero si había seguido la receta al pie de la letra...

Mientras masticaba ese trozo desabrido que sabía principalmente a azúcar, me entró algo raro de repente y rompí a reír.

Más que triste, la situación me pareció de lo más divertida. El hecho de tener el departamento ordenado y el fregadero lleno de utensilios de cocina me ayudó a verlo así.

«Bueno, habrá revancha —pensé—. Ya aprenderás a hacerlo.»

A lo largo de toda la semana siguiente, me dediqué en cuerpo y alma a hacer panqués al regresar a casa después del trabajo. Como si lo hubiera incorporado a mi rutina diaria.

Había recopilado información en internet de algunas mejoras que podía aplicar, como dejar los huevos a temperatura ambiente de antemano o poner el sartén sobre un trapo húmedo para reducir el calor durante el proceso de cocción.

Únicamente con eso, el panqué ya mejoró mucho. Pero seguía sin salirme con la consistencia que yo quería. Llegados a ese punto, pensé que los pasos de cernir la harina y de separar las claras de los huevos para batirlas a punto de turrón, que tanto me habían abrumado al principio con solo leerlos, tampoco parecían tan difíciles. Incluso me compré una coladera nueva. Batir las claras a punto de turrón resultó ser toda una hazaña, pero la masa quedaba más fina, mejor. Sin embargo, todavía no era suficiente. Yo quería alcanzar un mayor grado de perfección.

Al final, decidí comprar una batidora de mano con el propósito de que las claras a punto de turrón me quedaran bien.

Tras unos cuantos intentos, empecé a entender cuándo debía darle o quitarle temperatura al sartén. Al principio, lo que yo consideraba un «fuego bajo» seguía siendo demasiado alto, pero el punto justo se consigue cuando las cosas se experimentan en primera persona.

Las cosas se aprenden con el tiempo. A eso se refería la señora Numauchi.

También hubo otro cambio. Al estar metida en la cocina para preparar el panqué, empecé a adentrarme en el arte de prepararme la cena, aunque fueran recetas fáciles. Comparado con conseguir que los pasteles subieran, cortar verduras y carne y después saltearlas o hervirlas resultaba sencillo de entender y hacer. Asimismo, también cociné un arroz delicioso en la arrocera. Incluso rellené un pequeño tóper con unos *onigiri* que había hecho con unas sobras y Kiriyama se sorprendió mucho al verme comiéndomelos en el descanso. Ni yo misma me lo creía. Solo unos días después de haber cambiado de actitud, mi cuerpo y mi mente tenían mucha más energía.

El séptimo día, en el instante en que me metí en la cocina, tuve el presentimiento de que podría lograrlo. Todos mis esfuerzos, los fracasos y éxitos darían su fruto. Destapé el sartén, asentí por fin satisfecha y dije en voz alta:

—Este panqué doradito tiene aspecto de ser muy esponjoso.

Igual que en el álbum ilustrado, pellizqué un trozo de pastel directamente del sartén y me lo llevé a la boca.

Estaba esponjoso y rico.

¡Lo había conseguido! Había hecho un panqué que podría haber dejado a todos los animales del bosque con la boca abierta.

Una lágrima me cayó lentamente y tomé una decisión firme desde el corazón.

A partir de aquel momento...

Me alimentaría como es debido.

—¡Eres increíble! —me dijo Kiriyama, admirado desde lo más profundo de su ser cuando compartí con él un trozo de panqué.

Y yo acepté el cumplido sin recatos.

Quería verle esa sonrisa en el rostro. Quería agradecerle haberme dado un *onigiri*. Me di cuenta de que quizá era por eso por lo que me había esforzado tanto y sentí una dulce punzada en el corazón.

Pero todavía había alguien más.

A la salida, en los casilleros del vestidor, le di otro trozo de pastel a la señora Numauchi en agradecimiento por la ayuda que me había prestado aquel día.

—Intenté hacer el panqué de Guri y Gura —le comenté, y la señora Numauchi se rio en voz alta.

—¡*Guri y Gura*! De niña a mí también me encantaba. Lo leí infinidad de veces.

—¿Cómo? ¿De niña, dice?

Sorprendida, abrí los ojos como platos y la señora Numauchi hizo una mueca con la boca.

—Mujer, yo también tuve una infancia.

Claro, pero es que no me la imaginaba.

Pensé en el poder tan extraordinario que tienen los libros populares y en que *Guri y Gura* seguiría, inmutable, formando parte de la educación de las futuras generaciones de lectores.

La señora Numauchi alzó la mirada como si estuviera reflexionando.

—Me gusta que en ese libro las cosas no pasen como se desearía.

—¿Acaso se trata de eso? —le pregunté, ladeando el cuello, confusa, y la señora Numauchi asintió abiertamente.

—Por supuesto. El huevo es demasiado grande y resbaladizo para transportarlo y es tan duro que no lo pueden romper. Y después, por poner otro ejemplo, el sartén no les cabe en la mochila. ¿No te parece que se van encontrando con una dificultad tras otra?

Sin embargo, cuando le hablé de *Guri y Gura* a Kiriyama, su comentario fue:

—Es ese libro ilustrado en el que los animales se reúnen en el bosque y comen pastel, ¿verdad?

A pesar de que se trataba de un cuento muy corto, cada uno tenía una percepción de lo más distinta. Eso me pareció muy interesante.

La señora Numauchi añadió entusiasmada:

—A continuación, los dos dialogan sobre qué van a cocinar y después cooperan entre ellos. Esa parte me encanta. —La señora Numauchi se volteó hacia mí y me sonrió—. ¿Sabes? En el trabajo es bueno cooperar.

Aproveché que tenía el miércoles libre para ir a visitar la biblioteca del centro cultural con el fin de devolver los libros prestados. Aquel día hacía exactamente dos semanas que me los había llevado.

Había colgado el sartén de obsequio con un cordel al aro metálico del bolso. Para mí era ya como una suerte de amuleto.

Devolví el libro a Nozomi en la entrada de la biblioteca y después fui a ver a la señora Komachi.

Me la encontré en la misma posición que el otro día, sumida en el mostrador con forma de L tras el panel divisorio mientras se dedicaba a clavar la aguja.

Chic, chic, chic, el fieltro iba tomando forma a medida que iba clavando la aguja en él.

Cuando me puse delante de la señora Komachi, ella se detuvo y me miró. Le dediqué una reverencia.

—Muchísimas gracias. Tanto por *Guri y Gura* como por el sartén de fieltro... Aprendí cosas importantes.

—¿Ah, sí?

La mujer inclinó la cabeza con semblante sereno.

—Yo no hice nada. Fuiste tú misma la que encontraste lo que era importante para ti —comentó con su tono inexpresivo habitual.

Señalé la caja de color naranja.

—Las Honey Dome son deliciosas, ¿verdad?

Al oír que decía aquello, a la señora Komachi se le sonrojaron las mejillas de repente y el semblante se le llenó de júbilo.

—¡Me encantan! Son buenísimas, ¿verdad? Estas galletas le gustan a todo el mundo.

Yo asentí con decisión.

Era la hora del curso de computación.

Me fui de la biblioteca para dirigirme hacia el salón de clases.

Acababa de adentrarme en un bosque.

Qué podía o quería hacer ahí ni yo misma lo sabía todavía, pero tampoco tenía por qué precipitarme ni forzarme a nada.

Pondría en orden mi vida, haría cuanto estuviera en mis manos y aprendería de lo que se me presentara delante.

Me prepararía. Como Guri y Gura al adentrarse en la profundidad del bosque para recolectar castañas.

Porque nunca se sabe cuándo ni dónde una se va a encontrar con un huevo gigantesco.

CAPÍTULO 2

RYŌ, TREINTA Y CINCO AÑOS,
CONTADOR EN UNA EMPRESA DE MUEBLES

Todo empezó con una cuchara.

Era más bien pequeña, de plata, tenía el mango plano y la punta con forma de tulipán.

La tomé del librero en la que se encontraba porque hubo algo en ella que me atrajo. Al mirarla de cerca, me fijé en que tenía el grabado de una oveja en el mango. A juzgar por su tamaño, debía de ser una cucharita de té. Me quedé observándola un rato y después di una vuelta por la sombría tienda con ella en la mano.

El interior de aquella pequeña tienda estaba realmente repleto de antigüedades. Había relojes de bolsillo, candelabros, frascos de cristal, especímenes de insectos, ejemplares de huesos, y también tornillos, clavos y llaves. Objetos sin brillo que habían aguantado el paso del tiempo a lo largo de muchos muchos años y que retenían la respiración a la luz de una lámpara desnuda.

Por aquel entonces yo era estudiante de secundaria. Ese día, al terminar las clases, no me encontraba con ánimo de regresar directamente a casa porque por la mañana había tenido una pequeña discusión con mi madre. De modo que me bajé del tren en una estación anterior a la mía y me puse a pasear sin rumbo por las calles.

La tienda estaba situada en las afueras del vecindario de Kanagawa, lejos de la zona comercial, escondida entre casas particulares. En la entrada había un cartel en el que decía ENMOKUYA en letras japonesas y, al lado, su transcripción en letras latinas; *enmokuya* significa «la tienda del árbol de humo». A juzgar por los objetos que se veían a través del aparador, entendí que se trataba de una tienda de antigüedades. En la caja había un anciano de rostro ovalado con un gorro de punto. Me imaginé que debía de ser el dueño. Como suele ocurrir en las tiendas de antigüedades, él también tenía cierto aspecto de reliquia. No pareció mostrar el más mínimo interés por mí, y durante el tiempo que pasé en la tienda se dedicó a desmontar y volver a montar un reloj y a arreglar una caja de música, entre otras cosas.

La cucharita que sostenía mientras echaba un vistazo a la tienda se había amoldado a mi mano y había asimilado mi calor corporal. Tras unos instantes de indecisión, terminé por comprarla. Fueron mil quinientos yenes. A pesar de que desconocía el valor real de la cucharita y que era cara para un estudiante de secundaria, fui incapaz de devolverla a el librero y de desprenderme de ella.

—Es una cucharita de té inglesa de plata de ley —dijo el dueño de la tienda cuando le fui a pagar.

—¿De qué época es? —le pregunté.

Él se puso los lentes, dio la vuelta a la cucharita y la examinó.

—Es de 1905.

Me pregunté si la fecha estaría escrita en el reverso; cuando lo fui a comprobar, vi cuatro grabados con unas letras y unos dibujos, pero no había ningún número.

—¿Cómo lo sabe?

—Hmm...

El dueño de la tienda sonrió por primera vez. No respondió a mi pregunta, pero, de algún modo, su expresión me deslumbró. Tenía una sonrisa realmente bella.

Esa sonrisa mostraba con total claridad lo mucho que le gustaban las antigüedades, el buen ojo que tenía y cuánto confiaba en sí mismo. Pensé que tanto él como su tienda eran maravillosos.

De regreso a casa, estuve observando la cucharita con la oveja y me imaginé infinidad de cosas. Me pregunté quiénes y cómo la usarían y qué comerían con ella en la Inglaterra de 1900.

Quizá habría acompañado la taza del té de la tarde de una dama de la nobleza. O una cariñosa madre la podría haber llevado a la boca de su hijo pequeño para darle la sopa. Y ese niño, de mayor, podría haberse convertido en un hombre fornido que la hubiera atesorado a lo largo de los años. O también podría ser que tres hermanas se hubieran peleado por ella porque les gustaba mucho. O quizá...

Las posibilidades eran infinitas. No podía dejar de mirarla.

A partir de aquel día, visité la tienda de antigüedades Enmokuya al salir de la escuela en diversas ocasiones.

El dueño se llamaba Ebigawa. En otoño e invierno llevaba el gorro de lana, y en verano y primavera, de algodón o lino. Le gustaba que fueran de punto.

Si bien le compré algunos artículos con lo que podía permitirme gracias a mis pagos, había días en los que, aunque me sentía mal por él, me limitaba a mirar lo que tenía. Al entrar en la tienda, me olvidaba de mis problemas del día a día durante un rato, como las preocupaciones de la escuela, las quejas de mi madre o las inseguridades que tenía respecto al futuro. Por muy dura que fuera la realidad del momento, siempre que abría la puerta de la tienda, un mundo fantástico me recibía con los brazos abiertos.

Con el tiempo, poco a poco empecé a conocer al señor Ebigawa y a sus clientes regulares y a intercambiar algunas palabras con ellos, y me familiaricé con la historia y la terminología del mundo de las antigüedades.

El mismo señor Ebigawa me explicó que los grabados del reverso de las cucharas son los sellos de las piezas. Después de frecuentar la tienda durante un año, conseguí por fin que me diera una explicación más detallada sobre el tema. Los cuatro sellos representaban el fabricante, el grado de pureza, el certificado de calidad y el año de producción de la pieza.

—¿Ves este cuadrado con una letra N en su interior? Esto significa que data del año 1905.

Así aprendí que el año de fabricación se identificaba según una combinación de letras y marcos en lugar de con un número. Aquello era típico del refinamiento inglés, que consideraba poco elegante que las piezas se marcaran con un número.

—El grabado de la oveja seguramente es un blasón o una parte de este —me explicó, y a medida que me fue contando aquello la cucharita adquiría todavía más valor para mí.

Al comprender que no se trataba solo de un grabado bonito, distinguí en esa cucharita la solemnidad de su linaje.

Me pregunté qué majestuoso romance entrañaba. Desde ese momento, me quedé prendado del mundo de las antigüedades y sentí un profundo respeto por el señor Ebigawa.

Sin embargo, hoy en día la tienda ya no existe.

Cierto día, justo antes de que terminara la escuela secundaria, fui a la tienda como de costumbre y, para mi sorpresa, me encontré con una nota escrita a mano en la que decía que la tienda había cerrado, y así es como la relación entre el señor Ebigawa y yo llegó a su abrupto final.

En dieciocho años la tienda ha sido una peluquería y una panadería, y ahora se ha convertido en un diminuto estacionamiento con parquímetro para cinco coches.

Dejé de poder cruzar el umbral de aquella puerta.

Y deseé llegar a tener una tienda como esa algún día.

A mis treinta y cinco años, seguía albergando ese deseo en el fondo de mi corazón.

Algún día ahorraría dinero, dejaría el trabajo, buscaría un local, compraría antigüedades y...

Pero ¿cuándo llegará ese día?

Al terminar la universidad, me emancipé y renté un departamento en Tokio para empezar a trabajar en el Departamento de Contabilidad de una empresa que fabricaba muebles. No era una gran compañía ni vendía artículos de primera calidad, sino muebles al alcance de todo el mundo que la gente suele necesitar, de modo que la empresa era bastante estable.

—¿Y eso cómo se hace?

El señor Tabuchi, el director general, que se sentaba en el escritorio que estaba detrás del mío, giró su silla para voltearse hacia mí.

Al parecer, no conseguía entender cómo funcionaba el nuevo *software* que recientemente nos habían instalado en la empresa. Siempre que el señor Tabuchi se encontraba con alguna dificultad, me avasallaba a preguntas. Dejé de lado la hoja de gastos que estaba revisando y me levanté.

Le enseñé cómo se hacía aquello de pie detrás de su silla mientras recordaba que el día anterior ya me había preguntado lo mismo.

—¡Ah, muy bien! ¡Ahora lo entiendo! —dijo el señor Tabuchi en voz muy alta a la vez que asentía con la cabeza, y después añadió moviendo sus carnosos y mullidos labios—: ¡No sé qué haría sin ti! Eres muy bueno en esto, Urase.

Regresé a mi silla y proseguí con mi tarea.

Trabajar con números no es que me disgustara demasiado. En realidad, el trabajo del Departamento de Contabilidad consistía, más que en llevar las finanzas de la empresa, en coordinar. Tampoco suponía ningún desafío o reto especial. Se trataba de un trabajo sencillo, que era mejor tomarse con pragmatismo y sin mucho entusiasmo.

—Urase, ¿quieres salir a tomar algo mañana? ¿Vamos al Ōfuna? Aquel sitio al que fuimos el mes pasado. Ahora están celebrando su tercer aniversario y sirven la cerveza más barata —dijo Tabuchi.

—Lo siento, pero mañana es mi día libre —le contesté mientras observaba un fajo de recibos que tenía en la mano.

—Ah, de acuerdo.

Me sentí aliviado de tener una excusa que darle. El señor Tabuchi hablaba mucho y cada vez se me hacía más difícil ir a tomar algo con él. Sin embargo, no tenía el valor de rechazar siempre las invitaciones de un superior al que veía todos los días. Acabábamos de entrar a diciembre y se estaba acercando la fiesta de fin de año de la empresa, a la que tendría que ir sí o sí pero que, si pudiera, evitaría.

El señor Tabuchi volvió a girar sobre la silla para dirigirse a mí.

—¿Tendrás mañana una cita con tu novia?

—Bueno, digamos que sí.

—¡Guau! Acerté. ¡Increíble! —dijo, dándose un golpe en la frente con la mano.

Aquel gesto teatral me hizo gracia, pero no porque fuera especialmente divertido, sino porque me alivió. Después de eso ya no era necesario que diera más explicaciones. El señor Tabuchi alzó la barbilla hacia mí y me dedicó una sonrisa.

—Ya llevan mucho tiempo saliendo, ¿no? ¿Se van a casar?

—¿Cómo? Este cálculo está mal. El señor Konno, del Departamento de Ventas, siempre se equivoca. Tendré que pedirle que lo rehaga... —comenté como si hablara para mí mismo, y después forcé una sonrisa.

—Es muy habitual que la gente no rellene bien las hojas de gastos, ¿verdad?

El señor Tabuchi me devolvió la sonrisa y se colocó de nuevo de frente a la computadora. Sonó la línea interna de teléfono. Yoshitaka, una veinteañera recién incorporada a la empresa que se sentaba delante de mí, lo tomó con languidez. Tras responder con brusquedad el teléfono, pulsó el botón de llamada en espera y dijo:

—Señor Urase, es para usted.

—¿Eh? ¿De quién?

—No logré entenderlo. Era un hombre.

—Gracias...

Descolgué el teléfono. Era del Departamento de Ventas en el Extranjero. Querían importar de nuevo muebles del Reino Unido y me pedían que elaborara una propuesta de presupuesto. De eso debía encargarse el señor Tabuchi, pero no sé por qué a menudo me lo pedían a mí. Quizá porque, como yo era tímido, resultaba más fácil darme un sinfín de órdenes. Puse a la persona en cuestión en espera durante unos instantes y lo consulté con el señor Tabuchi.

—¿Tiene ya lista la propuesta de presupuesto para la marca inglesa? Me dicen que la quieren para la reunión de mañana.

—¡Ah, aquello! La verdad es que no acabo de entenderlo. Como no es en dólares, sino en libras, no me queda claro. Tampoco hablo un inglés como el tuyo, Urase.

Me miró con ojos implorantes y suspiré profundamente desde el fondo de mi corazón.

—De acuerdo. Yo me encargo.

—Lo siento. Te invito a la próxima —dijo el señor Tabuchi haciendo el gesto de levantar una jarra.

Mientras, Yoshitaka se estaba cortando las puntas partidas del cabello. No es que me desesperara especialmente que mi jefe fuera un incompetente ni que la recién llegada no pusiera ningún tipo de interés en el trabajo, pero en momentos como ese me daban muchas ganas de dejar la empresa.

Como no soy un ser sociable, tuve suerte de que me pusieran en el Departamento de Contabilidad en lugar de en el Departamento de Ventas. Aunque, como en todas partes, siempre que estés en alguna organización te encontrarás con personas conflictivas.

Me imaginaba que sería muy feliz si pudiera dejar la empresa, tener mi propia tienda con piezas que me gustaran y estar rodeado de compañeros a los que les apasionaran las antigüedades como a mí.

Pero en ese momento no podía dejarlo. Mis ahorros no llegaban ni al millón de yenes y, de todos modos, el día a día en una empresa como esa no te dejaba tiempo para nada más. Estaba tan atareado con todo lo que tenía delante que me resultaba imposible ponerme a planificar cómo abrir un negocio.

Me preguntaba cuándo llegaría el momento en que pudiera abrir las puertas de mi tienda de antigüedades. Pero la única certeza que tenía era que aquella noche haría unas horas extra inútiles.

Al día siguiente, que era miércoles, fui a buscar a mi novia Hina a su casa, que se encontraba en una zona residencial tranquila.

No sé si estaría mirando por la ventana de su habitación, pero sacó la cabeza por la del primer piso y me llamó:

—¡Ryō!

Se retiró deprisa y yo me quedé en el jardín sin tocar el timbre a la espera de que saliera, pero la que apareció en su lugar fue su madre.

—Hombre, Ryō, ¡cuánto tiempo! ¿Cómo estás?

—¡Hola!

—Esta noche te quedarás a cenar, ¿verdad?

—Pues... sí, si no le molesta que siempre me quede.

—¡Para nada! Mi marido también se alegrará de verte. ¿Qué prefieres: carne o pescado? Como Hina siempre quiere carne, podría aprovechar la ocasión para cocinar pescado...

Hina llegó apurada.

—¡Mamá, deja de marear a Ryō con tanta palabrería!

Me tomó del brazo. Desprendía un aroma a vainilla. Era su colonia.

—¡Nos vamos!

Le dijo adiós a su madre con la mano que tenía libre y me arrastró hacia fuera.

Hina y yo nos llevábamos diez años. Ella todavía tenía veinticinco.

Nos conocimos hacía tres, en la playa de Kamakura. Yo había ido solo a un mercadillo de segunda mano en un templo de por ahí y, mientras paseaba por la orilla, vi a una chica agachada que estaba buscando algo.

Tenía una expresión de lo más seria, por lo que pensé que había perdido algo importante, así que le pregunté qué buscaba.

—Estoy recogiendo cristales del mar —me respondió.

Buscaba trozos de cristales que llegaban a la orilla, provenientes de épocas y lugares lejanos y que, a lo largo del tiempo, las olas habían erosionado y arrastrado hasta la costa desde el extranjero, transformados en artesanías de la naturaleza.

Hina los estaba recogiendo para hacer joyas. Los guardaba dentro de un recipiente, donde tenía cristales azules y verdes, conchas y estrellas de mar secas.

—Me parece muy romántico pensar que antes eran parte de una pieza de cristal que alguien utilizó en el pasado. Siempre dejo volar la imaginación y me pongo a pensar en quién la tuvo y en cómo la sostenía en sus manos...

«Es como yo», pensé.

Tenía la misma mirada, la misma sensibilidad y el mismo modo de ver el mundo que yo.

Yo también me incliné hacia delante, observé la arena y vi que había un montón de cosas: algas secas, trozos de madera, piedras, una chancla sin par, bolsas de plástico, tapones de botellas... Es decir, mucha basura. Vista así, la playa me pareció como un gran mercadillo repleto de antigüedades.

Entre todo eso encontré un trocito de cristal rojo con forma de haba.

—Toma, para ti —le dije.

—¡Vaya! —exclamó con voz extrañada, a la vez que abría los ojos como platos—. ¡Es preciosa! Los cristales rojos son muy difíciles de encontrar. Qué ilusión. ¡Muchas gracias!

—De nada —le respondí, y, tras dedicarle una fugaz

reverencia con la cabeza, me alejé de ella deprisa porque, al ver lo bonita que era cuando se ponía contenta, me había dado un ataque de vergüenza. A veces, la vida te sorprende con un golpe de suerte. Eso fue lo único que pensé en ese momento.

Pero aquello no terminó ahí.

El fin de semana siguiente volvimos a cruzarnos por casualidad en el mercadillo de antigüedades del Tokyo Big Sight. Encontrarla entre la multitud de gente y puestos fue realmente un milagro. Puede parecer un poco raro que diga esto, pero vi que un aura brillaba a su alrededor.

Me acerqué a ella de improviso para hablarle mientras estaba comprando algo, sin pensarlo dos veces. Hina también se sorprendió al verme, y al poco rato de estar conversando le propuse ir a tomar un té. Era la primera vez que intentaba realmente seducir a alguien. Siempre que lo pienso, me parece imposible que yo fuera capaz de hacer algo así.

Nos dimos cuenta de que a ambos nos gustaban las antigüedades, así que empezamos a buscar tiendas y rastros de viejo y a visitarlos juntos.

Deseaba que algún día pudiéramos tener nuestra propia tienda.

De vez en cuando hablábamos de ello. Pero ese «algún día» era un sueño, como quien dice «cuando me jubile» o «cuando gane cien millones de yenes en la lotería». Estaba seguro de que Hina no creía que yo lo estuviera diciendo en serio.

¿Cuántos años me quedaban para jubilarme? Me pregunté si, llegado el momento, tendría el dinero, las ganas y las fuerzas para llevar una tienda.

Ese día Hina me había invitado a ir a un taller breve llamado «Diviértete con los minerales» que se hacía en un centro cultural en el que se celebraban actos y cursos, y que pertenecía a una escuela primaria del vecindario donde ella vivía, pero que no era a la que había ido de pequeña.

—¿Cómo lo encontraste? —le pregunté.

—Estaba buscando cursos de computación para aprender a abrir mi propia tienda en línea y vi que ahí los hacían. Ahora estoy yendo a unas clases de dos horas prácticamente particulares y que me cuestan dos mil yenes la sesión. Ese centro es increíble. Organizan todo tipo de actos y tienen muchos círculos sociales.

Más allá de crear joyas con cristales del mar, Hina también había empezado a pensar en venderlas. Trabajaba en una oficina a tiempo parcial, tres días a la semana. Pensé que, como vivía en casa de sus padres, no necesitaba ganar demasiado dinero y disponía de mucho tiempo para dedicarse a crear joyas y tiendas en línea. No como yo.

«De verdad te gusta flagelarte», me dije, y negué con la cabeza para sacudirme esa idea de encima.

Hina me llevó hasta el edificio blanco del centro cultural, entramos y después escribí mi nombre, el propósito de la visita y la hora de entrada en la hoja de registro que se encontraba en el mostrador de la recepción. Al parecer, aquella mañana habían recibido a unos diez visitantes, según figuraba en el papel, para usar la sala de reuniones, la

73

estancia con tatamis y la biblioteca. Una biblioteca. Me sorprendió que hubiera una.

El taller se hacía en la sala de reuniones B, en la que solo éramos cuatro personas, nosotros y dos hombres mayores, pero para ese tipo de taller seguramente era mejor un grupo reducido como aquel.

La persona que impartía el curso era un hombre de unos cincuenta años que se llamaba Mogi. Empezó con una breve presentación sobre él.

El señor Mogi, que habitualmente trabajaba en una fundidora, había dado un paso más allá en su afición por los minerales con la obtención de un título de experto en mineralogía, y en su tiempo libre se dedicaba como voluntario a organizar talleres y excursiones en las que enseñaba a los participantes a buscar minerales.

Me admiró que se hubiera especializado como voluntario en algo de lo que disfrutaba. Seguro que lo pasaba en grande haciendo lo que le gustaba, sin molestar a nadie.

A pesar de haberme distraído con ese tipo de pensamientos, el curso me pareció muy interesante. Nos habló de qué clase de minerales había, cómo se formaban, cómo se usaba correctamente una lupa, y también nos mostró algunos ejemplares curiosos.

El señor Mogi nos dio una piedra de unos cinco centímetros a cada uno y nos dijo que ese mineral, que tenía unas vetas con una degradación de colores que iba del violeta al amarillo, era una fluorita de Argentina.

—Vamos, pulámoslas juntos.

Debíamos añadirle un poco de agua con una pipeta,

pulirla con un papel de lija, mojarla cuando se alisara un poco y volver a pulirla con otro papel más fino.

Una vez alisadas las asperezas, las vetas de colores de la fluorita emergieron con viveza y nitidez.

Aquello me divirtió mucho.

El sueño de tener una tienda se avivó en mi cabeza. Se me ocurrió que podría dedicar un rincón a exhibir una colección de minerales e invitar al señor Mogi a dar pequeñas charlas.

Al terminar el taller, que había durado noventa minutos, Hina me dijo:

—Oye, voy a hablar con el profesor. ¿Me esperas un momento? Me gustaría crear alguna pieza con minerales como estos. Quisiera saber más sobre la dureza de las piedras y cuáles son las más adecuadas.

La vi de lo más entusiasmada con el proyecto de abrir una tienda en línea, y no había ningún motivo para detenerla.

—Claro. Iré a ver los libros que tienen en la biblioteca. No hay prisa —le respondí, y a continuación salí de la sala de juntas.

La biblioteca se encontraba al final del pasillo.

Visto desde la entrada, el espacio era más amplio de lo que esperaba y disponía de muchos libreros, alineados tanto en las paredes como en el centro.

No había nadie, solo una chica en el mostrador, vestida con un delantal azul marino, que estaba escaneando los códigos de barras de unos libros. Primero fui a echar un vistazo al librero más cercano a la puerta. Pensé que al ser un centro adjunto a una escuela primaria tendrían muchos libros para niños, pero para mi sorpresa disponían de una selección variada, como cualquier biblioteca.

Me fui en busca de libros sobre antigüedades. Rápidamente encontré los libreros de las obras de arte y orfebrería. Tras hojear unos cuantos, me dispuse a buscar alguno sobre cómo abrir una tienda.

En ese momento, la chica del delantal azul marino pasó junto a mí. Llevaba tres libros; seguramente, unas devoluciones.

—¿Tienen algún libro sobre creación o gestión empresarial?

Al hacerle aquella pregunta, la chica entornó sus grandes ojos. No debía de tener ni siquiera veinte años.

—Pues... ¿Se refiere a algo relacionado con los negocios? Quizá la autobiografía de algún empresario podría resultarle útil.

En su gafete decía que se llamaba Nozomi Morinaga.

—No te preocupes —le dije, inquieto al ver que le estaba costando trabajo.

—Lo siento, todavía estoy aprendiendo el oficio. Ahí al fondo, en el rincón de las consultas, hay una bibliotecaria veterana. Ella le ayudará —dijo, sonrojada.

Nozomi señaló un cartel que colgaba del techo en el que se leía: CONSULTAS.

Pensé que, aunque fuese pequeña, aquella era una biblioteca con todas las de la ley, incluso tenía bibliotecaria.

Así que me dirigí hacia donde Nozomi me había indicado, pasé por un panel divisorio y me quedé pasmado.

Ahí, sentada, me encontré a una mujer de lo más robusta.

La cabeza le reposaba directamente sobre un cuerpo que parecía a punto de estallar. Llevaba un delantal beige con una tosca chamarra de color marfil encima. Tanto su piel como la ropa eran tan blancas que parecía el Hombre de Malvavisco de *Los cazafantasmas*.

Me acerqué nervioso. El Hombre de Malvavisco tenía el semblante taciturno y parecía que temblaba. Primero pensé que se debía de sentir mal, pero cuando le vi las manos al otro lado del mostrador, me di cuenta de que en realidad estaba clavando la aguja con ahínco en algo redondo.

Quizá sufría estrés...

Dudé si dirigirle la palabra o no y justo cuando estaba a punto de darme la vuelta, alzó el rostro de repente. Nuestras miradas se cruzaron de improviso y yo me tensé.

—¿Qué buscas?

Para mi sorpresa, su voz era suave. Me quedé atónito. A pesar de que no sonreía ni un ápice, estaba llena de ternura. Me volteé, vacilante, como atraído por ella.

Que qué buscaba... Quizá un lugar en el que depositar mi inabarcable sueño.

Me fijé en que el Hombre de Malvavisco tenía también un gafete con su nombre. Se llamaba Sayuri Komachi. Lucía un pasador con unas flores blancas en el chongo.

—Pues... ¿tendría algún libro sobre iniciativa empresarial?

—Sobre iniciativa empresarial... —repitió la señora Komachi.

—Me gustaría empezar un negocio.

Dicho así, sonaba como si fuera algo muy grande y me sentí un poco incómodo. Proseguí con otra petición.

—También me gustaría saber un buen modo de dejar un trabajo...

Me sentía incapaz de hacer ninguna de las dos cosas, ni de empezar un negocio ni de dejar mi trabajo.

La señora Komachi guardó la aguja y la bolita de lana en una caja naranja que tenía a su lado. Era una caja de Honey Dome, de Kuremiyadō. Recuerdo que de pequeño me las daban como premio cuando ayudaba en casa.

Tapó la caja y se me quedó mirando.

—Son tantos los negocios que se pueden emprender... ¿Qué quieres hacer?

—Algún día me gustaría abrir una tienda. De antigüedades.

—Algún día... —se limitó a repetir la señora Komachi.

Pronunció aquellas palabras con un tono tan inexpresivo que de algún modo me vi obligado a justificarme.

—Bueno, es que ahora mismo no puedo dejar la empresa donde trabajo. Y tampoco puedo reunir el dinero necesario para abrir una tienda. Quizá, si sigo diciendo «algún día», todo quedará solo en un sueño.

—¿Solo en un sueño?

La señora Komachi ladeó ligeramente la cabeza.

—Si piensas que algún día se cumplirá, el sueño seguirá vivo —añadió—. Continuará siendo un sueño precioso. Yo creo que, aunque no lo hagas realidad, nunca dejará de ser una opción de vida. Albergar sueños sin tener planes para llevarlos a cabo no es nada malo. Hacen que el día a día sea más emocionante.

Me quedé atónito.

Si ese «algún día» eran las palabras mágicas para mantener el sueño vivo, ¿qué debía decir para hacerlo realidad?

—Ahora bien, si quieres saber qué hay más allá de tu sueño, entonces debes saber...

La señora Komachi se enderezó totalmente y se volteó hacia la computadora. Detuvo las manos sobre el teclado un segundo y acto seguido se puso a escribir a tanta velocidad que era imposible seguirle los dedos. Me dejó con la boca abierta.

Al final, oprimió el Enter con gesto victorioso y de la impresora salió una hoja. Después me entregó el papel, donde había escrito los títulos, los nombres de los autores y el número de los libreros en los que se encontraban los ejemplares que me recomendaba.

Tú puedes abrir un negocio, Mi tienda y *Las siete cosas que debe hacer si está pensando en dejar el trabajo.*

Al final de la lista había un título que no entendí y que tuve que leer dos veces: *Diviértete con la horticultura; descubre el maravilloso mundo de las plantas.*

Como pensé que debía de ser un error, leí aquel larguísimo título en voz baja. La señora Komachi me tenía que haber oído a la fuerza, pero permaneció en silencio.

—¿«El maravilloso mundo de las plantas»? —repetí más bien perplejo.

La señora Komachi asintió a la vez que se llevaba la mano al pasador de su cabello.

—Por cierto, son acacias —dijo con su tono inexpresivo.

Yo me quedé perplejo, sin saber qué contestar, y por decir algo las elogié:

—¡Son preciosas!

Después la señora Komachi señaló con el dedo índice la caja de Honey Dome.

En la tapa de la caja había dibujadas unas flores blancas. Claro, eso también eran acacias. A pesar de que hacía años que veía ese empaque, nunca me había preguntado qué flores debían de ser.

—La miel de las Honey Dome es de flores de acacia —dijo con un susurro, y a continuación encogió un poco su robusto cuerpo para abrir el segundo cajón de debajo del mostrador.

—Toma, para ti.

—¿Cómo?

La señora Komachi me tendió la mano, que tenía entrecerrada con delicadeza, como si sostuviera un pastelillo. Por instinto, yo le tendí la mía y me puso algo en ella con suavidad.

Era una suerte de bolita de lana... Con forma de gato. Un gato atigrado, de cuerpo café con rayas negras, que dormía acostado de lado.

—¿Eh? ¿Y esto? ¿Qué es?

—Un obsequio.

—¿Cómo?

—Viene como obsequio con los libros.

«Como obsequio...», pensé. ¿Qué querría decirme con tales palabras? Quizá le había parecido que me gustaban los gatos. ¿Por qué me regalaba eso?

—Lo que más me gusta del fieltro es que no requiere ningún patrón para hacerlo, y que se le puede dar la forma que quieras.

La señora Komachi abrió la tapa de la caja de Honey Dome, volvió a tomar la aguja y la bolita de lana y se puso de nuevo a la labor. Chic, chic, chic. Llegados a ese punto, todo indicaba que el tiempo para hacer preguntas había llegado a su fin, así que me dispuse a irme, con la hoja de papel y el gato.

—Ah, por cierto —dijo la señora Komachi sin alzar la mirada—: cuando te vayas, recuerda escribir la hora de salida en la hoja de registro de la recepción. Hay mucha gente que lo olvida.

—Sí, por supuesto.

Chic, chic, chic. El Hombre de Malvavisco siguió dándole a la aguja con ahínco.

Busqué los números de los libreros de la lista y me hice con todos los libros, incluido el último. El título era largo, pero DESCUBRE EL MARAVILLOSO MUNDO DE LAS PLANTAS estaba escrito con letras grandes.

Hina apareció justo en ese momento, más pronto de lo que pensaba. Bueno, quizá el tiempo había volado al entretenerme con la señora Komachi.

—¿Qué es eso? —preguntó Hina reparando en el gato y tomándolo.

—Me lo dio la bibliotecaria.

—Qué lindo. Es fieltro de lana, ¿verdad?

No sabía que se llamaba así. Iba a ofrecérselo a Hina, pero en ese preciso instante ella me lo devolvió a la vez que me preguntaba:

—¿Vas a tomar esos libros?

Y yo me quedé con el gato en la mano y el semblante pasmado.

—No, solo pensaba echarles una ojeada...

Me apresuré a poner el libro de las plantas arriba de todo y esconder los otros títulos debajo de este.

—¿Quiere que le haga una credencial de la biblioteca? —oí que me preguntaba Nozomi.

Pensé que realmente se tomaba en serio su labor de aprender el oficio.

Hice ademán de responderle que no era necesario, pero Hina respondió primero.

—¿Cualquiera puede llevarse libros prestados?

—Siempre y cuando viva en este vecindario.

—Ah, en ese caso me la haré yo. Es que él no es del vecindario.

Nozomi, rebosante de entusiasmo, guio a Hina hasta el mostrador. Yo, mientras tanto, me apresuré a devolver los libros sobre iniciativa empresarial a los libreros. Con cara de que ahí no había pasado nada, tomé prestado únicamente el cuarto libro de la lista y salí de la biblioteca fingiendo que me gustaban las plantas.

Cuando íbamos a salir del edificio, recordé la petición de la señora Komachi de que no olvidara escribir la hora de salida en la hoja de registro. Tras detallar esa información en la misma hoja que había rellenado en la entrada y dejar la pluma, me fijé en un fajo de papeles que había al lado.

Era el *Boletín del centro cultural Hatori*. Se trataba de unas fotocopias en color tamaño carta con un diseño he-

82

cho a mano y que, al parecer, los visitantes del centro podían tomar de forma gratuita.

La parte inferior del boletín atrajo mi mirada, puesto que había una foto de un gato similar al que me había regalado la señora Komachi. Un hombre con lentes y una playera de rayas sostenía el atigrado gato en sus brazos. De fondo se veían unos libreros con ejemplares.

Tomé una copia sin pensarlo.

Ese boletín número 31 del centro cultural Hatori era un especial en el que sus trabajadores recomendaban tiendas y recopilaban información de negocios del área metropolitana de Tokio en seis secciones: pastelerías, florerías, cafeterías, restaurantes de *tonkatsu** y karaokes.

Al lado de la fotografía del gato decía: «¡Recomendación de la bibliotecaria Sayuri Komachi!». El nombre de la tienda era Cats Now Books y se trataba de una librería especializada en libros de gatos y en la que había felinos de verdad.

Hina abrió la puerta, miró al cielo y comentó:

—Parece que va a llover. Será mejor que nos demos prisa, Ryō.

Doblé el boletín y lo metí dentro del libro, que después guardé en la bolsa, y nos marchamos.

Hina tenía dos hermanas mayores. Una se llamaba Kimiko, de treinta y cinco años, la misma edad que yo; y la se-

---

* N. de la T. Lomo de cerdo rebozado y frito. En Japón es común que los restaurantes se especialicen en platos concretos.

gunda, Erika, tenía treinta y dos. Hina había llegado mucho más tarde, al parecer por sorpresa.

Kimiko era soltera y trabajaba como realizadora en una cadena de televisión de Osaka, mientras que Erika se había casado con un checo y vivía en Praga. Por tanto, era natural que los padres de Hina la mimaran mucho, puesto que era la única que vivía en casa.

Aun así, ellos estaban encantados de que Hina se quedara en mi departamento los fines de semana o de que hiciéramos alguna excursión. Según ellos, ya era una persona adulta y preferían eso a que les mintiera o que hiciera las cosas a escondidas. O quizá lo veían así porque era la tercera hija.

El verano pasado, después de haber salido a dar una vuelta en un coche rentado, Hina me medio obligó a entrar cuando iba a dejarla en su casa, y a partir de entonces me fui integrando en su familia poco a poco. Nunca he hablado abiertamente de matrimonio con Hina, pero diría que sus padres ya lo dan por sentado.

—¿Tienes mucho trabajo últimamente, Ryō? —me preguntó su padre mientras acercaba hacia mí la botella de cerveza.

Me apresuré a tomarme la mitad del vaso que me quedaba.

—Sí, bueno... Justo ahora estamos con los cierres de fin de año... Y a mí eso no se me da muy bien.

—Pero no te dan el trabajo de otros, ¿no? Como eres tan amable y serio, no me extrañaría que fuera así.

El padre de Hina me sirvió más cerveza en el vaso ya vacío. Yo la acepté agradeciéndoselo con una ligera reverencia de cabeza.

—Papá, Ryō no está acostumbrado, así que no lo fuerces a beber mucho —le pidió Hina.

—Siempre puede quedarse a dormir aquí —respondió él riendo.

—Hina, ¿podrías venir a echarme una mano? —se oyó que le decía su madre desde la cocina, y Hina se puso de pie.

El padre acercó los palillos al pescado y se detuvo antes de agarrarlo.

—Las otras dos hermanas tienen una personalidad fuerte y siempre hacen lo que les da la gana, incluso contra viento y marea... —comentó con la mirada fija y en voz baja, seguramente para que no lo oyeran desde la cocina—. Hina es distinta. Vive en su propio mundo y solo habla de sus sueños y fantasías. La he malcriado un poco. Me da mucha tranquilidad que esté con un chico formal como tú.

Tras unos instantes de silencio, el padre de Hina me miró a los ojos y me dedicó una sonrisa amable.

—Cuida de Hina —me dijo, pero yo, lejos de asentir con seguridad y solidez, me limité a esbozar una vaga sonrisa, intimidado.

Tenía mucha suerte de gustarle y que me viera como un buen candidato para ser el compañero que protegería a su preciosa hija el resto de su vida.

Ahora bien, aquellas palabras también ejercieron en mí cierta presión. No podía decirle que me gustaría dejar la pequeña pero estable empresa en la que trabajaba para abrir una tienda.

Porque la formalidad que él veía en mí no era mía, sino de esa empresa.

Al regresar a mi departamento, me di un baño y me tiré en la cama con el teléfono y el libro que me había llevado prestado.

Diviértete con la horticultura; descubre el maravilloso mundo de las plantas.

Lo sostuve en las manos con cuidado y pensé que tenía un forro espléndido. En él podía verse la delicada ilustración de unas plantas dibujadas a lápiz sobre un fondo blanco; y tenía el título centrado, con unas letras de color verde brillante. Se notaba que era un libro hecho con cariño.

No sabía por qué me lo había recomendado la bibliotecaria, pero sin duda aquel libro me gustaba. Lo hojeé y me di cuenta de que el texto, dispuesto en horizontal, era fácil de leer y que contenía muchas ilustraciones con todo tipo de detalles. Se estructuraba en forma de preguntas y respuestas y, a pesar de que parecía adecuado para estudiantes de finales de primaria, no sonaba infantil. Cuando me tumbé bocarriba para leerlo con más detenimiento, el boletín del centro cultural se cayó de dentro de este. Dejé el libro sobre la almohada que tenía al lado y lo agarré.

Una librería de gatos...

Según relataba el artículo, el propietario, un tal señor Yasuhara, había adoptado unos gatos y ahora ellos eran sus compañeros de trabajo. Esta librería especializada en libros de felinos se encontraba en Sangenjaya y parte de las ganancias se destinaban a un refugio para gatos.

Al leer aquello, pensé que el mango de la cucharita con la oveja que me había recordado a la forma de un tulipán también se parecía a una pata de gato. Su diseño era de los que llaman «trífido», con el extremo plano y dos hendiduras a lo largo.

Busqué «Cats Now Books» en mi teléfono.

Después de su cuenta de Twitter, me sorprendió encontrar varias entrevistas.

Abrí el primer artículo y apareció el señor Yasuhara luciendo una playera con un gato estampado. Estaba delante de un librero y sostenía un gato, pero esta vez no era atigrado, sino negro. ¿Cuántos gatos tendría? Al parecer, en la librería también se podían pedir bebidas, de ahí que en la foto hubiera una cerveza llamada El Gato del Miércoles.

«Gatos, libros y cerveza. Rodéate de lo que te gusta», decía la leyenda de la foto. Observé al señor Yasuhara, que miraba sonriente al objetivo.

Qué suerte. Eso sí que es hacer realidad un sueño...

Los párpados empezaron a pesarme. Con el cerebro adormecido, leí el artículo en diagonal. Al parecer, el señor Yasuhara trabajaba como empleado en una empresa de computación al mismo tiempo que llevaba la tienda.

¿Cómo era posible...? *Social business, crowdfunding...* Me fui saltando esas palabras inglesas con las que no estaba familiarizado.

«Cuando se tiene una carrera paralela, los trabajos se complementan sin que se establezca una relación de jerarquía», afirmaba el señor Yasuhara.

¿Sin que se establezca una relación de jerarquía? ¿Qué quería decir con eso?

Busqué el concepto de «carrera paralela» y descubrí que era un término acuñado por el académico P. F. Drucker, experto en dirección de empresas, para referirse a otra actividad que se realiza simultáneamente. Es decir, un segundo trabajo.

Bostecé.

Decidí apagar el teléfono. Estaba cansado y también un poco ebrio, así que cerré los ojos, invadido por el sueño.

Al día siguiente llamé a Yoshitaka cuando estaba preparándose para irse a las cinco en punto.

—¿Terminaste de revisar los formularios de reembolso de gastos del Departamento de Ventas? Esperaba que me los mandaras hoy.

—Ah, eso... Todavía no. Acabo de pintarme las uñas. ¿Le importa que lo haga mañana? —me respondió, agitando una mano en el aire para que se las viera.

No me cupo en la cabeza que alguien encontrara lógico decir que no podía hacer algo porque acababa de arreglarse las manos.

—Hoy era la fecha límite —le comenté con la mayor calma que pude.

Aun así, Yoshitaka frunció el ceño como si le hubiera dicho algo terrible.

Sin responderme siquiera, se sentó de nuevo en su silla con brusquedad y sacó el teléfono de su bolso con cuidado de no estropearse las uñas. A continuación, llamó a alguien.

—¡Ah! Hola... Perdona, llegaré un poco tarde. Me llegó un trabajo urgente.

Seguramente llamó en lugar de escribir por Line o por

mensaje para que yo la oyera. Eso, de algún modo, me hizo sentir mal.

Pero, bueno, ¿por qué tenía que sentirme mal yo?

Aproveché para avanzar trabajo mientras esperaba a que Yoshitaka terminara. Yo también tenía planes, pero no podía irme hasta que recibiera esos formularios de gastos. Tenía que revisar lo que me pasara y tramitarlo al día siguiente a primera hora.

Yoshitaka estuvo trabajando unos cuarenta minutos, después dejó los documentos con desgano sobre mi mesa y se fue.

Miré el reloj y metí los papeles en mi bolsa para revisarlos en casa. Por supuesto, aquellas horas extra de trabajo por esperar a recibir esos documentos no me las iban a pagar. Qué le iba a hacer.

Fui hasta Shinjuku y pasé por unos grandes almacenes en los que había un mercadillo de antigüedades que terminaba ese día.

Por suerte, llegué una hora antes de que cerrara. Había cerámica, rollos ilustrados *emaki* y otros objetos variados que, irónicamente, como no solían venderse, habían acabado formando una suerte de exposición.

Es decir, las antigüedades no tenían mucha salida. Tampoco podía negar que yo había ido hasta ahí solo para mirar, pensé mientras observaba con admiración una vasija de porcelana de Imari.

Si tuviera mi propia tienda, ¿cuántos artículos debería vender al día para tener ganancias?

Tendría que restar varias cosas, como la renta del local, los gastos y los muebles, además de los impuestos.

Lo primero que me vino a la cabeza al empezar a pensar en todo eso fue que estaba claro que no era viable.

—¡Vaya! ¡Ryō! ¿Eres tú? —oí que me decía una voz.

Yo me volteé y me encontré a un señor mayor de pelo largo y rizado con permanente que vestía una chamarra de color rosa chillón con unas flores verde-amarillas estampadas. Tardé un par de segundos en reconocerlo.

—¡Hombre! ¡Señor Nasuda!

—¡Sí, soy yo! ¡Qué buena memoria tienes!

Era un cliente habitual de la tienda de antigüedades Enmokuya. Vivía en una gran casa de tres pisos al lado de la tienda. Era el hijo único de un agente inmobiliario y se dedicaba a ayudar a su padre en el negocio, además de a muchas otras cosas que hacía por placer. Le gustaba la expresión «hijo pródigo» y se refería a sí mismo como tal. Cuando nos veíamos en la tienda, él tendría unos veinte años, y el tiempo había hecho sus estragos en él, pero vestía con un estilo psicodélico que me ayudó mucho para reconocerlo.

—Usted también tiene muy buena memoria, señor Nasuda.

—¡No has cambiado nada, Ryō! ¡Sigues tan tímido como siempre!

Aquellas palabras hirieron mis sentimientos, pero me ganó la nostalgia. Él siempre había sido así.

—¿A qué te dedicas ahora? —me preguntó.

—Soy un asalariado del montón. ¿Y usted, señor Nasuda?

—Yo igual. Soy un hijo pródigo del montón.

El señor Nasuda sacó una tarjeta de presentación de su bolsa y me la dio. Encima del nombre, a la izquierda, había tres cargos escritos en inglés: *Renovation Designer, Real Estate Planner* y *Space Consultant*. No entendía muy bien en qué consistían esos trabajos, pero comprendí que estaban relacionados con el sector inmobiliario.

—¡Cuánto tiempo! Me quedé atónito de que Enmoku-ya cerrara de golpe.

—Sí...

—Cuando pasó todo, la policía vino incluso a casa. Qué duro.

—¿La policía?

El corazón me dio un vuelco. Siempre me había preocupado que el señor Ebigawa hubiera enfermado o le hubiera ocurrido algún accidente.

—Al parecer, el señor Ebigawa tenía muchas deudas y se dio a la fuga.

Aquella noticia me dejó consternado. Casi prefería que hubiera caído enfermo o que le hubiera pasado algo.

Rememoré aquel mundo fantástico con vivacidad.

—Bueno, tampoco parecía que le fuera muy bien. Debía de estar angustiado y al final creó una cortina de humo, en honor al nombre de la tienda —comentó con malicia.

Tal como me imaginaba, llevar una tienda era difícil, y mucho más tratándose de un anticuario como el que yo soñaba.

—¿Tienes una tarjeta de presentación? —me preguntó, y le di una.

—¡Vaya! Así que trabajas para la empresa de muebles

Kishimoto. ¡La conozco! ¡La conozco! Si necesitas algo, dime. Yo hago todo tipo de cosas. Por ejemplo, el *showroom* de Libera fui yo quien lo organizó.

Libera era una marca importante de diseño de interiores.

La verdad es que no estaba bien, pero me sorprendió que fuera capaz de encargarse de un trabajo de esa envergadura...

En todo caso, como parte del personal del Departamento de Contabilidad seguramente tampoco iba a trabajar con el señor Nasuda.

Sonó un teléfono. Era el suyo. Observó la pantalla y, tras exclamar un «¡uy!», me dijo que la próxima vez fuéramos a tomar algo, lo agarró y se fue.

A la mañana siguiente, escogí un momento en que no había nadie más para hablar con Yoshitaka.

Había revisado los documentos en casa y comprobado que los recibos y las cuentas eran correctas. Pero me llevé una sorpresa al ver el recibo que había adjuntado el señor Hosaka, del Departamento de Ventas. El importe inicial estaba borrado con corrector y se había modificado encima. Correspondía al gasto de una reunión en una cafetería. Si la cantidad de abajo que me había parecido leer a contraluz era correcta, se habían facturado doce yenes de más. La cantidad inicial se había escrito con bolígrafo, mientras que la cifra de arriba estaba anotada con rotulador y la caligrafía era distinta. Me resultaba difícil creer que aquella corrección la hubiera hecho el mesero. ¿Habría sido Hosaka? O quizá...

—¿Y esto, Yoshitaka...? —le pregunté señalando el recibo.

Ella frunció ligeramente el ceño y después esbozó una sonrisa.

—Es que no me cuadraban los números. Me daba flojera ir al despacho del señor Hosaka para pedirle únicamente que rehiciera esto. No pasa nada, ¿no? Son solo unos diez yenes. No quebrará la empresa por esto —dijo con irritación.

—No me parece bien.

—Bueno, pues ya lo pagaré yo. Con eso bastará, ¿no?

—No, no es eso.

—Qué quisquilloso. A las chicas no les gusta que los hombres refunfuñen por diez yenes.

—¡El problema no son los diez yenes! —vociferé, sorprendiéndome a mí mismo por haber alzado la voz.

El rostro de Yoshitaka enrojeció de repente y volteó la cara. Quizá no se esperaba que le gritara.

—Es una insignificancia... —me espetó por encima del hombro con voz de odio, y a continuación agarró el bolso y el abrigo y se fue.

Me quedé contrariado, inquieto y preocupado sin saber adónde había ido Yoshitaka. Aquel día, el señor Tabuchi no estaba porque se lo había tomado libre. Y justo cuando me estaba empezando a plantear si debía informar a Recursos Humanos de la situación, me pidieron que fuera a dicho departamento.

—La señorita Yoshitaka se quejó de que abusa usted de su poder, señor Urase, y amenazó con dejar el trabajo —me comentó el jefe del departamento con expresión seria.

—¡Pero bueno!

—Según ella, usted se enojó sobremanera porque se le derramó corrector sin querer en un recibo y ella puso un número equivocado. Vino llorando porque decía que había tenido miedo de que le pegara y que usted normalmente parece tranquilo, pero que con ella es distinto.

El que estaba a punto de llorar era yo. Me invadieron la rabia, la tristeza y un sentimiento de impotencia. ¿Que se le había derramado el corrector sin querer? Pero ¿cómo se atrevía? De acuerdo, le había alzado un poco la voz, pero decir que había estado a punto de pegarle era una acusación terrible.

En cualquier caso, no tenía pruebas. No tenía nada con lo que pudiera demostrar mi inocencia.

—De momento trasladaré el caso a mis superiores. —Tras decir eso, el jefe de Recursos Humanos frunció el ceño y cruzó los brazos—. En realidad, esa chica es sobrina del presidente de la empresa. Tabuchi ya lo sabe, pero se lo tendríamos que haber advertido antes a usted también.

Cuando regresé al departamento, Hina me estaba esperando con la cena preparada. Solíamos vernos el viernes por la noche y pasar los fines de semana juntos.

Ni el estofado de ternera que tenía delante de mí conseguía sacarme de la cabeza lo que había ocurrido en la oficina. Yo...

Yo... estaba harto de mi trabajo. ¿Qué estaba haciendo?

¿Acaso iba a continuar así hasta que me jubilara? En ese ambiente no encajaba, y ni siquiera podía permitirme perder la paciencia.

Incluso en casa no hacía más que pensar en el trabajo. Hacía ya mucho tiempo que era así. Les daba vueltas a problemas triviales que surgían entre personas del equipo, a qué había pasado con cierto informe financiero... Era como si nunca me fuera de la oficina. El trabajo me dominaba. Y, encima, tampoco era un trabajo que me gustara especialmente.

Aun así, me preocupaba pensar que mi situación laboral peligraba. Me estaba aferrando a un lugar que odiaba y trataba de protegerlo con desesperación. Eso es lo que hacía y lo que, sin duda, seguiría haciendo.

—¿Te pasa algo, Ryō? —preguntó Hina, ladeando la cabeza, extrañada.

—No es nada —le respondí manteniendo la compostura—. Es solo que he estado muy ocupado con el cálculo de las primas y así.

—Vaya. Pues ahora a descansar.

Hina puso dos copas sobre la mesa y después trajo una botella de vino pequeña.

—¿Sabes qué? Hoy cumplí con el objetivo de ventas del mes de la tienda en línea. También estoy recibiendo muy buenas críticas. Y además... —empezó a contarme ella alegremente.

Cómo deseaba yo también poder hacer solo lo que se me antojara, sin aguantar a indeseables ni tener preocupaciones económicas, y abrir una botella de vino cuando consiguiera reunir un poco de dinero...

—Aunque sea en línea, estoy muy feliz de haber abierto mi propia tienda. Oye, Ryō, cuando abras la tuya...

—¡Qué fácil es hablar! —la interrumpí.

Hina dio un brinco. Sabía que estaba descargando mi ira contra ella, pero fui incapaz de controlarme.

—Yo no soy como tú. No puedo dedicarme a mi *hobby* para divertirme. Si tu tienda en línea fracasara o tus ingresos fueran nulos, no pasaría nada, ¿no?

—No lo hago por *hobby*... —murmuró.

Yo me quedé desconcertado y alcé la cabeza.

—Ni para divertirme —añadió—. ¡Aunque a ti te lo parezca, no es así!

Se me heló la mente. Pensé que debía disculparme, pero en ese momento Hina se levantó de sopetón.

—Hoy será mejor que me vaya, porque te veo cansado.

Me quedé paralizado, apretando los puños con firmeza. Sin tan siquiera poder ir detrás de ella, oí que la puerta se cerraba con un portazo a mis espaldas.

Fue horroroso.

Mis planes con Hina se habían frustrado. Nosotros discutíamos en muy raras ocasiones. Hacía mucho que no pasaba un fin de semana solo.

Traté de hacer un poco de *zapping*, pero las estridentes risas de un programa de variedades me perforaron los tímpanos y apagué el televisor. Llevé la mano a la pila de libros que tenía al lado de la cama.

El maravilloso mundo de las plantas...

Me sumergí en el libro durante un rato. A medida que me adentré en su lectura, me di cuenta de lo curioso que era. Mi alma fue paulatinamente zambulléndose en el mundo vegetal, lejos de las relaciones humanas, y de algún modo me sentí como cuando ponía los pies en la tienda de antigüedades Enmokuya.

A cada página que pasaba, más me gustaba aquel libro. Contenía un sinfín de preguntas y respuestas. ¿Por qué los árboles se hacen tan grandes? ¿Por qué la hierba sigue viviendo aunque la cortemos? ¿Es cierto que las plantas crecen mejor cuando les hablas? ¿Realmente los girasoles siguen al sol?

Las hojas utilizadas para el libro eran tan níveas y suaves como una camisa blanqueada y permanecían bien sujetas al forro rígido que las protegía. Las páginas se abrían con facilidad, tanto que hasta se podía dejar el libro abierto en vertical encima de un escritorio sin que se cerrara. No se trataba de un libro ilustrado cualquiera, sino que era agradable y delicado tanto por su textura como por su contenido.

El tercer capítulo se titulaba «El misterioso mundo subterráneo» y abordaba cuestiones como cuál es la función de las lombrices, hasta dónde llegan las raíces y qué proporciones tienen respecto a la planta.

Lo que se esconde bajo el suelo me pareció de lo más interesante. Mientras observaba la ilustración de un árbol y sus raíces separadas por una línea horizontal que representaba la superficie de la tierra, me iluminé de repente.

Se me ocurrió que, como los humanos vivimos sobre la tierra, lo habitual era ver solo las flores y los frutos de las plantas, pero si se miraba desde la perspectiva de las papas y las zanahorias, las «raíces» del suelo cobraban un papel importante al momento. De modo que desde el punto de vista de las plantas se necesitan mutuamente para mantener el equilibrio. Me di cuenta de que los humanos tendemos a pensar que lo que nos conviene es lo más importante en este mundo, pero para las plantas lo importante... ¿no serían ambas cosas?

Al percatarme de ello, recordé el artículo que hablaba sobre tener una carrera paralela.

El señor Yasuhara comentaba que en una carrera paralela ambos trabajos se complementan sin que se establezca una relación jerárquica entre ellos. Igual que las plantas, cuyos papeles en el mundo superior y en el subterráneo se complementan respectivamente.

Ser empleado en una empresa y tener tu tienda. Quizá fuera eso. Sí, quizá fuera eso lo que el señor Yasuhara había puesto en práctica.

Me pregunté si yo también sería capaz de hacerlo y deseé encontrar el modo de compatibilizarlo.

Al día siguiente por la tarde fui de Shibuya a Sangenjaya y después transbordé a la línea Tōkyū Setagaya para bajarme en la estación de Nishi-Taishidō, con intención de visitar Cats Now Books.

Estábamos casi a mediados de diciembre y caía una nieve fina.

Salí de la estación, que estaba desierta, a la calle. Anduve por una zona residencial siguiendo un recorrido que había memorizado. No había más que casas. Abrí la aplicación de navegación para comprobar que iba bien, di vuelta por una calle estrecha y proseguí hasta que llegué a una casa blanca a cuatro vientos.

Vi que la casa tenía un cartel azul con el logo de un gato amarillo. Era esa.

En el escaparate había expuestos un montón de libros ilustrados, en cuyas portadas todo eran gatos.

Cuando abrí la puerta, me envolvió un aire cálido y solté un suspiro, aliviado.

En la caja había una mujer elegante con un corte de pelo *bob*. Eché un vistazo a la tienda y al fondo había una puerta corrediza por la que se entreveía a un hombre con una camisa azul de cuadros.

Era el señor Yasuhara.

Al parecer, en la entrada tenían los libros nuevos y al otro lado de la puerta corrediza, los de segunda mano. Nervioso, recorrí las obras de los libreros con la mirada y, tras tranquilizarme, me dirigí a la mujer de la caja.

—¿Puedo pasar? —le pregunté.

Me descalcé siguiendo sus instrucciones, me desinfecté las manos con alcohol y abrí la puerta corrediza.

Había un gato...

Un gato atigrado que dormía sobre un cojín. Parecía el muñeco de fieltro que me había regalado la señora Komachi. Un gato negro y otro atigrado andaban tranquilamente entre los libreros.

El señor Yasuhara estaba atendiendo a una señora, pero dirigió la mirada hacia mí y me saludó:

—Bienvenido —pronunció con una voz grave, afable y bonita.

La expresión de su semblante irradiaba cordialidad,

pero tenía un aspecto más intelectual que en la fotografía.

En el centro había una mesa con una pequeña carta de bebidas.

Como pensaba pasar ahí un rato, leí la carta tres veces y después pedí lo que quería al señor Yasuhara:

—Disculpe. ¿Me serviría un café, por favor?

—Sí. ¿Lo quiere caliente?

Asentí y a continuación el señor Yasuhara dirigió una breve mirada a la mujer de la caja que estaba al otro lado de la puerta corrediza.

La mujer se acercó y se dirigió hacia la cocina.

Un gato pasó junto a mis pies. Pensé que era uno de los de antes, pero este era atigrado solo en el lomo y tenía la barriga y las patas blancas. No me había dado cuenta de que había otro. Todos estaban de lo más relajados y se comportaban con muchísima naturalidad.

Di un sorbo al café que me habían servido mientras sostenía uno de los libros en la mano. La mujer regresó a la caja. Pensé que ahí, observando a los gatos, con ese café y rodeado de libros, podría relajarme antes de regresar a casa.

Un gato atigrado que llevaba el collar naranja se subió con sigilo a un librero. Era el mismo que había estado durmiendo en el cojín. Se sentó erguido y se puso a menear la cola. Cruzamos las miradas.

«Viniste aquí por algo, ¿verdad? Para saber qué hay más allá de tu sueño», presentí que me decía, y se me encogió el corazón.

La otra clienta fue con un libro hasta la caja. Dejé la taza en la mesa, me levanté y me dirigí al señor Yasuhara:

—Esto... —Él se volteó hacia mí—. Supe de este lugar porque leí el artículo de la señora Komachi, del centro cultural Hatori, en el que lo recomendaba.

—¡Ah! —exclamó el hombre con una sonrisa—. Es verdad, la señora Komachi nos ha recomendado. Muchas gracias por haber venido.

—Es que yo también estoy pensando en abrir una tienda, ¿sabe? —le dije yendo al grano, a pesar de que mi idea era decírselo a medida que avanzara la conversación.

Temí que se ofendiera porque un neófito como yo lo abordara de ese modo, pero, en lugar de eso, se le iluminó el rostro.

—¿Quiere abrir una librería?

—No, una tienda de antigüedades.

—¡Vaya! —exclamó, y asintió con sumo interés.

—He visto que hay muchas entrevistas de usted en internet. No sabía que existía el concepto de «carrera paralela». Usted trabaja medio tiempo en una empresa, ¿verdad? —le pregunté, nervioso.

—Sí.

—¿Me hablaría un poco más sobre usted? Yo me llamo Ryō Urase. Soy contador en una empresa que fabrica muebles.

—Con mucho gusto. Los días en los que el tiempo está como hoy no tenemos muchos clientes.

Se sentó en un banco de los dos que había y acto seguido me indicó con la mano que yo hiciera lo mismo.

Me senté a su lado con el torso vuelto hacia él.

No sabía por dónde empezar a preguntar y se me atropellaron las palabras.

—¿No le resulta difícil compaginar su trabajo de asalariado con la tienda? ¿Hay alguno de los dos trabajos que se le haga más arduo?

El señor Yasuhara sonrió.

—Pues, cómo lo diría... Más bien, ninguno me resulta arduo gracias a que hago ambos.

El gato atigrado de antes se acercó a nosotros y se sentó en el regazo del señor Yasuhara.

—Hace un tiempo quería dejar de trabajar en la empresa, pero no me lo podía permitir. Y ahora, gracias a que sigo como asalariado, puedo disfrutar de tener la librería. Al contrario, si solo tuviera la librería, tendría que plantearme estrategias de venta con las que no estoy de acuerdo. —El señor Yasuhara empezó a acariciar el gato—. Soy de la opinión de que el trabajo te garantiza una posición social. Las carreras paralelas te permiten tener dos posiciones sociales, sin que ninguna de las dos sea secundaria.

Pensé que aquello era como desempeñar un papel bajo la superficie de la tierra y otro sobre esta, y me vino a la cabeza la imagen del árbol.

—En una entrevista comentaba que no se establece una relación de jerarquía.

—Así es.

—¿Gana lo mismo en la librería que como empleado? —dije, e inmediatamente me avergoncé de haberle preguntado por el dinero.

—¡Qué directo es usted! —espetó el señor Yasuhara—. Al decir «relación de jerarquía» no me refería a eso. Para ser claro, la librería me da más bien satisfacción espiritual que beneficios. Aunque, por supuesto, me gustaría incrementar las ventas para poder mantener la tienda...

Entendí que hacer lo que a uno le gusta aporta satisfacción espiritual, pero también pensé que cuando ambos trabajos son igual de importantes, al final uno puede acabar trabajando día, noche y fines de semana. Me pregunté si no se le antojaba de vez en cuando no hacer nada, descansar o divertirse.

—Trabajando en dos sitios, no debe de tener tiempo ni siquiera para viajar, ¿no? —le pregunté escogiendo mis palabras.

El señor Yasuhara asintió como si estuviera acostumbrado a que le hicieran esa pregunta.

—Aun así, a la librería viene gente interesante a la que de otro modo no llegaría a conocer. Así que es como si todos los días viajara a muchos lugares. Aunque no salga y esté siempre aquí, la experiencia sigue valiendo la pena.

Aquella respuesta me abrió los ojos. ¿Qué habría visto y a quién habría conocido para afirmar aquello con tanta seguridad? Nunca pensé que tener tu propio negocio pudiera ser tan fantástico.

Pero... ¿quizá solo él podía hacer algo así? Porque era inteligente, culto, tenía buen gusto, estaba bien relacionado y era virtuoso. No me veía capaz de llegar a ser como el señor Yasuhara en absoluto.

—De algún modo, solo veo en mí lo que no tengo. No tengo dinero, no tengo tiempo... No tengo coraje. Me gustaría cumplir mi sueño algún día, pero no dispongo de lo necesario para dar un paso adelante.

El señor Yasuhara se quedó en silencio unos instantes, observando al gato atigrado. Quizá mi excesivo pesimismo lo había desconcertado.

Esbozó una sonrisa y se volteó hacia mí para mirarme a los ojos.

—Va usted mal con tantos noes.

—¿Cómo...?

—Pues que tendremos que transformar esos noes en objetivos.

Me pregunté qué quería decir con aquello de transformarlos en objetivos y me imaginé que se refería a conseguir dinero, tiempo y... reunir el coraje necesario.

Al ver que me había quedado sin poder articular palabra, el señor Yasuhara añadió con una risa sarcástica:

—Yo odio a la gente.

Aunque lo acababa de conocer, me dejó atónito que dijera aquello, puesto que era de lo más amable y trabajaba de cara al público.

—Pero un día me dieron ganas de escuchar a las personas. Comencé a dejarme caer por aquí y por allá y, curiosamente, eso me abrió muchas puertas y empecé a hacer un contacto tras otro.

El gato atigrado se bajó del regazo del señor Yasuhara. Después anduvo con lentitud hacia el gato negro y le acercó la cabeza, como si quisiera decirle algo.

—¡Todos estamos conectados! Los vínculos pueden extenderse sin fin a partir de un único contacto. Pero si esperas que ese vínculo llegue por sí solo algún día, puede que no lo haga nunca. Déjate ver por muchos lugares, habla con muchas personas y así, habiendo observado infinidad de cosas, quizá llegue el momento en que pensarás que todo irá bien y ese «algún día» se transformará en un «mañana». —El señor Yasuhara se quedó observando los gatos y añadió con un murmullo—: Lo importante es no dejar escapar el destino.

El destino.

Las palabras del señor Yasuhara me parecieron de lo más realistas y abrumadoras.

—Usted ahora ha alcanzado su objetivo. Ha hecho realidad su sueño, ¿no es así? —le pregunté con envidia en los ojos.

Todo mi ser pensó que tenía una suerte tremebunda. No obstante, él ladeó la cabeza ligeramente, dudoso.

—No creo que este sea mi sueño.

—¿Eh? Pero...

—Si lo que quieres es estar rodeado de gatos, libros y cerveza, tampoco es necesario abrir una tienda, ¿no? No todo termina con poseer una tienda. Tengo otros objetivos que quiero alcanzar. Y no hablo de números, sino de algo más.

Me quedé atónito. Se encontraba en un lugar que cualquiera envidiaría, pero él ya estaba pensando en qué hacer después.

Sin embargo, al ver la luz que irradiaban sus ojos lo entendí todo. Quizá eso era lo que verdaderamente había «más allá del sueño».

El señor Yasuhara se cruzó de brazos sobre la mesa.

—Dime, ¿por qué quieres abrir una tienda? ¿Hay alguna otra razón además de que quieras estar rodeado de antigüedades?

Había dado con «el tema», y yo bajé la cabeza.

La respuesta a esa pregunta era la que decidiría mi camino, y seguramente en realidad yo ya la tenía.

—Reflexionaré sobre ello...

Sin que me diera cuenta, el gato atigrado con la barriga y las patas blancas estaba a mis pies y se frotaba contra mis espinillas.

Me levanté de la silla y me rasqué la frente.

—¿Piensas atender la tienda tú solo? —me preguntó.

Esa pregunta me tomó por sorpresa.

El rostro de Hina me vino a la mente. Tenerla a mi lado me haría el hombre más feliz del mundo, pero...

—Hacerlo solo es difícil. Ya sea un familiar o un buen amigo, siempre es mejor tener a alguien con quien compartir las penas y las alegrías. Si no, es emocionalmente agotador —dijo, y después dirigió la mirada hacia el otro lado de la puerta corrediza, donde se encontraba la mujer de la caja.

Ahí lo entendí.

—Es su pareja, ¿verdad?

—Es mi compañera, Misumi —respondió con premura.

—¿Qué le pareció a Misumi que abriera una tienda? —le pregunté.

De repente el señor Yasuhara bajó la mirada.

—No dijo nada... —Entonces esbozó una plácida sonrisa totalmente distinta a las que me había mostrado hasta ese momento y añadió—: Se limitó a seguirme sin decir nada. Le estoy muy agradecido.

Al día siguiente, domingo, fui solo al centro cultural Hatori, con la excusa de devolver el libro que me había llevado prestado... Pero en realidad había alguien a quien quería ver.

Devolví el libro a Nozomi en el mostrador de la entrada. Después me dirigí al fondo de la biblioteca hasta el rincón de las consultas, donde encontré a la señora Komachi.

—Señora Komachi, ayer fui a Cats Now Books. —Al oír mis palabras, ella abrió los ojos como platos y una sonrisa de satisfacción se le pintó en la cara—. El señor Yasuhara y su esposa le mandan saludos.

—¡Ah! Conozco a la señora Misumi Yasuhara desde hace muchos años. Trabajamos juntas en una biblioteca. ¿Cómo está?

—Bien. Ambos son encantadores —le respondí, y después saqué el gato de fieltro de mi bolsa—. Me lo dio como señal para que fuera a esa librería, ¿verdad? Muchísimas gracias. Comprendí que, más que esperar a que ese «algún día» llegue, lo que tengo que hacer a partir de ahora es empezar a moverme.

La señora Komachi negó ligeramente con la cabeza.

—A mí me da la sensación de que ya empezaste a moverte, ¿no? —Yo suspiré y ella prosiguió diciendo con calma—: Yo no te dije que fueras. Fuiste tú el que la descubrió, el que tomó la decisión de ir y el que fue a visitarla por su propio pie. Ya empezaste a moverte.

Ladeó la cabeza.

El gato que tenía en la mano parecía que se estaba despertando.

Había otra persona a la que quería ver.

Salí del centro cultural y me dirigí hacia casa de Hina. Metí la mano en el bolsillo del pantalón. Palpé con suavidad la cucharita con la oveja que me había llevado como amuleto.

Aquella mañana, antes de salir del departamento, había llamado a Hina.

Cuando le dije que quería disculparme por lo ocurrido hacía un par de días y verla para hablar, Hina me pidió que acudiera a su casa. Al parecer, sus padres estaban fuera.

Llegué, toqué el timbre y ella salió de inmediato por la puerta principal.

—Pasa.

Nada más entrar, Hina subió las escaleras y yo la seguí hasta el primer piso.

Parecía que Hina había estado haciendo joyas en su habitación. Tenía unas herramientas y cristales de mar sobre el escritorio.

—Siento lo ocurrido hace un par de días —dije, repitiendo exactamente las mismas palabras que había pronunciado por la mañana.

Mi falta de elocuencia me desalentó.

—Eso ya me lo dijiste —espetó Hina, y después me rescató con una sonrisa.

Saqué de la bolsa dos copas y la botella de vino que ese día ella estuvo a punto de abrir.

Descorché la botella ante su sorpresa y serví el vino en las copas.

—Enhorabuena por haber conseguido tu objetivo.

Hina se encogió de hombros y a continuación me dio las gracias con timidez.

Brindamos y el vino se meció en el interior de la copa como una ola.

—Eres increíble, Hina. No solo porque hayas alcanzado una meta, sino también porque tú misma te abriste tu propio camino...

Hina sonrió y asió uno de los cristales de mar que tenía esparcidos sobre el escritorio.

—Dicen que las artesanías están destinadas a sus futuros propietarios. Es una creencia un poco mística, pero creo que la comparto.

—Sí...

—Es por ello por lo que cuando hago las joyas pienso en las personas que las llevarán. No puedo saber qué rostro tienen exactamente, pero animo a la joya a que llegue a su futuro propietario y siento que me comunico con él. Me hace feliz pensar que estos cristales han viajado a lo largo de los años y que los ayudo a encontrar su destino.

Comprendí perfectamente lo que Hina me estaba diciendo.

Era como el tesoro que llevaba en los pantalones. La tienda de antigüedades Enmokuya ya no existía, pero yo tenía esa cucharita conmigo.

Recordé que cuando la encontré pensé que...

Quizá habría acompañado la taza del té de la tarde de una dama de la nobleza. O una cariñosa madre la podría haber llevado a la boca de su hijo pequeño para darle la sopa. Y ese niño, de mayor, podría haberse convertido en un hombre fornido que la hubiera atesorado a lo largo de los años. O también podría ser que tres hermanas se hubieran peleado por ella porque les gustaba mucho. O quizá...

Quizá yo ya la había usado en el año 1900.

Quizá la cucharita había completado un círculo y había regresado a mí, gracias a la tienda de antigüedades Enmokuya.

Quería ayudar a que las cosas llegaran a sus destinatarios infinitamente, porque las cosas deben llegar a sus propietarios, a las personas a las que pertenecen en cada momento.

Quería formar parte de eso, crear un espacio de encuentro para que pudieran atesorarlas en sus manos.

Esa era la razón principal por la que quería abrir una tienda de antigüedades.

—Me gustaría enseñarte algo.

Saqué una fina carpeta de la bolsa y la abrí para mostrársela a Hina.

Ahí tenía un presupuesto que había hecho la noche anterior, para la apertura y gestión de una tienda de antigüedades.

Había incluido los costos de la compra de artículos, de los arreglos del local, de la instalación del aire acondicionado y de los muebles y la decoración... Primero calculé la inversión necesaria para poder abrir. Después, para cuando la tienda ya estuviera en funcionamiento, añadí la renta, los suministros, los servicios y las existencias. También incluí cuántas ventas diarias debía hacer para poder mantener el negocio a flote. Un plan hecho a mi manera, pero al que le había dado muchas vueltas.

—Voy a empezar a preparar todo para abrir la tienda de antigüedades. Aunque la abra, no dejaré el trabajo. Haré ambas cosas a la vez.

Hina se llevó las dos manos a la boca y se le iluminaron los ojos.

—¡Eso es fantástico! ¡Es increíble que vayas a hacer algo así, Ryō!

«Entonces... Entonces... ¿me ayudarás?»

Eso era lo que tenía intención de decir para después proponerle matrimonio, pero acabé por no pronunciar aquellas palabras. No sabía si me iría bien, y si nos casábamos antes de abrir la tienda, la haría sufrir.

De eso estaba seguro.

Sin duda era mejor que se lo propusiera más adelante, cuando tuviera el trabajo de la empresa y la tienda encarrilados. Y así...

¡Demonios! Caí en la cuenta de que ya estaba de nuevo con eso de «algún día». Se me encogió el corazón. Pensé que yo era totalmente distinto al señor Yasuhara, que no era para nada el tipo de hombre que haría que Hina lo siguiera. Y mientras yo me deprimía, ella dijo con toda la naturalidad del mundo:

—¡Casémonos, Ryō! ¡Lo antes posible!

—¿Eh...?

Tenía que ser Hina quien me lo propusiera para que yo le respondiera como el cobarde que soy.

—Pero ¿y si la tienda no funcionara...?

—¿Si tuvieras que cerrar, dices? ¿Qué habría de malo?

Al oír esas palabras, me tranquilicé.

Claro, lo mío era distinto.

El caso del señor Ebigawa acabó convirtiéndose en un asunto policial porque se dio a la fuga sin pagar sus deudas. No porque tuviera que cerrar la tienda.

—Si al final tuvieras que bajar la cortina, tampoco le harías daño a nadie. Es solo cuestión de que no quieres quedar mal, ¿verdad? Será mejor que dejes ese absurdo orgullo a un lado. Será más fácil que lo hagamos los dos juntos como pareja para que no contrates a otra persona.

«Juntos»... No dijo que me ayudaría, sino que lo haríamos «juntos».

Aquello me dio coraje.

Seguro que al señor Yasuhara le pasó lo mismo. Cuando dijo que Misumi lo había seguido quería decir que habían unido sus fuerzas. Había dicho que era su compañera, ¿no?

Quizá entre ellos tampoco había una relación de jerarquía, de modo que ambos podían considerarse igual de importantes.

Hina miraba al infinito como si estuviera reflexionando.

—Si es así, tienes mucho en lo que pensar. Habrá que ir a la comisaría, Ryō.

—¿A la comisaría?

—Claro. La solicitud de licencias para los negocios de anticuarios se tramita ahí.

No había caído en cuenta. Se me escapó una risa. Era evidente que no iba a librarme de tratar con la policía.

Pensativa, Hina se llevó el dedo índice al mentón.

—Lo primero que se debería hacer es un *crowdfunding*...

Eso del *crowdfunding* también aparecía en la entrevista

del señor Yasuhara. Era un sistema para recaudar fondos a través de internet.

Me desconcertó un poco que Hina hubiera tenido esa idea.

—¿Crees que un novato como yo puede hacer algo así? —le pregunté.

—Los *crowdfundings* son precisamente para novatos, Ryō —respondió ella con cierta estupefacción, y después se inclinó hacia mí y me preguntó—: Oye, Ryō. ¿Tú qué crees que es lo que mueve el mundo?

—Pues... Este... ¿El amor?

—¡Eeeh! —exclamó ella al oír mi respuesta, con los ojos como platos—. ¡Eres genial! Me encanta eso de ti, Ryō, pero...

Hina se rio como si hubiera dicho un disparate y después aclaró:

—Yo creo que es la confianza.

—La confianza...

—Sí. Para pedir un préstamo al banco, para encargar y aceptar un trabajo, para hacer una promesa a un amigo o para ir a comer a un restaurante. Todo se basa en la confianza mutua.

Las palabras emanaban de su boca con decisión. Yo me quedé mirándola estupefacto. Hina estaba mucho más informada que yo. Normalmente reflexionaba las cosas y estaba atenta a todo, pero no me había dado cuenta de que era tan audaz.

Bueno, en realidad... Quizá había preferido no verlo. Hina iba a clases de computación para abrir su propia tienda en línea y le había planteado sus dudas al profesor Mogi. Claro que me había dado cuenta. Para Hina aquello no eran sueños ni fantasías, sino que tenía los pies bien puestos sobre la tierra. Yo me había dedicado a mirar hacia otro lado porque era un hombre diez años mayor que ella repleto de un orgullo absurdo.

—Hacer un *crowdfunding* para recaudar dinero no es fácil. Nunca sabes si llegarás a reunir la cantidad suficiente para abrir el negocio. Pero creo que es una herramienta muy buena para ampliar tu red de contactos. Expón el proyecto con pasión, haz que confíen en ti. Cuando las personas sin experiencia cuentan las cosas de un modo genuino y con sinceridad, llegan sin duda al corazón de los demás. Y cuando abras la tienda, los clientes que te hayan apoyado estarán felices de ir a verte.

Mi corazón se empezó a acelerar mientras escuchaba a Hina. A ojos de otros, aquella conversación podía parecer fantasiosa, pero para nosotros, que estábamos en el centro de aquella ilusión, era de lo más real.

—Me estoy emocionando... —dije llevándome la mano al pecho, y Hina me agarró un brazo, contenta.

—¡Eso es! Te irá mejor hacer las cosas desde el entusiasmo que desde la racionalidad. ¡Estoy segura!

De repente me llamó la atención una botellita que Hina tenía en una esquina de su escritorio y que me hizo recordar las palabras del señor Yasuhara.

—Lo más importante...

En el interior de la botellita Hina atesoraba un cristal de mar rojo.

Era el cristal que le había dado el día que nos conocimos en la playa, antes de que nos volviéramos a encontrar en el Tokyo Big Sight.

Pensé que todo iría bien, que yo también podía hacerlo. Me invadió una fuerte convicción.

Tuve la certeza de ello porque en ese momento...

No estaba dejando escapar mi destino.

El lunes me llamaron del despacho del presidente de la empresa, tal como esperaba.

Temía que me bajaran el sueldo, que me degradaran o, en el peor de los casos, que me despidieran. No me hacía ninguna gracia que prescindieran de mí en la empresa justo en el momento en el que había decidido empezar una carrera paralela.

Sin embargo, al recibirme, el presidente se deshizo en disculpas.

—Siento muchísimo que Miya le haya estado causando problemas. —Miya era el nombre de pila de Yoshitaka—. El viernes me llegó un informe del Departamento de Recursos Humanos. Pregunté a Miya sobre la cuestión y ella lo reiteró todo, pero el sábado fui a jugar al golf con el señor Tabuchi...

—¿Con el señor Tabuchi...?

—Cuando se lo conté a él, este se enojó mucho y dijo que usted era totalmente incapaz de hacer algo así. También que no había nadie más sincero y de confianza en todos los departamentos de la empresa.

Sorprendido, abrí los ojos como platos. El señor Tabuchi me había defendido a pesar de saber que Yoshitaka era la sobrina del presidente.

—Me quedé pasmado. Hace mucho tiempo que conozco al señor Tabuchi, pero jamás lo había visto tan molesto. De modo que volví a hablar con Miya y admitió que se había equivocado.

Hina tenía razón.

El presidente confiaba en el señor Tabuchi y el señor Tabuchi en mí... La confianza es lo que mueve el mundo.

Yoshitaka se había tomado el día libre y a la mañana siguiente volvió a la empresa como si nada.

Se me acercó y, midiendo sus palabras, dijo:

—Lo siento.

Entonces, sin mirarme a los ojos y de mal humor, me dedicó una profunda reverencia y yo le respondí también con sequedad:

—De acuerdo.

Y ahí acabó todo.

Más tarde, en un momento en que Yoshitaka había salido a hacer un mandado, el señor Tabuchi me comentó:

—Hay que ver lo rápido que perdonas, Urase. Seguro que en su interior se estaba burlando de ti.

Forcé una sonrisa.

—Bueno, pero no renunció a su puesto y vino a trabajar sin esconderse, a pesar de que por dentro debe de sentirse fatal. Confiaré en ella a partir de ahora.

—¡¿Qué!? —exclamó balbuceante el señor Tabuchi.

Entonces le entregué tres hojas de papel.

—Tome, es una guía del nuevo *software*. Resumí los puntos que consideré que podrían resultarle difíciles.

—¿De verdad? ¡Eres increíble! Me será de gran ayuda.

El señor Tabuchi observó la guía que había creado y asintió con admiración. Así no interrumpiría mi trabajo una y otra vez con las mismas preguntas.

—Trabajemos para que ambos seamos más eficientes.

Lo primero que debía hacer era optimizar mi modo de trabajar como empleado. Las horas extra en vano tenían que terminar. Aquella era una de las medidas que debía tomar para poder empezar una carrera paralela.

—Oye, Urase, te veo distinto —soltó el señor Tabuchi con sorna—. No sé por qué, pero me puse de buen humor. ¿Vamos a tomar algo esta noche?

—Hoy no puedo, tengo que regresar a casa pronto.

Aquella tarde había quedado con el señor Nasuda. Quería empezar a informarme sobre las mejores zonas para abrir una tienda, sobre qué tipo de local me convenía más y sobre otras cuestiones de interiorismo.

Por su lado, Hina se había puesto en contacto con el señor Mogi y este le había dicho que la introduciría en el círculo de ventas de minerales.

Sin darnos cuenta, seguimos avanzando, como movidos por unos vínculos invisibles que nos unían.

Tenía que ocuparme de un sinfín de cosas, pero había dejado de excusarme con que no tenía tiempo.

Debía pensar en cómo gestionar el tiempo del que disponía.

Ese «algún día» se convertiría en un «mañana».

La oveja del grabado en el mango de la cucharita había empezado a correr dentro de mí.

CAPÍTULO 3

NATSUMI, CUARENTA AÑOS,
EXEDITORA DE UNA REVISTA

De niños, a todos nos llegó el momento en el que nos anunciaron que Papá Noel no existía, pero no por ello Papá Noel ha dejado de ser Papá Noel, y no es porque los niños sigan creyendo en él. Es más bien porque los adultos que un día fueron niños en el fondo de su corazón siguen creyendo en la existencia de Papá Noel y viviendo en su mundo.

¿Cuántas veces habría leído ese libro?

Bajo la sobrecubierta solo había un forro de color blanco puro. Esa era otra cosa que me gustaba del libro. A veces me lo llevaba por ahí como si fuera un amuleto. Las abundantes notas adhesivas que le había pegado asomaban la cabeza por ese cuerpo níveo.

Esa mañana arranqué la hoja del calendario y apareció el mes de diciembre. Me pregunté qué le iba a regalar a mi hija Futaba en Navidad. Las preocupaciones de Papá Noel me divertían.

De repente, miré a través de la ventana. Sentí los rayos del sol de diciembre en la piel y pensé que ya habían pasado tres meses desde el verano.

Ese mediodía cercano a fin de año pude ver el sutil primer cuarto creciente de la blanca luna en el cielo azul.

Agosto

Las vacaciones de verano habían llegado a su fin y toda la empresa estaba regresando a la normalidad.

Yo trabajaba en el Departamento de Documentación de una editorial llamada Banyūsha. Me encargaba de revisar lo que publicábamos, investigaba datos históricos y solicitaba la bibliografía necesaria. Asimismo, mi departamento también se ocupaba de redactar documentos y sinopsis para la comunicación externa.

Excepto yo, el resto del personal de mi departamento eran hombres de mediana edad. Todos ellos eran parcos en palabras, y a pesar de que hacía dos años que me habían trasladado ahí, seguía sintiendo que no encajaba.

Antes de eso trabajaba como editora de la revista *Mila*, una publicación dirigida principalmente a chicas veinteañeras.

Había llevado un ritmo frenético de trabajo a lo largo de los quince años que había estado en la empresa. Y en el transcurso de ese tiempo de repente me quedé embarazada, pero no por accidente. Decidí que deseaba ser madre a los treinta y siete años, después de considerar que si daba a luz entonces y me reincorporaba pronto al trabajo, los riesgos y daños tanto para mi cuerpo como para mi situación laboral serían mínimos.

Ahora bien, no puedo negar que me desbordé un poco.

Hasta que pasó el primer trimestre de embarazo no se lo dije a nadie salvo a mi jefa. Quería pasar desapercibida. Así que llevé en secreto el calvario de las náuseas y me sobrepuse a la somnolencia hormonal con un arsenal de chicles de menta.

Incluso una vez que lo anuncié a todo el mundo cuando la barriga me había crecido tanto que ya no lo podía ocultar más, me esforcé al máximo para que el resto no pensara que trabajar conmigo estando embarazada era difícil.

Trabajé hasta el final del último mes de embarazo y di a luz a principios de año. Cuando el recién nacido llega en enero tienes derecho a tomar una baja de maternidad de un año y cuatro meses, pero yo decidí reincorporarme al cuarto mes. Dudé mucho si llevar a Futaba a la guardería porque solo tenía tres meses, pero consideré que debía volver a trabajar lo antes posible.

Como es natural, el día en que me reincorporé fui directo al departamento del equipo editorial de *Mila*.

—Bienvenida —me dijo una compañera que hacía tiempo que no veía con una extraña expresión sonriente en el rostro.

Todavía sorprendida por la anormal hostilidad con la que me había recibido mi compañera, la editora jefa me convocó en la sala de reuniones.

—Sakitani, ¿tienes un momento?

Y entonces me anunció de golpe y porrazo que me trasladaban al Departamento de Documentación.

—¿Por qué? —me atreví al fin a preguntarle con voz temblorosa.

—Pues porque ser editora y criar a una niña a la vez sería muy duro, ¿no? —respondió la editora jefa con toda naturalidad.

—Pero yo...

Me embistió un aluvión de preguntas y de rabia. ¿Por qué? ¿Por qué? ¿Por qué? Mi idea era volver ahí, había estado siguiendo hasta el último detalle de *Mila* todos los meses durante mi baja de maternidad, leyendo y planificando, para poder estar al día y ocuparme de la revista inmediatamente después de mi reincorporación.

¿Qué había sido de todo lo que había construido en *Mila* a lo largo de los últimos trece años? ¿Tan poco era que ni siquiera podían esperarme? Jamás habría pensado que llegaría a perder mi puesto.

—El Departamento de Recursos Humanos también se preocupó por ti y quiere darte un horario de nueve a cinco para que puedas volver pronto a casa —comentó la editora jefa con palabras que trataban de ser tranquilizadoras, pero yo me apresuré a replicar.

—No se preocupe. Puedo con el trabajo y con la crianza. Lo hablaré con mi marido y lo haremos entre los dos. Tendré varias niñeras para cuando haga horas extra o tengamos reuniones a última hora del día y...

—Ya está decidido. Así no tendrás que hacer de más. El Departamento de Documentación es más relajado —me interrumpió ella con hastío.

Diría que esa fue la primera vez que conocí lo que realmente era la desesperación. Quizá fuera una decisión bienintencionada por parte de la empresa, pero yo no quería tomar el camino fácil. Para mí eso era como si me dijeran que ya no tenía nada que hacer ahí, y tuve la sensación de que caía en un pozo muy oscuro.

En Banyūsha no había mujeres con niños. Nunca las había habido. Así que quizá fui demasiado optimista pensando que yo sentaría un precedente.

De aquello hacía ya dos años. Si bien en muchas ocasiones me había planteado cambiar de empresa para volver a trabajar de editora, mi marido no cooperaba en la logística del día a día, y la crianza de mi hija resultó estar repleta de imprevistos. Tenía mucha menos libertad de la que esperaba y se me hacía difícil hacer planes. Me dolía admitirlo, pero me di cuenta de que seguramente me habría costado retomar el trabajo de editora de la revista y mantener el ritmo de un equipo que trabaja contra reloj. De modo que al final pensé que tendría que aguantar ahí, en el Departamento de Documentación, reprimida hasta que mi hija creciera.

El reloj de pared marcaba más de las cinco. Me colgué el bolso al hombro con sigilo, me levanté de la silla y salí al pasillo. En ese departamento nadie nunca levantaba la mirada. Aunque no estuviera haciendo nada malo, me sentí mal por irme a mi hora.

Mi hija no había podido entrar en la guardería cercana a casa porque no quedaban plazas. Para poder reincorporarme pronto al trabajo, en el último minuto conseguí meterla en una que se encontraba cerca de la estación que había después de la nuestra. Por lo tanto, me quedaba lejos del trabajo. Aunque saliera de la oficina a las cinco, si perdía un tren, no llegaba a tiempo para transbordar. Cuando ella era la última que quedaba por recoger y veía que me esperaba sola, se me rompía el corazón.

La estación estaba a solo siete minutos a pie. Los primeros tres minutos me sentí mal por los que se habían quedado trabajando, y los otros cuatro, por tener a Futaba esperándome. Crucé el torniquete repitiéndome: «Lo siento, lo siento, lo siento». Mi marido, Shūji, esa noche seguramente volvería tarde a casa de nuevo. Ya en el tembloroso tren, miré el paisaje todavía con luz a través de la ventana.

El día anterior, un viernes, Shūji me había dicho que aquel fin de semana estaría fuera, en un viaje de negocios. Él trabajaba en una empresa de organización de eventos, y yo tenía la impresión de que en los últimos tiempos estaba viajando y trabajando más que en el pasado. Podía ser que aquella hubiera sido una decisión de última hora, pero me habría gustado que me lo hubiera comunicado antes.

En el día a día había un sinfín de detalles de los que era yo la que se ocupaba. Ya solo con respecto a la guardería, no era únicamente cuestión de llevar y recoger a la niña, sino también de mantener la comunicación con el centro, de preparar sus cosas todos los días y de participar en las fiestas de modo activo. Para colmo, los sábados y los domingos me esperaban las tareas domésticas con las que no me había dado abasto entre semana: orear el futón, limpiar el baño, llenar el refrigerador y esas cosas.

Me dije que ese fin de semana no era necesario que lo hiciera. Como Shūji no estaría, si el baño estaba un poco sucio o terminaba con las existencias del refrigerador tampoco sería grave. Me resultaba muy duro tener que llevar sola las tareas del hogar y la crianza los fines de semana cuando la idea había sido que nos repartiríamos esos quehaceres.

A Shūji los niños se le daban bien. No le importaba cambiar pañales y cuando empezamos a darle papillas a Futaba, buscaba recetas y se las hacía él mismo. Me encantaba cómo la miraba, y la trataba con amor y ternura. Cuando había algún problema, el mero hecho de tener a Shūji cerca ya me tranquilizaba. Me angustiaba estar sola con una niña pequeña a la que no se le podían quitar los ojos de encima en ningún momento.

Yo también quería a Futaba. De eso no me cabía ni un ápice de duda. Pero ese sentimiento y la sensación de encontrarme atrapada en una suerte de habitación cerrada con llave llamada crianza eran dos cosas totalmente distintas.

Tras despedirme de Shūji a primera hora cuando él se fue, me dispuse a regresar a la cama, pero Futaba se despertó justo en ese momento. Al final, por una razón u otra, los días festivos siempre se despertaba pronto.

Al terminar de desayunar, Futaba sacó todos los juguetes de la caja donde los guardaba y se puso a jugar. Aproveché ese momento para salir a tender la ropa al balcón. Como las sábanas de Futaba ocupaban mucho espacio, puse el resto de las prendas en lazos bien apretaditas a lo largo del tendedero. Las reglas de la guardería dictaban que los viernes teníamos que sacar las sábanas del futón cuando fuéramos a recoger a los niños y volverlas a poner los lunes por la mañana. Empezar la semana de ese modo era un fastidio.

Un día le saqué el tema a Shūji, pero él se limitó a dedicarme un escueto «¡je!» como respuesta, lo cual me deprimió porque por lo menos podría haber hecho el esfuerzo de escucharme, aunque de todos modos tampoco me habría entendido. Cuando volví a entrar en el salón, Futaba estaba pegada al televisor viendo unos dibujos. Los juguetes estaban esparcidos por todo el suelo.

—Fu, recoge los juguetes si ya no quieres jugar.

—No quiero.

—Si se quedan así, los tiraré.

—¡No! ¡No los tires!

—Pues entonces recógelos.

—¡No quiero!

Siempre estaba con el «no quiero» en la boca, típico de la fase rebelde por la que los niños suelen pasar a los dos años. En un libro sobre la crianza leí que esta fase formaba parte del proceso del crecimiento del niño, al que había que tratar con paciencia y no regañarlo. Como mi rabia había llegado a la altura de la suya, crucé el salón sorteando los juguetes del suelo y fui a calmarme a la cocina.

Lavé la botellita de Futaba que la noche anterior había dejado en el fregadero. Era de esas que se ensucian con facilidad y son difíciles de limpiar porque al destaparlas les sale un popote. Con el fin de lavarla y desinfectarla bien, saqué la parte del plástico y la puse a remojar con jabón. Otro de los tantos quehaceres del fin de semana. Ese tipo de nimiedades me llevaban una barbaridad de tiempo. Ni siquiera en vacaciones conseguía relajarme. Tiempo. Tiempo para mí. Si hubiera podido, lo habría comprado.

Sumida en el pensamiento de que cuidar niños no era lo mío, solté un suspiro. Yo creía que se me iba a dar mejor. Pensé que pasar dos días encerrada en casa con Futaba iba a ser demasiado.

Se me ocurrió ir al parque. Con suerte no habría mucha gente y sería un buen plan. Pero después pensé que cuando estaba abarrotado de grupitos de madres, me daba vergüenza y a menudo terminaba sola dando vueltas por el parque. Así que, tras pensarlo dos veces, aborté la misión.

Medité a qué otro lugar podía llevar a Futaba donde pudiera estar tranquila un rato. Ir al acuario o al zoológico sería demasiado, y para llegar a la biblioteca municipal tenía que tomar un autobús que pasaba con poca frecuencia.

De repente recordé que cierto día que había ido a recoger a Futaba, el director de la guardería me había dicho que en la biblioteca del centro cultural había un espacio para niños.

Al parecer se encontraba en un edificio adyacente a la escuela primaria a la que en un futuro llevaría a Futaba. En su momento no le presté mucha atención porque me lo comentó justo a la salida de la guardería, pero después lo busqué en el teléfono y vi que se trataba de toda una institución en el vecindario. El centro tenía salas de juntas, una estancia con tatamis y también organizaba muchos cursos para adultos.

Desde casa, la escuela primaria se encontraba a unos diez minutos a pie. Pensé que podía ser un buen plan para caminar un poco y conocer el ambiente de la escuela, aunque quizá todavía era pronto para eso.

—¡Fu! ¿Quieres salir?

Futaba, que seguía en cuclillas delante del televisor, se levantó sin protestar, y a mí me alegró muchísimo que no rechazara la propuesta.

Mientras caminábamos tomadas de la mano por la banqueta, Futaba iba dando saltitos como si esquivara obstáculos. El sombrero de paja que llevaba le bailaba.

—¿Sabes? ¡Me puse los calcines! —me dijo Futaba, alzando la cabeza con expresión de felicidad.

Aquello me hizo sonreír. Calcines. Se refería a sus calcetines favoritos, unos que tenían dibujos de gatitos. Qué linda era mi hija en momentos como ese.

Pasamos frente a la puerta principal de la escuela, rodeamos una barda y nos encontramos con un cartel informativo con una flecha que decía: EL CENTRO CULTURAL ESTÁ POR AHÍ. Debía de ser el edificio blanco que había al final de la callejuela.

Anoté nuestros nombres, el propósito de la visita y la hora de entrada en la hoja de registro del mostrador de la recepción y entramos. La biblioteca se hallaba al fondo de la planta baja.

La zona infantil se encontraba al final de todo y estaba delimitada con unos libreros bajos. Tenía el suelo cubierto de colchonetas de poliuretano y unas mesas pequeñas con los cantos redondeados. Para entrar había que quitarse los zapatos.

Cuando llegamos no había nadie, lo cual me alivió. Nos descalzamos y después nos sentamos en el suelo. De algún modo, estar rodeada de libros ilustrados me tranquilizó. Tomé algunos de los libreros al azar.

Por costumbre, eché un vistazo al nombre de las editoriales: Sonidos del Cielo, Ediciones del Arce, La Galaxia. Pensé que las editoriales que publican libros infantiles cuidan mucho la sonoridad de sus nombres.

Futaba empezó a quitarse los calcetines con los que tan feliz estaba unos instantes atrás.

—¿Tienes calor, Fu?

—Descalso. Geroppu descalso.

—¿Geroppu?

Cada día hablaba más, pero a veces no entendía nada de lo que decía. Doblé los calcetines que acababa de quitarse y los metí en la bolsa en la que llevaba sus cosas. Futaba empezó a dar vueltas delante de los libreros.

De repente, detrás de una de estos, una chica con una cola de caballo asomó la cabeza.

—Quizá se refiera a Gerob...

La chica llevaba un delantal de color azul marino y varios libros en las manos. Pensé que sería parte del personal de la biblioteca. En el gafete que llevaba colgado del cuello decía que se llamaba Nozomi Morinaga.

—Es una colección muy popular, la del ciempiés *Gerob Pies Descalzos* —dijo Nozomi con una sonrisa fresca como una bocanada de aire.

—Sí, el ciempiés...

Nozomi se quitó los zapatos riéndose y entró a la zona infantil. Dejó lo que llevaba encima de una de las mesitas, sacó con soltura un ejemplar del librero y se lo enseñó a Futaba.

—¡Geroppu...!

Futaba se abalanzó sobre el libro, emocionada. Lo debía de conocer de la guardería. Lo abrió y vi que en la portada aparecía la ilustración de un ciempiés tratando de ponerse unos zapatos. Tenía descalzos la mitad de sus múltiples pies y en la otra mitad llevaba un variado surtido de zapatos. No me pareció que fuera un personaje precisamente bonito proporcionado.

—A los adultos el nombre de Gerob les parece muy raro, pero a los niños les encanta. En el cuento también hay una mosca y una cucaracha de lo más tiernas. A mi parecer es un álbum ilustrado maravilloso para los niños, porque trata sin ideas preconcebidas a estos insectos, que suelen tener mala reputación.

Asentí con admiración, pensando que era una auténtica profesional de los libros.

—¿Se pueden tomar libros prestados?

—Si vive en el vecindario, sí. Para cualquier otra consulta, también puede dirigirse a la bibliotecaria, que está allá al fondo —dijo Nozomi señalando hacia la otra punta.

No se veía nada porque había un panel, pero del techo colgaba un cartel que decía: CONSULTAS.

—Creía que tú eras la bibliotecaria —le comenté.

Nozomi lo negó con la mano, abrumada.

—No, todavía estoy estudiando. Solo tengo la secundaria, y para ser bibliotecaria necesito hacer tres años de prácticas. Estoy en el primero, así que todavía me falta.

Tenía los ojos grandes y brillantes e irradiaba tanta juventud que me dejó embelesada. Me llegó al corazón que se volcara con tanto entusiasmo para conseguir el trabajo de sus sueños.

Recordé la época en la que yo tenía su edad y me dediqué en cuerpo y alma a buscar trabajo.

Sabía que quería trabajar en una editorial y hacer libros, y la revista *Mila* me gustaba mucho. Así que recibí con gran alegría que me eligieran para ocupar el puesto.

Fui yo quien cinco años atrás había conseguido que la escritora Mizue Kanata escribiera una novela por entregas para *Mila*. Por aquel entonces, ella tenía setenta años. Según la editora jefa, no era apropiada para una revista destinada a chicas jóvenes; y menos aún en una revista que solía publicar artículos de información y ensayos y donde no tenía cabida una novela por entregas.

Pero yo estaba segurísima de que las palabras de la señora Mizue llegarían al corazón de las chicas jóvenes. Hasta entonces, ella solo había escrito novelas históricas y de ficción, pero yo estaba convencida de que el poderoso mensaje esperanzador que albergaban sus relatos calaría hondo entre las chicas jóvenes. Si adaptaba el enfoque y el estilo a las lectoras de *Mila*, seguro que estarían deseando comprar la revista todos los meses para saber qué seguía en la historia.

—Si consigues convencerla, adelante —me dijo el director general riéndose de mí cuando fui a verlo.

De modo que me encontré con otro «no», pero este era distinto al de la editora jefa. Según él, a una escritora tan reputada como ella no le iba a interesar escribir en una revista para chicas como *Mila*. Así que me entregué en cuerpo y alma al objetivo de convencer a la señora Mizue.

Al principio se negó. Me respondió con la evasiva de que no se veía capaz de escribir una novela por entregas mensuales.

Pero yo le insistí repetidas veces. Le imploré que transmitiera la fortaleza y luminosidad que albergaban sus novelas a esas jóvenes que lo daban todo en su día a día. Le prometí que la ayudaría con lo que pudiera.

La quinta vez que se lo propuse, la señora Mizue aceptó al fin con un asentimiento de cabeza. Según ella, porque tenía curiosidad por saber qué tipo de historia podía crear conmigo. La novela por entregas de la señora Mizue sería sobre la relación de dos chicas muy distintas, que no eran ni amigas ni rivales, y se titularía *El plátano rosa*. Muy pronto se convirtió en las páginas centrales de *Mila* y sin duda la serie ayudó a que la revista tuviera un gran aumento de ventas. El último capítulo salió tras un año y medio de éxitos rotundos, y se decidió publicar el libro en una novela de un solo volumen. Como Banyūsha no tenía un departamento de literatura, la responsable de editarlo y presentarlo en las librerías fui yo. Aquella fue una de las épocas más estresantes de mi vida desde que había entrado en la empresa, puesto que además de eso seguía ejerciendo de editora de *Mila*, pero me gustaba tanto que temblaba de emoción todos los días.

Un tiempo más tarde, la novela ganó el Bookshelf Award, un prestigioso premio literario que se otorga cada año. Así que, después de todo, la empresa quedó entusiasmada con el libro. Era extraordinario que una editorial como Banyūsha, que se dedicaba principalmente a publicar revistas, hubiera llegado al candelero literario de aquel modo. El director general me paró un día por el pasillo e insinuó con sutileza que me ascenderían.

Y después de aquello descubrí que estaba embarazada. Tampoco es que me hiciera especial ilusión tomarme el descanso por maternidad. Más bien estaba orgullosa de haber contribuido a la empresa de algún modo. Me gustaba mucho mi oficio, había establecido una relación de confianza con la señora Mizue y mi idea era entregarme al trabajo muchísimo más cuando me reincorporara. Para mí ese trabajo era el fruto de todos mis esfuerzos que con tanto empeño había acumulado.

Pero...

Me lo arrebataron. Mi experiencia y la perseverancia mostrada hasta ese momento no se me reconocieron lo más mínimo.

De no haberme reincorporado a *Mila*, habría alargado más la baja por maternidad para estar con Futaba sin preocuparme por el trabajo. El precioso tiempo que tuve para mí mientras Futaba dormía debería haberlo pasado descansando con ella, viendo series coreanas o dedicándome a cosas que me gustan en lugar de haberme ocupado en reunir información y planificarlo todo.

Me dedicaba a ambas cosas a medias sin conseguir estar satisfecha ni con una ni con la otra, y no me daba abasto en mi complicado día a día. ¿Qué debía hacer? ¿Qué debería haber hecho? De algún modo, me veía inmersa en un círculo vicioso. Estaba metida en un laberinto sin salida que no me llevaba a ningún lado más que a la perdición.

Sentada en el suelo, Futaba hojeaba su libro ilustrado.

—Fu, ¿qué te parece si vamos para allá y pedimos que nos busquen un libro interesante? —le dije.

A pesar de que debería haberme oído, continuó con la mirada fijada en Gerob, sin responder ni que sí ni que no.

—Yo me quedo cuidando a Fu. Vaya usted —me sugirió Nozomi.

—Bueno, pero...

—En este momento no hay más visitantes. Vaya tranquila...

Le tomé la palabra y me puse los zapatos. Pensé que si me llevaba algunos álbumes ilustrados prestados, el fin de semana quizá sería un poco más llevadero. Llegué al panel divisorio que servía también como tablón de anuncios, me asomé hacia el rincón de las consultas y me detuve, sorprendida.

En el mostrador había una mujer pálida y corpulenta. Era difícil decirlo, pero debía de rondar los cincuenta años. Llevaba una blusa blanca de manga larga, seguramente hecha a medida o de una marca extranjera especializada en tallas grandes, porque supuse que en el vecindario no venderían blusas de esa medida. Llevaba un delantal de color marfil y tenía la piel tan nívea y tensa que parecía... Cómo decirlo... Parecía Baymax, de los dibujos animados de Disney.

Tenía la cabeza agachada y estaba muy ocupada haciendo algo laborioso con expresión taciturna. Me acerqué con curiosidad por saber qué hacía y vi que clavaba una aguja a algo redondo parecido a un ovillo encima de un tapete de espuma.

Lo conocía: era fieltro de lana. De ese no me había encargado yo, pero en *Mila* habíamos publicado un número especial sobre el tema. Es una técnica que consiste en dar forma a una pieza de lana mullida como el algodón con una aguja.

Es decir, estaba haciendo una manualidad que parecía un animal o algo por el estilo. Pensé que aquella escena, en la que un ser tan grande estaba creando algo tan pequeño, era realmente como de dibujos animados. Me provocó tanta curiosidad que me quedé observando fijamente cómo movía la mano.

Justo al lado tenía una caja de color naranja oscuro. Era una caja de galletas Honey Dome, de Kuremiyadō, un histórico fabricante de dulces al estilo occidental. Unas deliciosas galletas blandas con forma de cúpula rellenas de miel. Se trataba de un producto muy popular entre todas las edades, y yo a veces las mandaba de regalo a nuestros escritores.

Me imaginé que a aquella bibliotecaria debían de gustarle y acto seguido sentí afinidad con ella.

De repente la mujer se detuvo, me miró fijamente y yo me encogí de hombros.

—Ay, perdone...

No tenía nada por lo que disculparme, pero me eché para atrás intimidada, no sé por qué.

—¿Qué buscas? —me preguntó.

Tuve la sensación de que aquella voz me envolvía todo el cuerpo.

Era extraña, ni amable ni alegre, con un tono grave y plano. Sin embargo, tanto mi cuerpo como mi alma sintieron el impulso de confiar en ella al percibir la profundidad de su ser en aquellas palabras.

Ante la pregunta de qué estaba buscando me vino a la mente un sinfín de cuestiones. Buscaba el camino que debía tomar mi vida a partir de entonces, cómo podía solucionar la sensación de incertidumbre que me acompañaba, cuánto tiempo me llevaría criar a mi hija y dónde podía encontrar las respuestas a todo ello.

Pero ese no era el lugar para hacer ese tipo de consultas.

—Libros ilustrados —me limité a responder.

La bibliotecaria llevaba un gafete en el pecho con su nombre escrito: SAYURI KOMACHI. Me pareció un nombre de lo más adorable. La bibliotecaria Komachi. Esta destapó la caja de las Honey Dome y guardó las agujas. La usaba como costurero.

—Libros ilustrados... Los hay en abundancia.

—Algo para mi hija de dos años. Le gusta *Gerob Pies Descalzos*.

—¡Ah! Ese cuento es una obra maestra —exclamó, sacudiendo el cuerpo.

—Según los expertos, eso parece. Yo no sé muy bien qué les gusta a los niños —murmuré, y la señora Komachi ladeó ligeramente la cabeza.

Llevaba el pelo recogido en un chongo, adornado con un pasador que tenía unas flores blancas arracimadas. Cómo le gustaba el color blanco.

—Bueno, en realidad la crianza está repleta de cosas desconocidas que no se aprenden hasta que las vives. Tiene un sinfín de cuestiones distintas a como te las habías imaginado.

—Sí, sí, así es —dije, asintiendo con la cabeza repetidas veces.

Tuve la sensación de que por fin había encontrado a alguien que me entendía y, sin darme cuenta, dejé que afloraran mis verdaderos sentimientos.

—No es lo mismo pensar que Winnie the Pooh es muy bonito que vivir con un oso de verdad.

—¡Ja, ja, ja! —rompió a reír la señora Komachi de repente.

Yo me soprendí, porque no esperaba que lo hiciera con tanta potencia, y la verdad es que tampoco lo había dicho con intención de bromear.

Pero también me sentí aliviada. Hablar de esas cosas era bueno.

—Yo... Desde que nació mi hija me siento estancada. Estoy frustrada porque no puedo dedicarme a todo lo que me gustaría hacer, y no debería ser así. Mi hija es realmente importante para mí, pero criarla está resultando mucho más difícil de lo que me imaginaba —me quejé.

La señora Komachi había dejado de reír.

—Traer a la vida a un niño no es precisamente un camino de rosas. Dar a luz es un acontecimiento extraordinario, ¿verdad?

—Sí. Todas las madres del mundo son increíbles.

—Estoy de acuerdo.

La señora Komachi asintió con brevedad, volteó la cabeza hacia mí y me miró fijamente a los ojos.

—Ahora bien, yo creo que... Para mi madre debió de ser duro, pero seguro que yo también puse toda mi energía y sufrí lo mío en mi nacimiento. Me imagino creciendo en el vientre de mi madre durante nueve meses para desarrollar una forma humana sin que nadie me enseñara a hacerlo y después saliendo a un lugar totalmente distinto. Entrar en contacto con el aire de este mundo seguro que debe de causar un gran impacto en nosotros, ¿verdad? En ese momento debí de preguntarme dónde estaba, pero no lo recuerdo. Es por eso por lo que cada vez que estoy alegre o feliz saboreo el momento pensando que el esfuerzo que hice al nacer valió la pena.

Me quedé en silencio con el corazón encogido. La señora Komachi volteó el cuerpo hacia la computadora.

—A ti seguramente te pasó lo mismo. Seguramente el mayor esfuerzo de tu vida lo hiciste al nacer. Todo lo que vino después no debió de ser tan duro como eso. Si pudiste superar algo tan increíble, irás adelante seguro —dijo.

A continuación, se irguió, colocó ambas manos sobre el teclado y tac, tac, tac, tac, tac, se puso a teclear a una velocidad de vértigo. Parecía que aquellos dedos se hubieran convertido en los de un robot. La estaba observando con sumo estupor cuando la señora Komachi presionó la última tecla con ímpetu y acto seguido la impresora empezó a traquetear.

Esta imprimió un papel tamaño B5 que contenía una lista de libros en la que se indicaba el título, el nombre del autor y el librero en el que se encontraban. Observé la hoja con atención.

El señor Popón, Toc, toc, bienvenido y *¿Qué será, será qué?* Era obvio que se trataba de álbumes ilustrados. Sin embargo, había un libro debajo de estos que me llamó la atención.

La puerta de la luna, de Yukari Ishii.

La conocía. Era una persona que todos los días colgaba el horóscopo en sus redes sociales. Una excompañera del equipo de *Mila* la seguía. Yo apenas leía las predicciones astrológicas, pero, aunque no fuera algo que yo siguiera todos los meses, en cierta ocasión se me ocurrió sacar un número dedicado a los horóscopos, porque sabía que a las chicas les gusta este tipo de cosas.

Me dije que quizá Yukari Ishii también habría publicado un libro ilustrado, pero era el único que tenía un código de clasificación y un número de librero distinto al resto.

—¿Es un libro de astrología? —pregunté.

Sin responder a mi duda, la señora Komachi se agachó ligeramente para abrir el tercer cajón del mueble de debajo del mostrador, sacó algo y me lo dio.

—Toma, para ti.

Era una pieza redonda de fieltro de color azul con unas motitas verdes y amarillas.

Me pregunté si sería la Tierra...

—Es muy linda. ¿La hizo usted? A mi hija le encantará.

—Es un obsequio para ti.

—¿Cómo?

—Viene de regalo con el libro *La puerta de la luna.* —No entendí qué quería decirme con aquello y, al ver que me quedaba perpleja, la señora Komachi agarró de nuevo la aguja y añadió—: Lo bueno del fieltro de lana es que, incluso cuando ya comenzaste, siempre se puede rehacer según prefieras. Aunque el proyecto esté bastante avanzado, es fácil cambiar de rumbo si te das cuenta de que quieres hacer otra cosa.

—¿Ah, sí? Entonces ¿no pasa nada si quieres modificarlo respecto a lo que querías en un inicio?

La señora Komachi permaneció en silencio. Bajó taciturna la cabeza y volvió a clavar la aguja a la pieza que estaba creando cuando yo había llegado. Parecía que se le habían pasado las ganas de hablar conmigo.

Al ver que con su actitud me indicaba que había terminado con su cometido, no dije nada más, metí la Tierra en el bolsillo interior de mi bolso y me dirigí a la zona de niños.

Nozomi le estaba leyendo un cuento a Futaba, de modo que me aproveché un poco más de su amabilidad para ir a buscar el libro *La puerta de la luna* al librero general.

La puerta de la luna tenía una portada muy muy muy azul con una tenue media luna blanca en el centro.

No solo la portada y la contraportada eran azules, el lomo y todos los cantos del libro también lo eran. Es decir, el libro entero se había pintado de azul. No era un azul muy oscuro ni brillante, sino profundo y distante. Tras la portada, tenía una guarda negra como la tinta. Abrí el libro y apareció una página de color crema rodeada de un azul profundo. Al leer las palabras que contenía parecía que estabas leyendo en plena noche.

Hojeé algunas páginas y la palabra *madre* atrajo mi atención.

En astrología la luna se relaciona con la madre, la esposa, los acontecimientos de la infancia, las emociones, el cuerpo físico, los cambios.

¿Con la madre y la esposa?

A menudo se dice que «la madre es el sol de la casa» y que por eso siempre debe estar alegre y sonriente. Intrigada, retrocedí un poco en la lectura y encontré algo interesante.

Desarrollaba la idea de que el crecimiento del vientre de esta y el hecho de que el ciclo menstrual coincida con el ciclo lunar era una muestra de que la luna se sobrepone al cuerpo de la madre. Asimismo, reflexionaba sobre el simbolismo de la virginidad y la maternidad mediante los ejemplos de Artemisa, la diosa de la luna, y la Virgen María.

Lo que decía me pareció interesante. Además, escribía muy bien y el texto resultaba fácil de seguir. Más que un libro sobre el horóscopo era un libro que te acercaba a la luna. En la sobrecubierta, a Yukari Ishii no se le presentaba como a una «pitonisa», sino como una «escritora».

No sé muy bien por qué, pero el libro me convenció y me dieron ganas de leerlo con calma, así que decidí llevármelo prestado.

Entré en la zona de niños y, mientras veía la lista, fui agarrando el resto de los libros: los tres que había seleccionado la señora Komachi y *Gerob Pies Descalzos*, que Futaba no soltaba. Le pedí a Nozomi que me hiciera una identificación de la biblioteca y tomé en préstamo los cinco libros.

—¡Yo los llevo!

Con los zapatos puestos sin calcetines, Futaba se abrazaba al libro de Gerob. Un ciempiés y unas cucarachas me habían salvado el fin de semana. Sentí una gratitud enorme con el escritor y el editor de ese libro.

Una de las cosas sobre la crianza que no sabías y que aprendes cuando te dedicas a ella es que en casa resulta imposible concentrarse para leer. De *La puerta de la luna* no conseguí leer unas páginas hasta el lunes, mientras me encontraba en el tren de camino al trabajo.

Cuando estaba en el equipo de *Mila* no tenía ningún tipo de reparo en leer libros en mi mesa de la oficina, porque, aunque no estuvieran directamente relacionados con mi trabajo, siempre podían llegar a ser una buena fuente de información para algo.

Pero desde que estaba en el Departamento de Documentación me preocupaba qué pudieran pensar. Seguramente solo creerían que me estaba evadiendo de mi trabajo.

Como de costumbre, me senté en mi silla y observé el montón de documentos que había sobre el escritorio.

—Sakitani —oí que me decía una voz desde la puerta.

Sorprendida, alcé la mirada y vi que era Kizawa, una mujer soltera que tenía la misma edad que yo y que había entrado a trabajar en el equipo de *Mila* poco antes de que yo me diera de baja por maternidad. No habíamos tenido mucho contacto antes de que me trasladaran, así que apenas la conocía. Aunque habíamos trabajado juntas durante poco tiempo, para ser sincera me parecía que era muy brusca y eso me echaba para atrás.

Mientras yo estaba de baja por maternidad, Kizawa había pasado a ser editora adjunta de *Mila*. Tenía fama de ser muy competente en la revista anterior para la que trabajaba y se decía que fue el mismo presidente de la empresa quien la fue a buscar. También se quedó a cargo de la relación con la señora Mizue, y seguramente esa era la razón principal por la que yo prefería no tener contacto con ella. Kizawa me dio una hoja.

—Me gustaría que me pidieras esto.

—De acuerdo —le respondí al tiempo que agarraba el papel.

Se trataba del catálogo de una marca de bolsos. No me cabía duda de que se había dirigido a mí porque el resto de los hombres del Departamento de Documentación no habrían entendido lo que necesitaba. ¿O quizá había venido expresamente a restregarme su puesto en la cara?

—¿Podrías tenerlo para esta semana?

Tenía ojeras y su voz era fría. Traía un suéter ancho de punto y unos jeans, y el pelo mal recogido con un pasador.

Según el calendario, la fecha límite para terminar las pruebas de la revista era ese día. Seguramente se había vestido así pensando que pasaría la noche en vela. Me invadió un lúgubre dolor. Yo también había estado de ese lado.

—Creo que podré hacerlo —le respondí, y después, para disimular mi desasosiego, le sonreí diciendo con amabilidad—: Hoy es día de pruebas, ¿verdad?

Kizawa se tocó el pelo unos instantes.

—Sí, así es.

—Qué suerte. El trabajo de editor es realmente gratificante.

Mi intención era tener una conversación ligera, pero ella apartó la mirada un momento, sonrió con retintín y dijo:

—Pues yo tengo la sensación de que siempre estoy en el trabajo y que no paso nada de tiempo en casa. Hay días en los que no llego ni al último tren y tengo que pagar un taxi de regreso. A mí también me gustaría llegar a casa a una hora decente aunque fuera por un día.

El corazón me dio un vuelco. ¿Cómo es que «a mí también»?

—Bueno, en casa tampoco me espera nadie... Estoy muy sola.

Ante aquel comentario despiadado me vi incapaz de responder nada, de modo que le dediqué una sonrisa falsa.

Era como si me tuviera envidia. O quizá yo lo veía así porque mi corazón estaba envenenado. Era más bien yo la que le tenía tanta envidia que me provocaba hasta ganas de vomitar. Quise espetarle que si tanto tenía ganas de volver pronto a casa, ¿por qué no lo dejaba? Si ella había elegido estar ahí era porque quería.

Aunque sabía perfectamente que yo también. Sí, yo también había elegido tener una hija y criarla.

¿Es que había algo de malo en ello? ¿Querer trabajar y tener una familia era pedir demasiado? ¿Acaso no podía sentirme insatisfecha?

Me quedé en silencio.

—Ah, por cierto —empezó a decir—. Pasado mañana hay una presentación de la señora Mizue Kanata.

Me relajé de golpe. ¿La señora Mizue iba a hacer una presentación?

—No tiene relación con nada nuestro, así que no estamos obligados a ir, pero la editora jefa mencionó que estaría bien dejarnos caer por ahí. Yo ya tengo demasiadas cosas entre manos, así que si quisieras ir tú...

—¡Por supuesto!

Me emocioné tanto que Kizawa se encogió de hombros.

—De acuerdo, entonces te mandaré un correo electrónico con la información. También le pediré a la editora jefa que hable con el jefe del Departamento de Documentación —comentó Kizawa pronunciando las últimas palabras mientras se volteaba de espaldas para irse, y después se fue por el largo pasillo.

Pensé que me daba igual lo que ella pensara de mí y agradecí que me hubiera propuesto ir a la presentación. Podría ver a la señora Mizue y tendría la oportunidad de hacer algo relacionado con el trabajo de editora. Como antes.

Al día siguiente aproveché el descanso de la comida para ir a una librería y comprar el nuevo libro de la señora Mizue. Ese día salía a la venta. De ahí que se hubiera organizado una presentación con ella.

El acto tendría lugar un día después, a las once de la mañana, en un hotel de Tokio.

Me puse en contacto con la señora Mizue y ella me propuso ir a tomar un té una vez terminada la presentación.

Estaba feliz. Muy feliz.

En el tren empecé a hacer una lectura rápida del libro, pero no llegué ni a la mitad. Ese día tenía que conseguir que Futaba se durmiera rápido.

De regreso a casa, Futaba se pasó todo el camino cantando una canción que había aprendido en la guardería. Parecía que le gustaba mucho, y cuando llegamos a casa continuó tarareándola sin parar, bailando a su manera.

Después de bañarla, la puse en el futón y yo me tumbé a su lado. Bajé la luz del dormitorio y le di unos golpecitos en el pecho.

—Hoy nos dormiremos pronto, ¿de acuerdo?

Pero Futaba estaba agitada, no había modo de que se durmiera e incluso le dio por ponerse a hacer bromas y cantar a todo pulmón.

—¡Haz el favor de cerrar los ojos! —le dije alzando la voz.

—¡No! ¡Quiero cantar!

Me había salido el tiro por la culata. Futaba se puso de pie en el futón con actitud amenazante.

Me pregunté cuándo regresaría Shūji. Si por lo menos hubiera sabido a qué hora iba a llegar, lo esperaría hasta entonces más tranquila, pero no me había escrito ni siquiera un mensaje.

Decidí rendirme, subí la intensidad de la luz y abrí el libro de la señora Mizue tumbada al lado de Futaba.

Primero estuvo cantando un rato, pero después agarró el libro ilustrado que tenía junto a la almohada y lo abrió. Me estaba imitando. Se puso a mirar las ilustraciones y a balbucear cosas incomprensibles. Me pregunté si querría que se lo leyera, pero yo continué en lo mío sin prestarle atención. No quería perder ni un minuto de mi tiempo.

La novela de la señora Mizue me estaba pareciendo de lo más interesante. Me pregunté cómo habrían sido las reuniones de trabajo con el editor encargado de ese libro y cómo habrían desarrollado la historia.

Suspiré, pensando en cuánto me gustaría dedicarme a eso. No pude evitar emocionarme.

Seguí la narración durante un rato con la voz de fondo de Futaba hasta que se me empezaron a nublar los sentidos.

Al final me había quedado profundamente dormida mientras leía. Y así, sin haberme dado cuenta de que Shūji había regresado y sin haber terminado el libro, di la bienvenida al amanecer.

Futaba soltó un estornudo nada más levantarse. Le goteaba la nariz.

Me apresuré a ponerle la mano en la frente. No estaba tan caliente. La tomé en los brazos mientras rezaba por dentro y le puse el termómetro bajo la axila.

—¿Qué ocurre? ¿Estás bien, Futaba? —preguntó Shūji con voz relajada.

Yo había cometido el error de dormirme con el aire acondicionado encendido, pero me enojé con él porque tampoco lo había apagado al meterse en la cama.

El termómetro pitó: treinta y seis con nueve. Me puse un poco inquieta, pero después me pareció que no era grave.

«Te lo ruego, no te enfermes. Aguanta solo hoy», pensé.

—Este... —empecé a decirle a Shūji, nerviosa.

—¿Hmm?

—Creo que no será nada, pero... Si por casualidad, solo si por casualidad, hoy llamaran de la guardería..., ¿podrías encargarte de ir a recogerla?

—¡Uy! Imposible. Hoy tengo que ir a Makuhari.

—Ya decía yo...

No sabía ni para qué preguntaba. Preparé las cosas y llevé a Futaba a la guardería.

En el tren continué leyendo el libro de la señora Mizue a toda prisa. Debía saber cómo terminaba, así que lo leí en diagonal hasta llegar al final.

No me gustaba haber leído la novela de la señora Mizue de ese modo, hubiera preferido sumergirme en su mundo sentada relajadamente en algún lugar tranquilo. Pero era lo que había.

Gracias a Kizawa, me permitieron ausentarme a partir de las diez. Después de ir al baño, justo cuando estaba saliendo de la oficina, recibí una llamada telefónica.

Vi que en la pantalla aparecía el nombre de la guardería Tsukuji y un escalofrío me recorrió el cuerpo.

Estaba claro que Futaba tenía fiebre.

Me pasó por la cabeza ignorar la llamada, fingir que no me había dado cuenta, pero como madre tenía que responder. Me debatí en una lucha interior entre las dos opciones.

De repente saltó el contestador automático.

Esperé a que me entrara el mensaje de voz, oprimí las teclas necesarias para escucharlo y me acerqué el teléfono a la oreja. Era la voz de Mayu, la profesora de Futaba.

«Futaba tiene fiebre. Venga a recogerla, por favor.»

Y si...

¿Y si fingía no haberlo oído?

La guardería telefonearía a la oficina y quizá me llamaría alguien del Departamento de Documentación. Podría no tomar la llamada tampoco y decir que había olvidado el celular en casa.

Si renunciaba a tomar un té con la señora Mizue, llamaba a la guardería tan pronto como terminara la presentación e iba a buscarla a toda prisa, llegaría ahí a las dos. Me dije a mí misma que no pasaría nada si hacía eso, porque Futaba estaba a salvo en la guardería.

Por mucho que mis pensamientos fueran en esa dirección, no podía dejar de imaginarme el rostro de Futaba anegado en llanto.

Quizá la noche anterior se había destapado. Quizá había agarrado frío por el aire acondicionado. Quizá le había subido mucho la fiebre. Era culpa mía por no haberla acostado pronto y haberme quedado dormida. Recordé también que no le había hecho caso cuando abrió el libro ilustrado y me habló, y me sentí culpable de ser tan mala madre.

Si no iba a la presentación, Kizawa y la redactora jefa de *Mila* pensarían que era una inútil. Pero en caso de que no asistiera al acto, eso tampoco causaría grandes estragos en mi trabajo. Era sencillamente que yo quería ir.

Cerré los ojos con firmeza.

Después, suspiré profundamente y devolví la llamada a la guardería.

Cuando Futaba me vio llegar, vino corriendo hacia mí con una amplia sonrisa en el rostro.

«Vaya», pensé. Parecía que estaba muy bien. Y eso que me habían dicho que tenía treinta y siete con ocho y estaba muy atontada.

La profesora Mayu salió a mi encuentro. Tendría poco más de veinte años y era nueva en la guardería.

—Parecía que estaba confundida, pero debía de ser solo un poco de sueño. Ahora la fiebre le bajó a treinta y siete con uno.

Aquello me alivió, pero al mismo tiempo también me sobrevino la rabia. Al final no hacía falta que fuera a recogerla. Era un día especial para mí. Al pensar eso, me puse a llorar.

—Ay, ay, ay... Que mamá estaba preocupada, ¿verdad? —dijo Mayu, riéndose.

—¿Por qué siempre tenemos que ser las mujeres...? —murmuré con una voz tan grave que ni siquiera yo sabía que la tenía.

Mayu se quedó atónita. Seguramente no había entendido qué quería decir con aquello.

No se trataba solo de mí. La gran mayoría de los adultos que iban a recoger a los niños eran mujeres, como si fuera lo más normal. Pensé que de un modo u otro las más damnificadas laboralmente somos nosotras, las que damos a luz.

—Esto, bueno... Debemos llamar a los padres si los niños tienen más de treinta y siete grados y medio... Para que no lleguen a tener temblores... —comentó Mayu intimidada.

De repente, volví en mí. Quizá le había parecido que juzgaba su gestión.

—No, no es eso. Disculpa las molestias. Gracias.

Tomé a Futaba en brazos, pasé la tarjeta del centro por el lector y nos fuimos.

Al llegar a casa, volví a tomarle la temperatura a Futaba y estaba a treinta y seis y medio. Después de cenar, se comió su yogur preferido de manzana y, contenta, se puso a jugar a alinear los peluches sobre la mesa. A las ocho y poco le puse la pijama con intención de meterla en la cama antes de lo habitual.

—Vamos ya a la cama, ¿sí?

—¡No quiero!

—No sería bueno que te vuelva a subir la fiebre, ¿no crees? Vamos, recojamos el conejito.

—¡No quiero recoger!

No quiero, no quiero, no quiero, no quiero.

—Mamá tampoco quiere.

Respiré hondo, tomé el conejo y a Futaba en brazos y los llevé al futón. Nos tumbamos los tres, Futaba, el conejo y yo. Ella se puso a charlar con él entre risitas.

Cómo me hubiera gustado ir a la presentación de la señora Mizue. Y haber tomado un té con ella después. Teníamos mucho de que hablar tras tanto tiempo sin vernos.

De camino a la guardería había llamado al equipo editorial de *Mila* para informar a Kizawa que no había podido ir al acto.

—No hay problema. Cuídate —se limitó a responderme.

Pero no sé qué pensó en realidad.

A la señora Mizue le había mandado un correo electrónico de disculpa desde el tren.

«Con los niños pequeños, ya se sabe... No te preocupes. Ya nos veremos en otro momento», me respondió rápidamente. Pues sí, con los niños pequeños ya se sabe...

Es típico que a los niños les suba la fiebre justo el día que a las madres nos va fatal. Seguro que la señora Mizue, que tenía dos hijos, también había pasado por alguna experiencia similar.

Pensé que me encantaría tener una conversación con Mizue. Pero yo ya no era editora y no estaba en posición de proponerle que tomara un té conmigo.

Entonces caí en la cuenta de que ese era el mayor atractivo que tenía mi antiguo trabajo. Podía conocer a quien quisiera. Vernos de tú a tú y llegar hasta el fondo de su corazón.

Me sentía totalmente exhausta. En cambio, cuando trabajaba en el equipo de *Mila*, por muy atareada que estuviera y por muchas vueltas que diera, siempre tenía energía. Ahora tenía el cuerpo y el alma rígidos y me pesaban como piedras.

Acostada en el futón y sumida en esos pensamientos, me volvieron a brotar las lágrimas.

Después, sin darme cuenta, me dormí junto a Futaba.

Me desperté a las once y media de la noche.

Había acostado pronto a Futaba porque tenía varias cosas que hacer, así que me frustró haberme quedado dormida de nuevo.

Le puse la mano en la frente con cuidado de no despertarla y su temperatura parecía más bien baja. Le acaricié un poco la cabeza y me levanté.

Shūji todavía no había regresado. La habitación estaba desordenada y en el fregadero había un cúmulo de cosas por limpiar. La ropa seca que había recogido por la tarde estaba tirada en el sofá todavía con los ganchos.

Respiré hondo y empecé por doblar la ropa.

Entonces oí el sonido de la llave en la puerta de casa. Era Shūji.

—¡Hola!

—Qué tarde volviste.

—Sí, hoy no he parado —me respondió él sin aspecto de estar especialmente cansado, y después pasó junto a mí y me llegó una vaharada de alcohol.

—¿Estuviste bebiendo?

—¿Eh? Ah, sí... Un poco.

—Entonces no quieres nada de cenar, ¿no?

Al oír mi voz irritada, Shūji frunció el ceño.

—Pero si solo me tomé una. De vez en cuando se antoja, ¿no?

—Claro... Claro que se antoja. ¡Pero yo no puedo hacerlo!

Una vez que empecé, ya no pude parar. Las palabras fueron saliendo una tras otra por sí solas.

—Soy yo la que lleva a la guardería a Futaba, soy yo la que la recoge, soy yo la que te hace la cena cuando ni siquiera sé si vendrás o no. Hoy quería ir a un lugar, pero me llamaron de la guardería sin que se tratara de nada grave. Siempre voy sin tiempo, corriendo a todas partes, poniéndome en segundo plano. ¡Hay un sinfín de cosas que no puedo hacer!

—¿Qué dices? ¿Acaso crees que yo voy por la vida pasándomela bien?

—Pero ¡te vas por ahí a beber sin ni siquiera decirme nada!

Fuera de mis casillas, lancé al suelo la toalla que acababa de doblar. No tiré la taza que tenía al lado porque si no la habría roto y se habría armado en grande. La sangre me hervía en la cabeza, pero aun así atiné a hacer el cálculo:

—Es hija de los dos, ¿no? Cuando quedé embarazada dijimos que nos ocuparíamos los dos, ¿correcto? ¡Pues eso significa que te tocaría encargarte más de llevarla, de recogerla y de las tareas domésticas!

—Entonces ¿da igual si no me ascienden? Porque eso es incompatible con saltarme los viajes de trabajo y las reuniones para ir a recogerla o con llegar pronto a casa para hacer la cena. La que trabaja aquí en un departamento flexible, tiene libertad de movimiento y puede salir a las cinco eres tú, Natsumi, ¿o no es así?

Me quedé muda. Frustrada. Era consciente de que si a Shūji le fuera peor en la empresa eso nos perjudicaría.

Pero aquello era injusto. Porque mi carrera profesional sí había ido en picada. Que solo él pudiera concentrarse libremente en su carrera era injusto.

Así que ¿al final era yo la que tenía que cargar con todo lo de casa?

¿Por ser madre?

—Entonces yo soy la única que sale perdiendo, ¿no? —espeté con la voz llorosa, y Shūji, con cara de manifiesto enojo, hizo ademán de decir algo cuando de repente abrió los ojos como platos.

Futaba estaba de pie en la puerta del salón. Nuestros gritos debían de haberla despertado.

—Yo recoger —dijo la niña con tono ansioso.

Empezó a poner los peluches en la caja de juguetes. Al ver que estaba a punto de llorar, se me encogió el corazón.

A pesar de que no debía de haber entendido el conteni-

156

do de la conversación, seguramente se había imaginado que nos estábamos peleando por su culpa. O quizá pensó que si se portaba bien, haríamos las paces. La abracé por detrás de un impulso. «Lo siento, Futaba. Lo siento.»

¿Cómo podía haber dicho que salía perdiendo? Pero si era mi preciosa hija. La niña que tanto quería. No podía ser que pensara que mi vida se había ido a la ruina por culpa de ella...

Al día siguiente, antes del mediodía, me llamaron desde la recepción de la empresa. Era la señora Mizue.

Bajé al vestíbulo y ella, vestida con un kimono blanco, me dedicó una amable sonrisa.

Lo entendí de inmediato. Había pedido que me pasaran la llamada en lugar de telefonear directamente a mi celular para que me fuera más fácil contestar.

Quería verla. Al tenerla delante de mí, mi cuerpo se desinfló de repente y me solté a llorar.

La señora Mizue no se sorprendió. Me puso una mano sobre el hombro con suavidad y me susurró:

—¿A qué hora tomas el descanso del almuerzo? Si quieres, podemos comer juntas.

Me citó en un restaurante informal que había cerca de la oficina y, con una sonrisa, me dijo que reservaría para dos y que me esperaría ahí.

La señora Mizue había ido a Banyūsha para reunirse con Kizawa. Iban a hacer una película de *El plátano rosa*. Me llenó de amargura que Kizawa se fuera a encargar de eso, porque había sido yo la responsable de la novela. Mientras llenaba una cuchara de *omurice*,* me confesó:

—¿Sabes? La pasé un poco mal con nuestra novela por entregas.

—¿Cómo?

—Me estresaba estar expuesta a un público de chicas en plena ebullición emocional. Sufría si acaso, sin querer, escribía algo inapropiado o decía cualquier cosa pasada de moda y se reían de mí. —Se llevó el *omurice* a la boca y después prosiguió hablando, feliz—: Fue un poco duro, pero también bastante divertido. Me di cuenta de que tenía muchas cosas que quería contar a las chicas jóvenes. Durante el proceso de escritura, las dos protagonistas hablaban constantemente entre ellas en mi cabeza. Las llevaba a todas partes. Ellas y mis lectoras eran como mis preciosas hijas. Por primera vez en mucho tiempo sentí que estaba contribuyendo al crecimiento de alguien.

Yo me quedé sin palabras y la señora Mizue entornó los ojos con una sonrisa.

—Todo gracias a ti, Sakitani. Estuviste presente en su nacimiento y juntas las ayudamos a crecer. Para mí y para la novela tú fuiste una comadrona, una enfermera, un marido y una madre.

No pude contener las lágrimas. Me cubrí el rostro con ambas manos y dije:

—Yo... pensé que no podría encontrarme de nuevo con usted así. Porque yo...

Ya no era editora.

---

* N. de la T. Tortilla de huevo rellena de arroz.

Los sentimientos que hasta ese momento había mantenido ocultos afloraron delante de la señora Mizue.

—Odio que me pase eso, pero estoy celosa de que Kizawa trabaje en el equipo de *Mila* con tanto ahínco, y achaco que mi vida se haya desmoronado al hecho de haber tenido una hija.

La mujer dejó la cuchara y dijo con serenidad:

—Vaya, ya veo que estás arriba del carrusel.

—¿En el carrusel?

La señora Mizue se rio con la boca pequeña.

—Suele pasar. A los solteros les gustan los casados; a los casados, los que tienen hijos; y a los que tienen hijos, los solteros. Es como un carrusel que da vueltas sin cesar. Es gracioso. En el carrusel solo vemos el trasero de la persona que tenemos delante, y en él nadie es el primero ni el último. Es decir, en la felicidad no existe la perfección ni nadie va en primer lugar —comentó con entusiasmo, y después se detuvo para dar un sorbo al vaso de agua—. La vida siempre es una locura. Sean cuales sean las circunstancias de cada uno, las cosas nunca salen como queremos. Pero, por otro lado, al final siempre te depara sorpresas bonitas e inesperadas. Es por ello por lo que habrá muchas ocasiones en las que al final acabarás pensando que tuviste suerte de que no haya salido como querías. Si un plan o alguna expectativa no te salen bien, no es necesario considerarlo una desgracia o un fracaso. Porque eso es lo que provoca la transformación, en ti y en tu vida.

A continuación, miró a lo lejos y sonrió.

Cuando llegó la hora de pagar, alargué ansiosa la mano hacia la cuenta, que había tomado la señora Mizue. No podía meterlo como gasto de la empresa, pero me pareció evidente que era yo la que debía pagar.

Ella levantó la cuenta y dijo:

—No. Hoy pago yo.

—Pero...

—Te invito por tu cumpleaños. Va a ser pronto, ¿verdad? Bien que te pusieron Natsumi porque naciste en verano.*

No recordaba cuándo, pero debía de habérselo dicho en algún momento y se acordaba.

—Muchísimas gracias. Estaba delicioso.

Le dediqué una reverencia con la cabeza y ella me la devolvió con una sonrisa traviesa.

—¿Y cuántos cumplirás?

—Cuarenta.

—Qué suerte. Tienes toda una vida por delante. Diviértete. Los parques de diversiones son muy grandes.

La señora Mizue me apretó la mano con firmeza.

—¡Feliz cumpleaños! Muchas gracias por haberte reunido conmigo.

Sentí una sensación de paz que poco a poco fue invadiendo todos los rincones de mi cuerpo.

Reflexioné sobre el hecho de que quizá en *Mila* no solo me había sembrado una carrera profesional, sino que también me había ganado el afecto de la señora Mizue.

* N. de la T. *Natsu* en japonés significa «verano».

Desde el fondo de mi corazón supe que el esfuerzo que había hecho de venir al mundo había valido la pena.

Aquella noche, Futaba se durmió inusualmente pronto.

Shūji todavía no había regresado. Tapé su cena con plástico transparente, me senté en el sofá del comedor y abrí *La puerta de la luna*.

Al poco rato de estar leyéndolo, me encontré con un título que llamó mi atención: «Los dos "ojos" del corazón». Acerqué el rostro a la página, emocionada.

Dos ojos para ver «lo que el ojo no ve».

El «ojo del sol» para ver las cosas lógicas y racionales.

Lo ilumina todo y lo comprende.

El otro ojo es el «ojo de la luna», que las ve con emoción e intuición y desea conectar e interactuar con ellas.

Ve los fantasmas en la oscuridad, las fantasías y los sueños, como los de los amores secretos.

Esos dos ojos están en el interior de nuestro corazón...

Ese párrafo me llegó al alma. Hacía mucho que no leía un libro con la cabeza despejada. Trataba de la mitología del sol y de la luna; de cómo se interpretaba el horóscopo y los hechizos; y de las emociones ocultas de los seres humanos. Continué sumida en la lectura del texto envuelto en aquel precioso color azul.

De los pequeños detalles a las cuestiones más grandes... Vivimos rodeados de cosas que, por mucho que nos esforcemos, no se desarrollan como queremos.

Me sorprendió que pusiera «como queremos». Eran las mismas palabras que había usado la señora Mizue ese mediodía. Un poco más adelante, el texto también hizo referencia a la «transformación». Es extraño, pero a veces cuando estoy leyendo un libro me sincronizo con la realidad.

Pensé que la señora Komachi era increíble y me pregunté por qué me habría recomendado aquel libro. Ese pensamiento me llevó a recordar otra cosa. Puse la mano en la bolsa en la que llevaba las cosas de Futaba. El obsequio que me había dado la señora Komachi seguía en el bolsillo interior.

Me puse la ligera pieza de fieltro de lana en la palma de la mano.

Ese globo terráqueo era del tamaño aproximado de una bola de ping-pong. Todos los continentes tenían unos contornos imprecisos, pero Japón era lo único con su forma exacta. Pensé que debió de costarle mucho conseguir ese nivel de detalle, pero que quizá lo había hecho porque era muy patriota.

Ahí estaba yo.

En ese momento era de noche, pero giraría y llegaría la mañana...

Mientras le daba vueltas con los dedos, de repente me vinieron a la cabeza el geocentrismo y el heliocentrismo. Antaño creían que la Tierra estaba quieta y que eran los cuerpos celestes los que se movían a su alrededor. Aunque en realidad era la Tierra la que giraba.

Y en ese momento, dentro de mi corazón algo dio un pequeño vuelco.

Entendí algo...

Me habían «obligado» a cambiar del equipo de *Mila* al Departamento de Documentación. Estaba «obligada» a encargarme de la crianza y de la casa. Me veía como la víctima porque me tenía a mí misma en el centro y me preguntaba por qué los demás no se movían para ayudarme.

Observé fijamente la esfera azul. Reflexioné acerca de que la Tierra se mueve y que el día y la noche no «vienen», sino que «van».

Me pregunté qué era lo que quería hacer a partir de entonces. Hacia dónde quería ir.

Había percibido algo distinto en mí. Y la conversación con la señora Mizue había reafirmado ese sentimiento.

Supe que quería ser editora de novelas.

Quería sacar lo mejor de cada autor y ofrecer al lector relatos bien hechos.

«El parque de diversiones es muy grande.» Las palabras de la señora Mizue resonaron en el fondo de mis oídos.

Pensé que debía bajarme del carrusel y tratar de subirme en otras atracciones. Saber bajarse del barco es una virtud, pero también está bien ser sincero con lo que uno realmente quiere.

Tomé el celular y empecé a buscar ofertas de trabajo en editoriales. Hasta ese momento solo había buscado vacantes como editora de revistas. Pensaba que esa era mi única opción.

En mi situación me resultaría difícil encontrar trabajo en el mundo de la edición de revistas, porque en este campo la rapidez y el trabajo en equipo son indispensables. Pero si publicaba libros quizá podría estar más libre. Si cambiaba de trayectoria hacia la edición de novelas, quizá podría abrirme un camino.

Tras ver unas cuantas ofertas, di con la prestigiosa editorial Ōtōsha. Estaba especializada en narrativa y tenía varias obras de la señora Mizue en su catálogo.

Parecía que el puesto estuviera hecho para mí. Buscaban a alguien que se encontrara a mitad de su carrera profesional, y podían presentarse candidaturas hasta el día siguiente, con su correspondiente matasellos. Mi candidatura llegaría justo a tiempo.

Tratando de controlar mi corazón desbocado, leí atentamente las bases para presentar la solicitud. Tuve la sensación de que algo poderoso me estaba empujando y que todo había empezado a ir en la buena dirección. No por casualidad ese día había visto a la señora Mizue y Futaba me había hecho el favor de dormirse temprano.

El sábado siguiente fui sola a la biblioteca del centro cultural. Era el último día para devolver los libros. Había dejado a Futaba en casa con Shūji.

Dejé los libros en el mostrador de Nozomi y me dispuse a ir hasta el rincón de las consultas. Nozomi lo intuyó y dijo:

—Si quiere ver a la señorita Himeno, ahora está en su descanso. Pero volverá enseguida.

—¿La señorita Himeno? —pregunté.

Nozomi se llevó la mano a la boca y ahogó un «¡ay!».

—La señora Komachi era la enfermera de la escuela en la que yo estudié primaria. Sigo llamándola por su nombre de soltera porque es lo único que me queda de esa época.

De modo que la señora Komachi en el pasado había sido enfermera en una escuela primaria, pensé. Tuve la sensación de que estaba viendo una serie de televisión.

En ese momento la señora Komachi regresó. Contoneando su voluminoso cuerpo, me miró fugazmente y pasó junto a mí sin decir nada.

Esperé a que se acomodara en su mostrador y después me acerqué.

—Gracias por lo del otro día. El libro *La puerta de la luna* me pareció increíble.

—Sí —se limitó a responder ella, impertérrita.

—De todos modos, lo compraré porque tuve que leer algunas partes deprisa. Me dieron ganas de tenerlo.

Al oír mis palabras, la señora Komachi se quedó reclinada hacia atrás.

—Me alegro de haber sido el puente que te trajo un libro que no solo leíste, sino que quieres conservar contigo.

—Sí, y también me dieron ganas de cambiar. Gracias a ese libro.

La señora Komachi me dedicó una sonrisa.

—En todos los libros, más que la fuerza que puedan ofrecernos, lo importante es la lectura que les damos.

Sus amables palabras me alegraron.

—Señora Komachi, ¿es cierto que usted antes era enfermera en una escuela? Cambió de trabajo, ¿verdad? —le pregunté, inclinándome hacia ella.

—Sí. Al principio de todo era bibliotecaria. Luego entré a trabajar en una escuela en la que trabajé de enfermera. Y después volví a ser bibliotecaria.

—¿Cómo es que cambió una vez y después volvió a su antiguo empleo?

Oí un chasquido, proveniente de la señora Komachi, que había ladeado la cabeza.

—Reflexioné acerca de qué me gustaría hacer más en cada momento y, llevada por el curso de la vida, la cosa salió así. Porque, más allá de mi propia voluntad, las circunstancias fueron cambiando, por la familia, la salud, la quiebra de un negocio, la llegada de un amor inesperado...

—¿Eh? ¿Un amor? —le pregunté sorprendida al oírla decir aquello.

La señora Komachi tocó con suavidad el pasador de las flores que le adornaba la cabeza.

—Fue el acontecimiento más inesperado de mi vida. Jamás me imaginé que fuera a aparecer alguien que me hiciera un regalo como ese.

Me pregunté si me estaría hablando de su marido. Sin duda me habría encantado saber más sobre esa maravillosa historia, pero, como es natural, me pareció indiscreto abordar la cuestión.

—¿Valió la pena cambiar de empleo? ¿Le causó muchas preocupaciones?

—Las personas cambiamos aunque queramos seguir igual, y también hay veces que, aunque queramos cambiar, seguimos igual —me respondió, y después tomó la

166

caja de Honey Dome que tenía en una punta del mostrador.

Sacó una aguja de la caja y ya entendí qué quería decir. El momento de las consultas había terminado. Tal como me esperaba, la señora Komachi se puso a clavar la aguja, chic, chic, chic, con el rostro impertérrito.

Al regresar del centro cultural, Shūji nos llevó a toda la familia en coche a uno de los centros comerciales Edén. En el supermercado tenían de todo, incluso comida y productos de primera necesidad. Queríamos aprovechar para comprar cosas que pesaban, como arroz o bebidas embotelladas, y también algo de ropa interior y playeras para Futaba.

—¿Te parece bien que pase un momento por ZAZ? —pregunté, y Shūji me respondió que me esperaría con Futaba en el parque.

Realmente, cuando Shūji estaba con nosotras los fines de semana me ayudaba mucho.

ZAZ era una cadena de tiendas de lentes. Aunque en mi día a día no los necesito, de vez en cuando me pongo lentes de contacto desechables. Los que había comprado hacía medio año se me estaban acabando.

Entré en la tienda y me dirigí al encargado:

—Disculpe...

Él se volteó hacia mí y cuando vi su cara me quedé con los ojos como platos.

—¡Kiriyama!

Él también se sorprendió al verme y exclamó:

—¿¡Señora Sakitani!? ¿Es usted? ¿Vive por aquí?

Kiriyama era un chico que trabajaba en una agencia editorial y al que a veces le encargaba artículos cuando yo formaba parte del equipo de *Mila*.

—¡No me esperaba verte aquí!

—Hace un mes dejé mi trabajo como editor y empecé a trabajar en ZAZ.

En el pasado, Kiriyama había adelgazado tanto que llegué a preocuparme, pero parecía haber ganado peso y tenía mejor color. Me tranquilizó ver que proyectaba una sonriente cara de salud. A decir verdad, siempre había pensado que su agencia trabajaba a lo loco. En un día podían hacer una compilación de diez páginas con fotografías de la calle o reunir información de unos treinta restaurantes de ramen. Como estaban dispuestos a todo, no dudaba en hacerles encargos cuando lo necesitaba, pero me imaginaba que trabajar ahí debía de ser extremo.

—Tiene muy buen aspecto. Tuvo una hija, ¿verdad?

—Sí... La verdad es que yo también quiero cambiar de empleo —se me escapó decir al ver que teníamos aquello en común—. A mí lo que me gustaría hacer a partir de ahora es editar libros en lugar de revistas. Mandé una solicitud al Departamento de Ficción de la editorial Ōtōsha; debo esperar a la revisión de las candidaturas. Estoy nerviosa porque pronto saldrán los resultados.

—Es verdad, el libro que hizo con Mizue Kanata fue un gran éxito. *El plátano rosa* es una novela interesante incluso para chicos como yo.

Aquellas palabras me levantaron el ánimo de repente.

Kiriyama tomó mi tarjeta de clienta y se dirigió a la trastienda.

—Disculpe, ¿los lentes de contacto le urgen mucho? —me dijo cuando volvió a salir al cabo de poco—. Los de este fabricante justo se nos agotaron. Se los pediré ahora mismo y me pondré en contacto con usted.

Hablaba con un tono suave de encargado. A pesar de que solo hacía un mes que trabajaba ahí, ya dominaba el arte de estar frente al público. Se le daba bien.

—Ojalá pase el proceso de selección de Ōtōsha. El hecho de que sepa lo que quiere hacer ya me parece maravilloso.

—¡Gracias!

Cuando estaba en el sector editorial, Kiriyama siempre me había parecido un buen chico, pero como óptico me pareció que tenía mucho gancho y frescura. Pensé que todos cambiamos, y que está muy bien que lo hagamos.

Mi corazón ya se hallaba en Ōtōsha. Estaba decidida a hacer buenos libros con ellos.

Sin embargo, recibí un cortante correo electrónico por su parte en el que me anunciaban que no me habían seleccionado. Me quedé atónita. Pensaba que por lo menos pasaría el primer filtro. Con qué facilidad rechazaban a la gente. Ni siquiera me habían dejado llegar a la entrevista.

Pensaba que tendría cierta ventaja porque había editado el libro de la señora Mizue.

Fuera como fuere, me había salido mal...

Qué esperaba, a mi edad, con una niña pequeña y la

experiencia de haber editado un exitoso pero único libro. Qué le iba a hacer si habían pensado que aquello había sido solo un golpe de suerte. Cuando reclutan a alguien a mitad de su carrera profesional es porque esperan resultados inmediatos. Así que supuse que una empresa tan grande como Ōtōsha querría a personas con más talento y mayores logros que los míos.

Si lo hubiera pensado un poco, podría habérmelo imaginado.

En medio de mi abatimiento, mientras trataba de hacer frente a la realidad, como si se me quisiera asestar el golpe final, ascendieron a Kizawa a editora jefa de *Mila*.

El anuncio tuvo lugar en una reunión matinal, lo comentó la misma Kizawa delante de todos con su habitual tono brusco, sacando el mentón hacia fuera.

Pero yo me di cuenta de algo.

Durante la oleada de aplausos, se le escapó sin querer una tímida sonrisa de niña pequeña que duró solo un instante. Y las puntas de las pestañas le brillaban humedecidas.

Al ver aquello, la envidia que me había estado acompañando todo ese tiempo se desvaneció. Kizawa era Kizawa, y ella también había trabajado realmente duro y había luchado mucho. No había dado ese ascenso por sentado y estaba muy feliz de haberlo conseguido.

Debía de haber pasado por muchas dificultades y desengaños. Tendría que haberme dado cuenta de ello antes y me arrepentí de haber dicho tan a la ligera que la envidiaba.

El carrusel se había detenido.

No era el momento de ir a ese lado.

Yo era yo y ella era ella. Estaba bien que cada una lo viera desde su propia perspectiva.

Al darse cuenta de que yo la aplaudía con especial ímpetu, Kizawa me dedicó una sutil sonrisa.

Dos días más tarde fue mi cumpleaños.

Por un día Shūji se organizó en el trabajo para llegar pronto y Futaba, él y yo cenamos en un restaurante familiar.

Shūji se sorprendió al saber que había solicitado trabajo en Ōtōsha y que me habían rechazado sin darme ninguna explicación. Tanto por el hecho de que quisiera irme de Banyūsha después de haber trabajado ahí durante tantos años como por lo difícil que era encontrar un nuevo empleo.

Me extrañó darme cuenta de que Shūji no había entendido bien mis sentimientos ni mi situación hasta entonces, pero quizá yo no se lo había sabido transmitir correctamente. Solo me quejaba entre refunfuños. Me alegró que me consolara y me apoyara sin que yo lo esperara.

En esa conversación acordamos que a partir de la semana siguiente Shūji se encargaría de llevar a Futaba a la guardería por las mañanas. Asimismo, también me comentó que le sería difícil, pero que intentaría ir a recogerla cuando pudiera. Incluso me escuchó con atención y tomó notas sobre cómo cambiar las sábanas en la guardería los lunes.

—Cuando te limitas a decirme exaltada que coopere o que haga más, no te entiendo. Me ayuda que me expongas las cosas de un modo lógico y racional.

Claro, el «ojo del sol» también estaba ahí. En lo más profundo de mí lo entendí todo. En adelante tendría que mantener un buen equilibrio con el «ojo de la luna».

Me sentí feliz. Comprendí que yo a Shūji le pedía esto y aquello, pero él también pensaba en nuestra familia a su modo.

Futaba, que día tras día era cada vez más expresiva, estaba sentada entre los dos.

—¡Felis cumpleanos!

Al verla felicitarme con esas palabras mal pronunciadas y las manos levantadas de la emoción pensé que era realmente lindísima.

Nuestra familia era algo que habíamos construido juntos, los tres.

Debía saborear el momento. Dejarme llevar por el «curso de la vida». Por lo que había dicho la señora Komachi, que no me aceptaran en Ōtōsha quizá significaba que debía alejarme del «curso» de mi carrera como editora.

Al pensar eso, sentí un piquetazo en el fondo del pecho que disimulé tomando el último trago que me quedaba de la infusión tras la cena. Fui a rellenar la taza al rincón donde estaban las bebidas para que te sirvieras por ti mismo, y al regresar a la silla mi teléfono vibró. Era un número de celular desconocido que empezaba por 090.

Miré a Shūji, me levanté y salí del restaurante para contestar el teléfono.

—Soy Kiriyama, de ZAZ.

—¡Ah!

Solté un suspiro de alivio al oír su voz. Aquella noche de verano hacía una brisa agradable.

—Llegaron sus lentes de contacto. Siento haberla hecho esperar.

—Iré a recogerlos. Gracias.

—En realidad, quería decirle otra cosa...

—¿Sí?

Al otro lado del teléfono se oía mucho ruido de fondo. No parecía que me estuviera llamando desde la tienda. De hecho, me telefoneaba desde un celular. Kiriyama tomó aire antes de seguir hablando.

—¿Supo algo de Ōtōsha?

—No me seleccionaron...

—¡Qué bien!

—¿Qué bien? —pregunté en respuesta, y él se rio.

—Bueno, sí, es que... una conocida de la universidad trabaja en Ediciones del Arce.

Ediciones del Arce era una famosa editorial de álbumes ilustrados, la misma que había publicado *Gerob Pies Descalzos*.

—Dejará la empresa el mes que viene porque destinaron a su marido al extranjero. Tenían pensado abrir un proceso de selección para reclutar a una persona que esté a mitad de su carrera, pero antes de empezarlo me preguntaron si conocía a alguien adecuado para el puesto y yo pensé en usted... —El corazón me dio un vuelco. Yo sujetaba el teléfono con fuerza sin poder articular palabra y Kiriyama siguió hablando al otro lado—: Creo que Ediciones del Arce va mucho con usted. Una editorial con tradición como Ōtōsha está bien, pero en Ediciones del Arce son abiertos, tranquilos y publican libros muy originales. Si le parece bien, hablaré con esta chica para que concierte una cita con su editora jefa.

—Pero tengo cuarenta años y una niña de dos...

—Sí, pero eso le dará puntos. En Ediciones del Arce publican álbumes ilustrados y literatura infantil, y tener hijos se considera positivo. De hecho, esta chica también fue madre mientras trabajaba ahí.

El corazón me latía con fuerza de la emoción. Pero, por otro lado, no podía dejar de pensar en los puntos que tenía en contra.

—Pero es que yo no tengo experiencia en edición de álbumes ilustrados.

—La edición de novelas y de libros ilustrados es distinta, pero ellos también tienen muchos libros buenos destinados a un público adulto.

En ese momento no me vino ningún título a la cabeza, pero podía ser que fuera así. En ese caso..., quizá también podría dedicarme a hacer novelas.

—Cuando usted estaba en *Mila*, no solo publicaba artículos sobre moda, sino que sacó varios sobre cuestiones emocionales relacionadas con la juventud de las mujeres, ¿verdad? Con esos textos las animaba y las alentaba a dar lo mejor de ellas en el día de mañana. La novela *El plátano rosa* fue como fue porque usted estuvo detrás de ella, y por eso me hizo mucha ilusión saber que quería dedicarse a la edición de novelas.

Al oír aquellas palabras me sentí segura. Había alguien que me había estado observando de cerca y que reconocía mi trabajo.

—Kiriyama, ¿por qué estás haciendo todo esto por mí? —le pregunté sin poder ocultar mi alegría.

Era normal que lo preguntara. No era amigo mío ni me debía nada, solo era un antiguo colega del trabajo.

—Pues porque el curso de las cosas fue así. Sería bueno que hubiera más libros interesantes en el mundo, ¿no? A mí me gustaría leerlos —respondió sin demora ni dándole muchas vueltas.

Bajé la mirada. Me temblaban los pies, que llevaba calzados con sandalias.

Después de que Kiriyama me dijera que volvería a ponerse en contacto conmigo y colgara el teléfono, regresé temblorosa a mi silla y me tomé la infusión de un solo trago.

—¿Pasó algo? —me preguntó Shūji.

Le conté la situación.

—¡Qué gran noticia! —dijo él.

Sabía que lo era, pero me parecía demasiado buena para ser verdad. Había empezado a tener una sensación de equilibrio, pero si me creaba expectativas y al final no salía bien, el dolor sería más profundo.

—¿Cómo es posible? ¿No te parece demasiado bueno para ser verdad? No puedo creer que me haya llegado una oportunidad como esta de la nada.

Al decir eso, Shūji me miró fijamente con el semblante serio.

—No es verdad. No te llegó de la nada, sino de los pasos que has ido dando y que han hecho que los otros también los den.

Alcé la mirada de repente y me encontré que Shūji me sonreía con dulzura.

—Eres tú quien se sembró su propio camino, ¿no?

Sí, tenía razón.

Ōtōsha me había rechazado, pero si no hubiera tratado de entrar ahí, no le habría contado a Kiriyama que quería trabajar como editora de novelas. Si no hubiera sido por eso, no habría tenido esa sorpresa, una sorpresa bonita e inesperada.

Shūji le tocó la cabeza a Futaba, que justo había terminado de comerse el helado.

—Bien, pues Fu y yo nos iremos a la casa —comentó.

—¿Cómo?

—Pensé que quizá te gustaría ir a una librería. La que hay delante de la estación todavía está abierta.

Futaba se nos quedó mirando con perplejidad.

—¿Verdad que sí, Fu? No queremos que a mamá le falte lo que le gusta ni que esté triste por dentro, ¿verdad que no?

—No —respondió la niña en voz baja.

Después de separarme de Shūji y Futaba, entré en el edificio que había delante de la estación y me dirigí hacia la librería Meishin. Fui directamente por libros publicados por Ediciones del Arce: álbumes ilustrados, cuentos y novelas infantiles. Y, tal como me había comentado Kiriyama, también encontré que tenían muchas novelas de éxito para adultos. No me había dado cuenta porque no debía de haberme fijado en quién las había publicado, pero muchas de esas novelas me gustaban mucho. Me sorprendí diciéndome: «¡Vaya! ¡Esta también! ¡Y esta!». Al final resultó que había leído muchos libros de ellos.

Observé los libreros maravillada y me hice con unos

cuantos títulos que me interesaban y que no había leído. También agarré *Gerob Pies Descalzos*.

Ya solo me quedaba una última cosa. Busqué *La puerta de la luna*.

No conseguí encontrar ese libro azul. Pero en su lugar hallé una nueva edición.

En la portada tenía una ilustración a toda página de una luna clara sobre un azul oscuro en la parte superior que se iba degradando en vertical hasta convertirse en amarillo en la parte inferior. Las guardas tampoco eran de color negro azabache, sino de un amarillo canario bien brillante. Pasé unas cuantas páginas y me pareció que el contenido del texto era casi idéntico. Que hubieran hecho una nueva edición era señal de que se trataba de un libro buscado y querido. Una suerte de calidez me invadió el alma. Así era como se daba una nueva vida a un libro. Me pregunté qué tipo de gente lo tendría y cómo les llegaría. Cuántas ganas tenía de hacer libros.

Quería traer al mundo libros que hicieran que la gente esperara el mañana con ilusión y que se encontrara con sentimientos todavía desconocidos para ellos. Eso era también lo que deseaba cuando estaba en *Mila*, aunque el formato fuera distinto.

Si bien cuando leí la primera edición de *La puerta de la luna* me dio la sensación de que flotaba en un cielo nocturno precioso, con ese cambio de diseño parecía que la luz de la luna te iluminaba.

En la parte superior derecha de las páginas pares había un dibujo de las distintas fases lunares. En la primera edición estaba abajo en lugar de arriba. Aunque fuera el mismo dibujo, ese cambio parecía una señal proveniente del cielo.

Yo también había cambiado, aunque intentara seguir siendo la misma. Igual que también seguía queriendo lo mismo, por mucho que intentara cambiar.

Todos los padres que intentan transmitir el sueño de Papá Noel a sus hijos albergan en sus corazones el verdadero Papá Noel. Es por ello por lo que muchos niños creen que Papá Noel montado en su trineo «existe de verdad».

Mientras leía bañada por el sol del invierno, sonó el teléfono y contesté.

—Ediciones del Arce, ¿diga?

Poco después, en la cita que me había organizado Kiriyama, la editora jefa me hizo dos preguntas para saber de qué modo había trabajado con la señora Mizue y qué tipo de libros quería publicar en un futuro.

Ella asentía sin cesar mientras escuchaba con las orejas abiertas de par en par mi apasionada respuesta.

Lo que había nacido en *Mila* y todas las reflexiones hechas tras mi traslado de departamento me habían servido para después. Todo lo necesario para llegar hasta ahí estaba en Banyūsha.

Pensé que las experiencias vividas hasta entonces cobraban sentido. Mi gratitud hacia Banyūsha y saber que mis esfuerzos habían valido la pena me reafirmaban en mi posición.

Pedí a la persona que había llamado que aguardara un momento y pulsé el botón para poner la llamada en espera.

—Imae, tienes una llamada del señor Wataribashi.

Desvié la llamada a Imae, la colega que se sentaba delante de mí. El señor Wataribashi era uno de sus autores. Al lado de Imae, mientras ella hablaba con él, su hija Miho permanecía sentada en un banco con un álbum ilustrado abierto.

La niña cursaba primaria, pero debido a una oleada de gripe habían cancelado las clases a partir de ese día.

En ese momento llegó Kishikawa, la editora jefa del Departamento de Infantil. Al darse cuenta de que Miho estaba ahí, se agachó y le preguntó con dulzura:

—¿Qué tal? ¿Te parece interesante el libro?

Era el segundo volumen de una colección publicada por Ediciones del Arce, la historia de un gnomo que se metía en varios agujeros.

—Sí, mucho. Me gusta esta mancha café que tiene el perro en el lomo. ¡Parece una hamburguesa! —respondió Miho con energía.

—¡Vaya! Eso no lo había pensado. Así que una hamburguesa, ¿eh?

Otros empleados que pasaron junto a ellas también sonreían al ver a la pequeña Miho.

Ahí nuestros importantes y queridos lectores eran los niños y los podíamos llevar al trabajo. Cuando alguna empleada de baja por maternidad iba de visita a la empresa con el recién nacido, todo el mundo se le acercaba y el director general lo tomaba en brazos. La primera vez que sucedió me quedé impactada.

Kishikawa se acercó a mí y me entregó unas ilustraciones a color.

—¿Podrías preguntarle a Futaba cuál le gusta más?

Eran los bocetos de un nuevo álbum ilustrado para niños pequeños que estábamos preparando.

—Sí, claro.

—Muchas gracias por todo el trabajo que haces.

Que la existencia de mi hija, quien hasta entonces solo había sido una traba en el trabajo, ahí fuera aceptada e incluso útil me concedía paz y fuerza. Me bastó un cambio de ambiente para dar la vuelta a lo que estaba convencida de que me faltaba, o que me sobraba. Como en la Tierra, donde las cosas se pueden percibir de modo distinto según el país o las estaciones del año.

Cuando Kishikawa se fue, volví a bajar la mirada al libro.

El Papá Noel que nos enseñan los padres no es nunca una «mentira», sino una gran «verdad». El «ojo del sol» y el «ojo de la luna» que llevamos dentro cooperan para que podamos entender el mundo sin negar ninguno de los dos.

Había leído tantas veces esa página de la nueva edición de *La puerta de la luna* que me la sabía de memoria.

Tenía esas frases subrayadas. Las había leído y releído tanto que las llevaba grabadas en el corazón.

Cuando empecé a trabajar en Ediciones del Arce me di cuenta de algo.

El «ojo de la luna» es el que usamos para leer o escribir un libro.

Y el «ojo del sol», el que usamos para darle forma y sacarlo al mundo.

Los dos ojos son necesarios. Ambos deben estar bien abiertos y cooperar, sin que uno ignore al otro.

Cerré el libro y lo coloqué con suavidad en el atril de mi escritorio.

A cambio, tomé un folleto con un relato corto que había encontrado por casualidad el mes anterior.

Tuve el presentimiento de haberlo hallado. Quería trabajar con ese escritor fuera como fuera. Había intentado con todos mis contactos para conseguir su correo electrónico.

Respiré hondo y me puse delante de la computadora.

Escribí el correo pausadamente, con el deseo de que en un futuro abriéramos juntos una nueva puerta.

La Tierra gira.

Iluminada por el sol, contempla la luna.

Alcé la mirada al cielo con los pies en el suelo y seguí adelante en plena transformación, con el fin de transmitir una mayor «verdad» a quien estuviera al otro lado de la página.

CAPÍTULO 4

HIROYA, TREINTA AÑOS,
DESEMPLEADO

Cuando iba a la escuela primaria siempre jugábamos juntos y aprendía muchas cosas de ellos.

A veces no eran humanos, vivían fuera de la Tierra, en un pasado lejano, en un futuro distante o en otra dimensión.

Todos estos amigos, que eran más afines a mí que mis compañeros de clase, no envejecían. Ellos siempre seguían siendo igual de maravillosos, interesantes, valientes y amables. Tenían poderes sobrenaturales, luchaban heroicamente contra el mal, se declaraban a las chicas más guapas de la escuela y, por muchas veces que fuera a verlos, nunca me defraudaban ni dejaban de impresionarme.

Pero ¿por qué? ¿Por qué el tiempo pasaba a toda prisa solo para mí? Me había hecho mayor que los que tenían más años que yo. Ya había cumplido los treinta. Sin ser nadie.

Aquel rábano era enorme.

—Son rábanos de Miura. Ahora, en febrero, es cuando están de temporada. Los había incluso más grandes —dijo mi madre repetidas veces mientras sacaba las hortalizas de la bolsa ecológica y las ponía encima de la mesa.

También sacó papas, zanahorias y manzanas. Todo era inmenso.

—Quería comprar otro, pero la bolsa ya pesaba mucho con lo que llevaba.

Y una col china.

—¿Y si regreso por más...? Pero me da vergüenza que me vean volver, y además después tengo que ir a trabajar.

Parecía que hablara ella sola, pero en realidad hablaba conmigo mientras yo veía la tele tirado en el sofá.

Al parecer había un centro cultural en un edificio contiguo a la escuela primaria del vecindario, pero, como nos mudamos a ese departamento cuando yo estudiaba secundaria, nunca había estado ahí.

Entre los talleres y cursos que organizaban, mi madre acudía de vez en cuando a clases de arreglos florales.

Ese día habían organizado el mercado trimestral en el que vendían frutas y hortalizas sin intermediarios.

—¿Irías tú por mí, Hiroya?

—Bueno...

Apunté el control remoto hacia la televisión y la apagué. Aquel viernes por la tarde no tenía nada que hacer. De todos modos, solo estaba viendo un programa de entretenimiento en el que no hacían más que repetir lo mismo.

—Me haces un gran favor... —comentó mi madre entornando los ojos.

Además, me sentía culpable por no haber encontrado trabajo y estar holgazaneando en casa. Al menos podía hacer lo que me pedía mi madre e ir a comprar un rábano.

Me puse de pie y ella rápidamente me dio la bolsa doblada.

—El rábano, *taro** y plátanos, ¿de acuerdo?

El pedido había ido en aumento...

Guardé el monedero y la bolsa en el bolsillo y me dirigí hacia la puerta.

Cuando llegué a la escuela primaria, la entrada principal estaba cerrada, así que me imaginé que al centro cultural se debía de acceder por otro lado. Seguí las indicaciones de un cartel, rodeé la barda y conseguí llegar al edificio blanco donde se encontraba.

Empujé la puerta de cristal, entré y vi un mostrador.

Detrás de este había una oficina en la que se encontraba un señor mayor con un espléndido pelo blanco frente a un escritorio.

Al verme entrar, el anciano salió al mostrador.

—Pon aquí tu nombre y el propósito de tu visita, por favor. Y también la hora —me pidió.

Sobre el estrecho mostrador había un portapapeles con una hoja en la que decía «Registro de entrada». Además del nombre de mi madre, también había otros; en su

* N. de la T. Tubérculo originario de lugares tropicales como Hawái del que existen algunas variedades que también se cultivan en países como Corea o Japón.

mayoría, de gente que había ido al mercado. Hice lo propio y escribí el mío: Hiroya Suda.

El vestíbulo no era particularmente grande, pero habían conseguido meter unas mesas en las que se ofrecían los productos mezclados: hortalizas, fruta y pan. Me fijé en que había pocos clientes, y después tomé los productos que me había pedido mi madre.

Dos señoras mayores charlaban en un rincón. Una llevaba una playera de una cooperativa agrícola y la otra un pañuelo rojo en la cabeza. Vi un pizarrón blanco en el que decía CAJA, así que deduje que ahí era donde tenía que pagar. Con las piezas de fruta y verdura en los brazos, me acerqué hacia el rincón donde se encontraban las mujeres.

Tras dejar los productos encima de la mesa, saqué el monedero y de repente grité:

—¡Monger!

Las señoras me miraron.

Al lado de un cartelito escrito a mano en el que decía BIENVENIDOS descansaba un pequeño peluche de unos cinco centímetros.

Era una figura de Monger, el personaje de *21-Emon*, el manga de Fujiko Fujio. Era redondo y tenía una cabeza similar a una castaña con un rizo arriba.

—Lo siento..., pero no está a la venta —me comentó la mujer del pañuelo cuando vio que hacía ademán de tomarlo—. Es fieltro de lana. Me lo regaló Sayuri al sacar un libro de la biblioteca.

—¿Sayuri?

—La chica que lo hizo, Sayuri Komachi. Está en la biblioteca.

La obra más conocida de Fujiko Fujio era *Doraemon*. A pesar de que tenía muchas otras obras famosas, *21-Emon*, una historia de ciencia ficción ambientada en el futuro cuyo personaje principal hereda un hotel en ruinas, no había llamado mucho la atención. Pero para mí era su obra maestra.

Quedé tan impresionado con el muñequito que me dieron ganas de conocer a esa tal Sayuri Komachi. En realidad, me daba igual hablar con ella o no. Tan solo quería ver qué cara tenía.

Metí los *taro* y los plátanos en la bolsa, me puse el rábano bajo el brazo porque era demasiado grande para llevarlo dentro y me dirigí hacia la biblioteca que me había indicado la señora.

La encontré enseguida, al final de todo.

Asomé la cabeza por la entrada y vi que justo delante de la puerta había un mostrador con una chica que llevaba una cola de caballo. Estaba escaneando con esmero los códigos de una pila de libros.

Pensé que ella debía de ser Sayuri Komachi.

Era más joven de lo que me había imaginado. No tendría ni veinte años.

Era de constitución menuda y tenía los ojos muy redondos y oscuros. Me recordó un poco a una ardilla. Se me hizo tan linda y me pareció que el nombre iba tanto con ella que se me escapó una sonrisa.

Pensé que, como se trataba de una biblioteca, el acceso sería libre y gratuito. Así que me decidí a entrar por fin y justo cuando asomé el torso por la puerta con discreción, Sayuri dirigió la mirada hacia mí. Me detuve en seco, sobresaltado.

—¡Buenas tardes! —me saludó con una sonrisa luminosa.

—¡Ah! ¡Hola! —le respondí, inquieto, y me apresuré a entrar.

Ahí dentro el ambiente era distinto al de las librerías donde venden libros nuevos; parecía que el tiempo se hubiera detenido. El espacio era más reducido que el de una biblioteca municipal, pero aun así, al verme rodeado de todos esos libreros, me invadió una suerte de nostalgia.

Eché un vistazo a mi alrededor y a continuación me dirigí con paso decidido hacia la chica:

—Disculpa... ¿Tienes libros de manga?

—No muchos, pero algunos sí que tenemos —me respondió ella.

Como hacía mucho que no hablaba con una chica y me hizo ilusión que me respondiera con amabilidad, me puse un poco nervioso.

—¿Te gusta *21-Emon*?

—¿*21-Emon*?

—De Fujiko Fujio.

Sayuri se rio un poco confundida.

—Conozco a Doraemon, pero...

Me pareció extraño que reaccionara como suele hacer todo el mundo y también me entristeció.

—Pero fuiste tú la que le hizo ese muñequito de Monger a la señora del mercado, ¿no? —me apresuré a preguntarle.

—¡Ah! —exclamó—. ¿Te refieres a la preciada mascota de la señora Muroi? La hizo la bibliotecaria, la señora Komachi. La encontrarás en el rincón de las consultas, allá al fondo. Seguro que ella podrá recomendarte algún manga.

Se me abrió una nueva puerta. No me había imaginado que la biblioteca tuviera más personal. No me había dado cuenta porque estaba escondida detrás de la pila de libros, pero la chica de la coleta llevaba colgada del cuello un gafete con su nombre: NOZOMI MORINAGA.

Expectante, fui hasta el fondo de la biblioteca. La zona de consultas se hallaba detrás de un panel que también se usaba como tablón de anuncios.

Al asomar la cabeza por un lado del panel, mi sorpresa fue tal que el corazón me dio un vuelco.

Giré sobre mis talones, ahogando un grito.

Era imposible que aquella fuera la chica que buscaba, puesto que se trataba de una señora mayor enorme encorvada detrás del mostrador y con una expresión en el rostro que asustaba.

Regresé al primer mostrador, donde se hallaba Nozomi.

—Disculpa, ahí solo hay una mujer parecida al panda Genma Saotome.

—¿Y ese quién es...?

—De *Ranma ½*... El que cuando se moja se convierte en panda...

—¿Un ser humano que se convierte en panda? ¡Vaya! ¡Qué lindo!

Al oírla decir eso pensé que de lindo no tenía nada, porque en realidad era un panda gigantesco, antipático y que

191

daba un poco de miedo, pero no supe reaccionar para explicárselo.

—¿La que está ahí es Sayuri Komachi? ¿La que hace muñequitos?

—¡Exacto! Es buenísima con las manualidades.

«Vaya», pensé... Así que era ella.

Me había desconcertado que fuera ella porque estaba seguro de que sería una chica joven, pero que Genma Saotome pudiera hacer un muñeco de Monger suscitó en mí otro tipo de interés. Con ella seguro que podría hablar.

—Si quieres, puedes dejar las cosas aquí. Ve tranquilo.

Nozomi me tendió la mano e, incapaz de decir que no a su sonriente rostro, le hice entrega de la bolsa y el rábano.

A continuación, volví a dirigirme al rincón de las consultas. La observé y me di cuenta de que el gafete que le colgaba sobre el pecho confirmaba que ella era Sayuri Komachi. La señora Komachi movía la mano, muy concentrada.

Me acerqué para observar qué hacía y, en efecto, parecía que estaba trabajando en un muñequito. Clavaba con ahínco una aguja fina en una bola de lana sobre un tapete cuadrado de espuma. Me sorprendió que aquello se hiciera así.

De repente, la señora Komachi se detuvo y alzó la mirada hacia mí. Cuando nuestros ojos se encontraron, yo me quedé paralizado.

—¿Qué buscas?

Me había hablado.

Si bien que hablara no tenía nada de extraño, a mí me

impactó porque cuando Genma Saotome se convertía en panda dejaba de poder hablar y solo resoplaba.

«¿Qué buscas?», me había preguntado con una voz grave y profunda. Lo primero que me vino a la cabeza me dejó atónito. La pregunta me había tomado desprevenido e hizo que se me saltaran las lágrimas.

Lo que estaba buscando... Era eso, sí. Eso era lo que buscaba...

«Qué mal», pensé, y después me limpié las mejillas con las manos. ¿Por qué lloraba?

La expresión de la señora Komachi permaneció impertérrita, volvió a bajar la mirada hacia sus manos, empezó a clavar la aguja de nuevo y dijo:

—Rumiko Takahashi es genial, ¿verdad?

—¿Cómo?

—La autora de *Ranma ½*.

Pensaba que había hablado en voz baja, pero por lo visto me había oído, y probablemente se había ofendido.

—Sí —titubeé.

—*Urusei Yatsura* y *Maison Ikkoku* también son mangas muy buenos. Aunque a mí el que más me gusta es *La saga de las sirenas*.

—¡Y a mí! ¡A mí también!

La señora Komachi y yo estuvimos hablando un buen rato de nuestros mangas preferidos: *Aula a la deriva*, de Kazuo Umezu; *Master Keaton*, de Naoki Urasawa; *El emperador del país del sol naciente*, de Ryōko Yamagishi... Salieron un montón.

Mencionara el título que mencionara, la señora Komachi lo conocía. No era una persona precisamente habladora, pero me impresionó sobremanera la concisión con la que disparaba sus breves comentarios mientras seguía dándoles a las manos haciendo muñecos.

Abrió un recipiente naranja que tenía al lado. Se trataba de una caja hexagonal con flores blancas de las conocidas galletas de estilo occidental llamadas Honey Dome, del fabricante Kuremiyadō. Esas galletas blancas que suelen aparecer en las reuniones familiares. En su época mi abuela las elogiaba porque, según ella, eran fáciles de comer y estaban deliciosas.

Creí que quizá me iba a dar una, pero resultó que usaba la caja vacía para guardar el material con el que hacía las manualidades. La reutilizaba.

La señora Komachi guardó la aguja, tapó la caja y me observó.

—A pesar de tu juventud, conoces muchos mangas antiguos.

—Mi tío tenía un *manga café* y yo iba muy a menudo cuando estaba en primaria.

Aunque lo llamaran *manga café*, no era un local como los cibercafés de ahora, sino una cafetería con muchos libros de manga, como su nombre indica. Por aquel entonces había numerosos establecimientos de ese tipo. Tampoco eran locales privados. Se trataba de cafeterías normales con mesas donde pedías algo de beber y podías leer todos los mangas que quisieras.

Cuando estaba en segundo año, mi madre empezó a trabajar fuera de casa y, al salir de la escuela, solía pedalear veinte minutos en mi bicicleta hasta el *manga café* Kitami, que atendían el hermano de mi madre y su esposa. Ahí yo nunca pagué por nada —aunque creo que luego le pasaban la cuenta a mi madre—, pero siempre me daban jugo y me dejaban hacer lo que quería. Así que me quedaba ahí sumido en la lectura de la multitud de mangas que tenían en los libreros hasta que llegaba la hora de que mi madre regresara a casa.

Ahí es donde los conocí. A todos esos «amigos» salidos de los libros.

A fuerza de copiar aquellos dibujos, me enamoré del mundo de las imágenes. Decidí que quería estudiar ilustración y al terminar la secundaria fui a una escuela de diseño.

Sin embargo, fracasé a la hora de encontrar un empleo. No conseguía hallar un lugar donde pudiera hacer el tipo de ilustración que yo quería, ni tampoco sabía en qué otro sector trabajar. Pensaba que, aunque no fuera muy bueno, dibujar era lo que mejor se me daba y que si no era capaz de dedicarme a aquello, no podía hacer nada más. De modo que no conseguí encontrar un buen trabajo y los contratos de medio tiempo no me duraban. Me había convertido en un nini, ni estudiaba ni trabajaba.

—Los autores de manga son increíbles, ¿verdad? A mí me gustaba mucho dibujar y fui a una escuela de ilustración. Pero con el tiempo entendí que era imposible que pudiera dedicarme a ello.

Y así me tuve que ver, justificando de un modo bastante patético el hecho de estar desempleado. La señora Komachi ladeó la cabeza, haciendo un chasquido con el cuello.

—¿Por qué piensas que es imposible?

—Pues porque realmente hay muy poca gente que pueda vivir de la ilustración. No solo de la ilustración, sino de lo que a uno le gusta. No habrá ni una persona de cada cien que lo consiga, ¿no cree?

La señora Komachi volteó la cabeza, alzando el dedo índice.

—Hagamos el cálculo.

—¿Cómo?

—Una persona de cada cien representa una centésima parte. Es decir, un uno por ciento.

—Correcto.

—Pero el que quiere hacer lo que tú quieres hacer eres solo tú. Por tanto, eso es uno de uno; es decir, un cien por ciento.

—¿Ah, sí...?

—Eso significa que tienes un cien por ciento de posibilidades.

—Pues...

Me pregunté si me estaría tomando el pelo, pero la señora Komachi seguía con el semblante impertérrito y no parecía estar bromeando.

—En fin, veamos... —musitó.

Enderezó la postura, se volteó hacia la computadora y, de repente, tap, tap, tap, tap, tap, se puso a teclear a toda velocidad.

—Pero ¡si usted es Kenshirō! —se me escapó en broma al verla en acción, porque aquel trepidante tecleo me recordó al ataque de los cien puños de *El puño de la estrella del norte*, un superpoder con el que Kenshirō golpeaba a la velocidad del rayo los puntos vitales de sus enemigos.

Haciendo caso omiso al comentario, la señora Komachi asestó un vigoroso golpe final al teclado y acto seguido una hoja de papel salió de la impresora.

—Eres hombre vivo —murmuró ella con voz profunda y una seriedad en el rostro que me dio hasta miedo, aunque sabía perfectamente que estaba parodiando la mítica frase de Kenshirō de «Eres hombre muerto».

En el papel había una única línea escrita, con el título de un libro, *La evolución en imágenes*, el nombre de su autor y el librero en el que se encontraba.

—¿Y esto? ¿Es un manga?

—A ti soy incapaz de recomendarte ningún manga. Esas joyas que leíste de pequeño no creo que pueda superarlas —repuso la señora Komachi mientras abría el cuarto cajón del mueble que tenía bajo el mostrador.

A continuación, sacó algo y lo puso en mi mano. Era suave. Incrédulo, me pregunté si sería un Monger.

Eso era lo que me habría gustado, pero no. Se trataba de un avioncito. Tenía el cuerpo gris, las alas blancas y una elegante cola verde.

—Toma. Va de obsequio con el libro. Para ti —me dijo con tono inexpresivo.

Me quedé perplejo. Ella volvió a abrir la caja de las Honey Dome y, con rostro taciturno, se concentró de nuevo en su manualidad. El tono con el que me lo había dicho creó un ambiente como si se hubiera bajado una persiana.

Papel en mano, ya solo me quedaba ir en busca del librero. Encontré dicho ejemplar muy cerca del rincón de las consultas, en la sección de ciencias naturales. Se trataba de un libro de fotografía enorme y grueso.

En la portada destacaba la imagen del perfil de un pájaro plateado sobre un fondo negro. Tenía el pico robusto, fino y curvado en la punta, y de sus grandes ojos le nacían unas pobladas pestañas. Desconocía si era macho o hembra, pero su rostro era como el de una bella y exótica modelo. Parecía *Fénix*, de Osamu Tezuka.

El título, *La evolución en imágenes*, estaba escrito en blanco y debajo llevaba el subtítulo *El mundo a ojos de Darwin y sus colegas*.

¿Y sus colegas?

Me agaché y abrí el libro. Pesaba tanto que no podía leerlo de pie.

Las primeras páginas eran prácticamente todo texto y después el libro se convertía en una colección de magníficas fotografías de aves, reptiles, plantas, insectos y mucho más. La composición de aquellas coloridas imágenes era maravillosa; se trataba de verdaderas obras de arte. De vez en cuando iban acompañadas con alguna frase o columna explicativa al lado.

Por qué la señora Komachi me había recomendado ese libro constituía un misterio, pero todas aquellas fotografías eran realmente fascinantes. Repletas de vívidos colores, resultaban inquietantes, extrañas y de lo más atractivas. A pesar de que eran reales, parecían sacadas de un mundo fantástico.

Nozomi pasó junto a mí de camino a un librero para devolver un ejemplar.

—¿Quieres que te saque la credencial de la biblioteca? Si eres del vecindario puedes llevarte libros prestados.

—Ah... No, está bien. Pesa demasiado para llevármelo. Además hoy ya voy cargado con el rábano y el resto de la compra —respondí dubitativo.

—¿Por qué no vienes aquí a leerlo? —oí que decía detrás de mí la voz de la señora Komachi.

Volteé la cabeza y ella se me quedó mirando.

—Le pondré una nota de que está en préstamo. Así podrás venir a leerlo siempre que quieras.

Todavía en cuclillas, yo la miré también. Me había quedado sin habla. Las palabras que acababa de pronunciar la señora Komachi casi provocaron que se me volvieran a saltar las lágrimas. Me invadió una sensación indescriptible de alegría y alivio. Podía ir ahí.

—Leerlo te llevará bastante tiempo —comentó la señora Komachi, sonriendo.

Y yo asentí de un modo casi inconsciente.

Al día siguiente, un sábado, tomé el tren por primera vez desde hacía mucho tiempo.

Había una reunión de exalumnos del último año de secundaria. En circunstancias normales jamás habría acudido a un acto de este tipo, pero en esa ocasión tenía un motivo para ir.

El día de la ceremonia de graduación habíamos enterrado una cápsula del tiempo en un rincón del patio. Contenía nuestros deseos, que habíamos escrito en un papel del tamaño de una postal, y la abriríamos en una fiesta de exalumnos cuando cumpliéramos los treinta años. Al leer en la carta de invitación que a los que no acudieran les mandarían más adelante el papelito por correo, se me heló la sangre. Podríamos haberlas metido en un sobre cerrado, pero, si no recordaba mal, solo las habíamos doblado en cuatro con nuestro nombre escrito en un lugar visible.

Tenía que recuperar mi papelito a toda costa sin que nadie lo viera.

Después de la ceremonia de apertura de la cápsula del tiempo se celebraría una cena en un restaurante, a lo que respondí que a eso no asistiría.

A los dieciocho años seguro que nos imaginábamos que a los treinta nos habríamos convertido en unos adultos hechos y derechos y que todos nuestros problemas se habrían disipado.

Yo simplemente estaba feliz de empezar una nueva etapa en la escuela de diseño. Ya no tendría que volver a cursar Matemáticas ni Educación Física, que tan mal se me daban, y podría pasarme el resto de mi vida dibujando. También albergaba la ilusión de que después me esperara una carrera profesional como ilustrador.

«Quiero pasar a la historia como ilustrador.»

Creía recordar que eso era lo que había escrito. Solo de pensarlo me sentía mal.

Tampoco era que por aquel entonces confiara tanto en mis propias habilidades ni que tuviera las cosas muy claras. Si había escrito aquello fue simplemente porque me debí de dejar llevar por un arrebato, un delirio o el entusiasmo juvenil. Sin embargo, sí que pensaba que, aunque no llegara a hacer historia, podría conseguir un trabajo relacionado con el mundo del dibujo.

Así que volví a cruzar el umbral de la puerta de la escuela por primera vez desde que nos graduamos doce años atrás. Cuando llegué, ya había mucha gente reunida en una esquina del patio, junto a una gran haya. Al lado de la base del árbol había una placa de plástico parecida a una lápida en la que decía: CÁPSULA DEL TIEMPO DE LA DECIMOSÉPTIMA GENERACIÓN. Sugimura, el organizador del acto, tenía una pala enorme en la mano. En la época él había sido el delegado de nuestra clase. Llevaba un plumón que parecía caro y por debajo se asomaba una elegante camisa.

A medida que me fui acercando hacia ellos, algunos levantaron la mirada y me saludaron con la mano. Pero ahí acabó la cosa. Después todo el mundo siguió conversando con quien tenía al lado. Seguramente nadie se acordaba de mí.

Estaba observando qué ocurría debajo del árbol cuando oí que alguien pronunciaba mi nombre:

—¡Hiroya!

Me volteé y ante mí había un hombre bajito y delgado. Era Seitarō. Yo apenas hablaba con los compañeros de clase, pero con él de vez en cuando intercambiaba algunas palabras. Tras la graduación, nos mandamos unas cuantas postales para felicitarnos el Año Nuevo y él en cierta ocasión me contó que había terminado la universidad y que estaba trabajando en la Dirección General de Aguas.

Seitarō me dedicó una sonrisa amistosa.

—¡Tienes buen aspecto!

—¡Tú también!

Como no quería que me preguntara a qué me dedicaba, bajé la cabeza.

En ese momento llegaron dos hombres más. Uno se llamaba Nishino. Del otro no recordaba el nombre. Era el más alborotador de la clase. No me acordaba de si había hablado nunca directamente con él.

—¡Vaya! ¡Seitarō!

Nishino se me acercó con una sonrisa socarrona.

Por un momento dirigió la mirada hacia mí, pero no parecía particularmente interesado en detenerse a hablar conmigo. De modo que yo también miré hacia otro lado.

—Bien, parece que ya estamos todos. ¡Empecemos pues! —dijo Sugimura, y nos arrimamos al son de una exclamación general.

Conteniendo la respiración, observamos cómo excavaba la tierra y poco después se oyó el sonido de un golpe.

La punta de la pala había dado con la lata.

Sugimura se puso unos guantes de algodón, escarbó la tierra y se entrevió una lata metálica opaca dentro de una bolsa de plástico transparente. Cuando al fin la desenterró, estalló una gran ovación.

Del interior de la bolsa de plástico salió una caja metálica de *senbei** sellada con cinta adhesiva. Todos esos mensajes habían yacido dormidos bajo tierra durante doce años.

Sugimura sacó la cinta adhesiva con cuidado y destapó la caja. Los papeles, ligeramente amarillentos, estaban doblados de diferentes maneras.

Sugimura nos fue llamando uno a uno por nuestros

* N. de la T. Galletas hechas de harina de arroz glutinoso, generalmente saladas, que suelen acompañar el té verde.

nombres para que tomáramos nuestro papel. Algunos lo abrían y se echaban a reír, otros se los enseñaban entre ellos, y también había quienes los leían en voz alta. Todos parecían divertirse.

En los papelitos habían escrito sus sueños de futuro, confesado amores y expresado quejas por las que en ese momento no podían protestar. Estaban todos muy animados, percibí seguridad en ellos mismos. Ya teníamos treinta años. Todos habían tomado muchas decisiones, se habían asentado y tenían sus respectivas familias y trabajos. Lógicamente, ninguno era ya estudiante de secundaria. Se habían quitado el uniforme para convertirse en adultos y evolucionar de diversos modos.

Cuando por fin Sugimura pronunció mi nombre, tomé el papel y me lo metí en el bolsillo de la chamarra sin desdoblarlo. «Misión cumplida», pensé, y después suspiré aliviado.

El siguiente al que llamaron fue Seitarō, que desdobló su papel con suma delicadeza.

—¡Vaya! Conque escritor, ¿eh? —exclamó Nishino desde atrás, alargando la cabeza.

Seitarō sostenía el papel en sus manos y en el centro de este, escrito con una minuciosa caligrafía, se leía: «Seré escritor».

—Recuerdo que habías presentado algunos escritos a revistas literarias, ¿verdad? ¿Sigues escribiendo? —se burló de él Nishino.

—¡Sí! —respondió Seitarō seguro de sí mismo.

—¿Ah, sí? ¿Y has publicado algo? —preguntó Nishino con un tono de clara incredulidad.

—Di. ¿Has publicado algún libro? —se metió el otro hombre cuyo nombre yo no recordaba.

—Todavía no, pero yo sigo escribiendo —respondió Seitarō sonriente.

Nishino se rio entre dientes.

—¡Eh! Es increíble. ¿Incluso llegados a esta edad sigues persiguiendo tus sueños?

Yo me puse furioso y fulminé a Nishino con la mirada.

«¡Ya basta! —grité por dentro con todas mis fuerzas—. Cómo te atreves a burlarte de Seitarō. Haz el favor de disculparte. Seitarō escribió una novela interesantísima. ¡A mí me gustó! ¿Qué sabrás tú? ¿Quién demonios te crees que eres? ¡Reírse de alguien que se esfuerza tanto es muy ruin!»

Nishino y el otro tipo ni siquiera se dieron cuenta de que los miraba mal y a continuación se pusieron a hablar emocionados con un grupo de tres chicas que estaba junto a ellos.

En la época de la escuela Seitarō me había dejado leer su novela. Cierto día se acercó con sigilo hacia mí mientras yo dibujaba en la hora del recreo, elogió mis dibujos, me tendió un cuaderno y me pidió que leyera su novela. Para ser sincero, no recuerdo bien el contenido, pero sí que estaba escrita a mano y que me había conmovido mucho.

—Yo me voy ya...

Emprendí la marcha y Seitarō vino tras de mí.

—¡Espera! Volvamos juntos.

Seitarō era delgado. Todo él era fino. Su cuello, sus dedos, su pelo.

—¿Seguro? ¿No quieres ir a la cena?

Seitarō asintió profundamente con la cabeza.

—Yo tampoco tenía intención de ir.

Los dos salimos por la puerta de la escuela y dejamos atrás a la ruidosa multitud sin que nadie se preocupara en absoluto por detenernos.

Caminamos juntos hasta la estación y hablamos de trivialidades como de lo grandes que se habían hecho las hayas o de lo suave que había sido ese invierno.

—¡Oye! ¿Te gustaría tomar un café o algo? —me propuso decidido en un momento en que pasamos por delante de un Mister Donut.

Al ver que Seitarō me sonreía con timidez, yo también me sentí cohibido, así que asentí volteando la cabeza hacia otro lado.

Algo incómodos, entramos en la cafetería, pedimos unas bebidas y tomamos asiento en una mesa.

—A ti, Hiroya, se te daba bien dibujar. Al final fuiste a una escuela de diseño, ¿verdad? —se interesó Seitarō, sentado frente a mí.

—Sí... Pero me fue fatal. Mis dibujos no gustan mucho en general. En la escuela de dibujo ya me decían que era demasiado grotesco y que lo mío era obsesivo.

—¿En serio? A mí me suelen decir que mi novela es demasiado ordinaria, insustancial y que le falta fuerza. La he presentado a varios premios literarios para debutantes, pero siempre que me mandan comentarios recibo este tipo de críticas.

Seitarō se rio como si estuviera contento por alguna razón y tomó un sorbo de su café. Sentí admiración por él.

—¿Así que llevas escribiendo desde entonces? Es increíble.

—Suelo escribir por las noches y los fines de semana. Entre semana trabajo durante el día.

«Eso es», pensé.

Aunque no se dedicara a lo que quería, trabajaba con tesón, se ganaba la vida y, además, luchaba para conseguir su sueño. Sentí un profundo respeto hacia él, por ser un adulto activo en la sociedad y un soñador que persigue sus deseos.

—Trabajar en la Dirección General de Aguas te debe de dar seguridad...

No había terminado la frase y me di cuenta de que era un cliché.

Seitarō asió la taza con las dos manos y dijo:

—¿Hay algún empleo que sea del todo seguro?

—Bueno, quizá los cargos públicos como el tuyo o si trabajas en una gran empresa...

Negó ligeramente con la cabeza.

—Para nada. No hay ningún trabajo que sea realmente seguro. Yo creo que todos andamos en la cuerda floja.

Su semblante era afable, pero su tono, serio.

—Tal vez las cosas nunca sean buenas del todo ni tampoco malas del todo. Quién sabe —murmuró, y después se mordió el labio.

Comprendí que Seitarō quería perseguir su sueño.

Recordé cómo le había hablado Nishino y entonces la rabia volvió a invadirme y apreté los puños.

—Seitarō, debes convertirte en escritor y demostrarle a Nishino quién eres.

Él se rio en voz baja y volvió a decir que no con la cabeza.

—Quienes se ríen de mí ahora lo harán también en un futuro, sea cual sea mi situación. Suelen buscar las fisuras, incluso las más pequeñas. Pero ¿qué más da lo que piensen de mí las personas que no han leído mis novelas?

Dio un sorbo a su café y se me quedó mirando fijamente.

—No soy de los que quieren demostrar nada a nadie ni de los que usan la frustración como trampolín. A mí lo que me impulsa son otras cosas.

En el fondo de sus ojos había una luz. Era dócil, pero tenía las cosas claras. Me dio un poco de envidia que en tan enjuto cuerpo hubiera toda esa fuerza motriz.

—Seitarō, ¿no te preocupa que vayan pasando los años y que tus novelas pasen desapercibidas? —pregunté con prudencia, eligiendo bien mis palabras.

—Hmm... —Alzó la mirada, como si lo estuviera pensando un poco—. No es que no me preocupe, pero Haruki Murakami debutó como escritor a los treinta. Eso me ha incentivado durante toda mi veintena.

—¡Je!

—Pero al ver que los treinta se acercaban busqué otro referente. Jirō Asada debutó a los cuarenta.

—Mira, eso te da diez años más —ironicé, y Seitarō me dedicó una sonrisa sincera.

—Y aunque esos diez años también pasen, todavía quedarán más por delante. Para debutar como escritor no hay límite de edad. A cada uno le llega el momento cuando le tiene que llegar —afirmó, sonrojándose.

Ya al final me propuso seguir en contacto por Line, así que instalé la aplicación en el celular, dado que todavía no la tenía.

Al día siguiente regresé a la biblioteca del centro cultural, tal como me había sugerido la señora Komachi.

La biblioteca estaba prácticamente vacía y, aunque de vez en cuando entraba algún anciano, reinaba el silencio.

Una vez ahí, la señora Komachi puso el ejemplar de *La evolución en imágenes* sobre el mostrador sin articular palabra. El libro tenía una hoja de papel con la frase «En préstamo» sujetada con unas ligas. Realmente podía leerlo siempre que quisiera. Le dediqué una ligera reverencia, tomé el libro, me senté en una mesa de lectura que había junto al mostrador de préstamos y lo abrí.

En la primera página del prefacio me llamó la atención el término *selección natural*.

Lo había aprendido en la escuela. Los que se adaptan a su entorno sobreviven; los que no lo hacen desaparecen de modo natural...

Esa era la teoría. A continuación, leí una frase que me pareció de lo más angustiante.

Las mutaciones favorables perduran, las desfavorables se extinguen.

Me pregunté para quién serían favorables o desfavorables.

Continué leyendo, contrariado, y apareció el nombre de Wallace, a quien yo desconocía. Pasé otra página y acerqué todavía más los ojos al libro.

Cuando hablamos de la teoría de la evolución, pensamos en Darwin, el Charles Darwin que escribió *El origen de las especies*. Sin embargo, en la sombra había otro hombre: Alfred Russel Wallace, un historiador naturalista catorce años más joven que Darwin. Ambos eran unos investigadores enardecidos que compartían su pasión por las cucarachas. Pero cada uno tenía su propia personalidad y circunstancias.

Si bien Darwin era un hombre adinerado, Wallace tenía problemas económicos. Cada uno llegó a su propia teoría de la evolución por separado, ambas fundamentadas en la selección natural.

Sin embargo, por aquel entonces solo se creía en el creacionismo de la Biblia. Se consideraba que la creación del mundo era obra de Dios, y cualquiera que lo cuestionara era censurado con mano dura.

A Darwin le daba miedo hacer pública su teoría, pero Wallace escribió su tesis sin vacilar. Y aquello inquietó a Darwin.

Si no quería perder la primicia de aquella teoría en la que había estado trabajando a lo largo de tantos años, no le quedaba más remedio que darla a conocer. Darwin había tomado una decisión.

El hasta entonces indeciso Darwin se apresuró a publicar *El origen de las especies* y así fue como él y su libro se hicieron célebres en todo el mundo hasta el día de hoy. Seguí leyendo desconcertado y me impactó leer una cita de Wallace en referencia a su relación con Darwin: «Éramos buenos amigos».

¿Seguro, Wallace? Tuve mis dudas de que realmente fuera así.

Si bien Wallace había intentado publicar su teoría primero, al final había sido Darwin quien había pasado a la historia. No me cabía en la cabeza que pensara eso.

Cuando estudiaba en la escuela de diseño, esa clase de cosas también sucedían. Había un tipo que a veces copiaba las composiciones y otros detalles de mis dibujos. Sus habilidades artísticas eran muy superiores a las mías y gozaba de buena reputación. Quería decirle que no me copiara, que esas eran mis ideas, pero yo me carcomía por dentro y nunca le dije nada, porque él podía zanjar la discusión diciendo que había tenido la misma idea y, como ya era popular, se llevaría todo el mérito.

Respiré hondo y pasé a la siguiente página.

La ocupaba por completo la fotografía del fósil de un ave. Busqué la explicación que le correspondía y, al parecer, se trataba de un *Confuciusornis* del Cretácico. El ave estaba tumbada con las dos alas extendidas. Tenía el pico entreabierto. Al ver ese magnífico esqueleto que se había conservado totalmente intacto, sentí un impulso repentino de dibujarlo. Hacía mucho tiempo que no experimentaba esa sensación. Me puse nervioso, necesitaba conseguir una pluma a toda costa.

Recordé que había metido entre las páginas del libro la hoja que me había dado la señora Komachi con la información de este. Me levanté de la silla, me acerqué al mostrador y le pedí una pluma a Nozomi.

Tenía el dorso de una hoja blanca y una pluma negra, no necesitaba nada más. Así que me dediqué a copiar con minuciosidad aquel *Confuciusornis* y me abstraje. El ave empezó a nacer de la punta de la pluma. Antes de que me diera cuenta había cobrado vida.

Una vez copiado, dejé volar mi imaginación. Aquel esqueleto estaba vivo. Sus puntiagudas garras se convirtieron en guadañas que ajusticiaban el mal a tajadas. A pesar de que el esqueleto que tenía era feo, por dentro era bueno, y en las cavidades de sus ojos vivían unos pececitos rojos.

Estaba tan concentrado dándole los últimos retoques al dibujo que ni siquiera me di cuenta de que Nozomi llevaba un rato a mi lado. Ella exclamó algo y yo me sobresalté. Deduje que aquello había sido una exclamación de asco.

No obstante, Nozomi gritó con brillo en los ojos:

—¡Señorita, venga a ver esto! ¡Hiroya hizo un dibujo maravilloso!

Aquello me conmovió, pero esta vez en el buen sentido. Por un lado, porque me había llamado por mi nombre de pila, que debió de haber memorizado al sacarme la credencial de la biblioteca, y por otro porque me había elogiado diciendo que mi dibujo era maravilloso.

La señora Komachi se levantó con pesadez y salió de detrás del mostrador. Se acercó hasta la mesa con un lento contoneo, se puso a mi lado y primero balbuceó algo ininteligible.

—Pero ¡qué original! —exclamó al final.

—¿Por qué no te presentas a un concurso? —sugirió Nozomi.

—Para qué... Total...

Me dispuse a hacer bola el papel, pero Nozomi se apresuró a detenerme.

—¡Espera! Si lo vas a tirar, ¿no me lo darías?

—¿Estás segura? Pero si es grotesco.

—A mí me gusta.

Nozomi me arrebató el dibujo y se lo llevó al pecho con las dos manos.

—Será grotesco, pero también es gracioso. A mí me encanta.

El corazón me dio un respingo de alegría porque al fin había encontrado a alguien que me comprendía. Pero después me dije a mí mismo que era mejor que no me emocionara, porque seguro que solo trataba de ser amable.

En cualquier caso, aquel *Confuciusornis* cuyo destino era acabar siendo una bola de papel se había salvado gracias a ella. Para mí aquello fue como si me dijera que podía regresar a la biblioteca, y eso me relajó por dentro.

Al día siguiente, cuando me dirigía hacia la biblioteca, en el pasillo me encontré a la señora Muroi, la que llevaba el pañuelo rojo, pasando un trapo por un pasamano.

—¡Ey! ¡Hola! —me saludó al verme—. Hoy Sayuri tiene el día libre.

—¿Ah, sí?

Al decirme aquello recordé que había descubierto la biblioteca gracias a ella.

—Como dijo que Sayuri era una chica me imaginé que sería alguien joven —me quejé, y la señora Muroi se rio con efusividad.

—Para mí, que ya cumplí sesenta y dos años, es una jovencita, puesto que solo tiene cuarenta y siete.

Una jovencita a los cuarenta y siete años... Y yo que ya me sentía un viejo con treinta. La juventud y la vejez me parecieron relativas.

Así que la señora Komachi tenía cuarenta y siete años... Era como si de algún modo para ella la edad no existiera. Por muy obvio que fuera, en ese momento caí en la cuenta de que la señora Komachi era una persona como todos.

—¿A usted le gusta Monger?

—¡Monger! —gritó la señora Muroi abruptamente al oír mi pregunta, imitando al personaje.

Me llevé tal susto que me hice para atrás, y ella soltó una carcajada.

—¡Me encanta! ¡Monger es el ser absoluto!

Tenía razón. A pesar de su aspecto impasible, Monger era un ser absoluto capaz de aguantar tanto un calor abrasador como el frío más extremo, de comer cualquier cosa y convertirla en energía y hasta de teletransportarse.

—Ahora bien, se enoja cuando no le prestan atención y llora con facilidad cuando está triste. Aunque, gracias a sus habilidades especiales y a lo fuerte que es, puede sobrevivir en cualquier lugar. Me pregunto qué es realmente la fuerza —comentó la señora Muroi.

Como deduje que estaba tratando de decir algo profundo, permanecí en silencio.

—Hace tres años, cuando Sayuri vino aquí, le comenté

que Monger me gustaba. Cierto día me recomendó un libro de cocina y me regaló el muñeco de fieltro de lana. Emocionada, le comenté que era un buen obsequio para acompañar el libro y al parecer la idea le gustó.

Vaya, así que la idea del «obsequio» había sido originariamente de la señora Muroi, pensé.

—Usted y la señora Komachi son buenas amigas, ¿verdad?

La señora Muroi asintió mientras se agachaba para mojar el trapo en la cubeta.

—Sí, pero yo dejaré el trabajo a finales de marzo.

Todavía en cuclillas, alzó la mirada hacia mí y me sonrió complacida.

—Mi hija va a dar a luz en abril. Tendré un nieto. Seré abuela. Me quiero dedicar a cuidarlo durante un tiempo. Así que aprovecharé para retirarme. Como en abril justo empieza el año fiscal, es perfecto para que entre alguien nuevo que me sustituya.

En el centro cultural ofrecían contratos anuales a los empleados, que podían renovarse si ambas partes estaban de acuerdo.

—¡Me queda justo un mes! —dijo mientras tomaba la cubeta, y después se fue.

Cuando entré en la biblioteca, Nozomi me dedicó una sonrisa.

Tal como me había comentado la señora Muroi, la señora Komachi no estaba.

Al final del mostrador del rincón de las consultas en-

214

contré *La evolución en imágenes* con la liga puesta. La señora Komachi debía de haberlo dejado ahí para que pudiera tomarlo libremente cuando fuera.

Ese día había pocos visitantes y estaba tranquilo. Me senté solo en la mesa de lectura y abrí el libro pausadamente. Prehistoria, aves, poiquilotermos... Había leído ya la mitad del libro y a partir de ahí empezaba la parte de las plantas. Me había quedado fascinado por la vivacidad de la venus atrapamoscas cuando de repente percibí que alguien me miraba y, al levantar la vista, descubrí que Nozomi me estaba observando desde el mostrador de los préstamos.

Sorprendido, abrí los ojos como platos y Nozomi me sonrió relajadamente. Me quedé tan pasmado que para ocultar mi vergüenza me apresuré a decir:

—Qué mal, ¿no? A mi edad, sin trabajo y aquí embobado mirando una foto de la venus atrapamoscas.

Nozomi negó con la cabeza mientras seguía sonriendo.

—Para nada. Cuando te veo, recuerdo una época en la que, de pequeña, me pasaba los días en la enfermería de la escuela. Aunque la situación es bastante distinta, hay algo que me la recuerda.

Me extrañó que Nozomi tuviera que pasar una época en la enfermería.

Al ver que me sorprendía, ella prosiguió:

—La señora Komachi antes trabajaba en la enfermería de mi escuela primaria y durante una temporada en la que no podía ir a clase me iba directo con ella.

En ese momento entendí por qué Nozomi llamaba a la señora Komachi «señorita». Hasta entonces me había imaginado que era porque le enseñaba muchas cosas como bibliotecaria.

—¿Por qué no te dejaban entrar en clase? —le pregunté, y ella se rio.

—No sé por qué, pero no conseguía ser como los demás.

Si era por eso, a mí me pasaba lo mismo. Pero, como no sabía si debía decir algo así tan a la ligera, me limité a asentir.

—Me daban miedo los gritos. Y eso era un problema porque los niños pequeños de repente se ponen a chillar y a reír. Además, cuando las profesoras regañaban a otros niños a mí me afectaba como si fuera conmigo y siempre me ponía a temblar. No a todo el mundo le alteran esas cosas. Los demás creían que era una niña extraña o difícil de tratar. No es que me acosaran directamente, pero yo notaba que de algún modo me ignoraban y al final tenía la sensación de que no debía estar ahí —comentó Nozomi con tono desenfadado, pero transmitiéndome a la perfección lo duro que había sido para ella—. Cuando me vi incapaz de entrar en clase, mi madre y mi profesora lo hablaron y llegaron al acuerdo de que podría ir a la enfermería. El primer día, la señorita Himeno..., perdón, la señora Komachi... me dijo con un susurro que mis redacciones de las lecturas de verano le habían parecido interesantísimas. Las había leído porque estaban colgadas en las paredes del pasillo, junto a las del resto. Y realmente lo había hecho, porque después me comentó qué era lo que le había gustado de cada una. Aquello me hizo muy feliz y, a partir de ese momento, cada vez que leía un libro redactaba un informe que le entregaba para que se lo leyera.

Nozomi observó lentamente la hilera de libros que tenía a su alrededor y prosiguió con calma:

—Con el tiempo pude regresar a clase y después, cuando yo estudiaba secundaria, la señora Komachi empezó a trabajar aquí. Un día me preguntó si después de graduarme me gustaría hacerme bibliotecaria y me sugirió que fuera su ayudante en prácticas.

—¿Su ayudante?

—Sí. Para ser bibliotecaria primero hay que tomar un curso para ser ayudante, después unas prácticas de dos años y, finalmente, el curso de bibliotecaria propiamente dicho.

—¿De veras? ¿Antes del curso de bibliotecaria hay que hacer dos años de prácticas como ayudante?

—Sí. Para los que venimos de secundaria es así. El curso para ser bibliotecaria dura un trimestre, de modo que, con el curso inicial y las prácticas como ayudante, al final la formación entera dura tres años. También existe la opción de tomar los cursos necesarios en la universidad para obtener el título, pero mi familia no se lo podía permitir y yo prefería trabajar en el mundo cuanto antes.

Nunca pensé que podía llevar tanto tiempo. Llegar a ser bibliotecaria era realmente duro.

—Es genial que supieras desde tan pronto qué querías hacer y que lo estés llevando a cabo —le dije de corazón.

—A ti te pasó lo mismo, ¿verdad, Hiroya? Cuando terminaste la secundaria fuiste a la escuela de diseño.

—Sí, pero ahí no fui nada bien recibido. Decían que mis dibujos eran demasiado inquietantes y oscuros.

Nozomi ladeó la cabeza, lo cual me recordó un poco al gesto que solía hacer la señora Komachi.

—Hmm... A ver...

Nozomi se puso a meditar algo, moviendo sus grandes ojos de aquí para allá, hasta que al final exclamó:

—¡Cerdo agridulce!

—¿Cómo?

—¿Qué te parece que el cerdo agridulce lleve piña?

No entendí a qué venía eso de repente.

Esta vez fui yo el que ladeó la cabeza, atónito. Ella se puso roja como un tomate y se apresuró a aclarar:

—La cosa es que hay un montón de gente que lo encuentra asqueroso y que dice que es una aberración. Aun así, bien que se sigue haciendo, ¿no?

—Pues sí... ¿Por qué será?

—Quizá sea una minoría, pero a la gente a la que le gusta el cerdo agridulce con piña le gusta con locura. Es decir, que todo es cuestión de gustos. Aunque no sea del agrado de todo el mundo, mientras le guste a alguien, su existencia está a salvo.

—...

—A mí me encanta el cerdo agridulce con piña. Y tu dibujo también.

Aquellas palabras me relajaron el alma. Me sentía feliz. Nozomi se estaba esforzando mucho para animarme. *Encantar* es un buen verbo para salvar a la gente. Aunque solo fuera por amabilidad, aquello fue un reconocimiento para mí y para mi dibujo.

Regresé a casa de buen humor y al llegar me encontré a mi madre hablando por teléfono.

Parecía animada y muy feliz. Supe con quién hablaba de inmediato.

—¡Tu hermano vuelve a Japón en abril! —me dijo apenas colgó.

Aquellas palabras resonaron en el fondo de mi cerebro, como si de golpe me hubieran asestado un martillazo.

—¡Dice que vuelve a las oficinas centrales de Tokio! Se ve que han creado un nuevo departamento y que lo han elegido como director.

Vaya, así que era eso...

Por fin lo había logrado.

—¿Ah, sí? —respondí para esconder mi crispación, y después me dirigí hacia el baño.

Abrí la llave y dejé correr el agua.

Me lavé las manos y la cara con brío haciendo salpicar el agua en el fregadero.

Entonces, una frase de *La evolución en imágenes* me vino a la cabeza: «Las mutaciones favorables perduran, las desfavorables se extinguen».

Mi hermano...

Él ya era bueno desde pequeño.

Nuestros padres se divorciaron cuando yo iba a primaria y él y yo nos quedamos con mi madre. En esa época mi hermano estaba en secundaria y se puso a estudiar con más diligencia que nunca, como si estuviera enojado con mi padre y con el cambio. Cuando le hablaba, me fruncía el ceño como si le estuviera molestando.

Yo estaba triste y tenía el corazón encogido. A pesar de

ser hermanos, éramos muy distintos. Como nuestro departamento era pequeño y no quería molestarlo, yo me refugiaba en el *manga café* Kitami cuando salía de la escuela.

Sin embargo, al terminar la primaria dejé de poder ir al Kitami, porque abandonamos el campo, donde habíamos vivido hasta entonces, para trasladarnos a Tokio, donde mi madre pudiera encontrar un trabajo que le permitiera criarnos ella sola.

Gracias a mi hermano, que había obtenido una beca por sus calificaciones y que tras graduarse entró a trabajar en una empresa, mi madre pudo dejar el trabajo de tiempo completo y empezar a laborar medio tiempo en su panadería preferida.

Hacía cuatro años que habían trasladado a mi hermano a Alemania, momento en el que respiré tranquilo.

Comparado con él, yo era un verdadero cero a la izquierda.

Yo... Yo quería trabajar duro. Pero no fui capaz.

Al terminar la escuela de diseño conseguí un trabajo como representante comercial de material escolar. Vendía a centros educativos y familias. Me pasaba el día fuera y por la noche hacía llamadas desde la oficina. Hablar no se me daba bien y siempre tenía la impresión de que molestaba, así que terminé por sentirme como una escoria humana. Nunca llegaba a los objetivos ni por asomo y mis superiores y compañeros siempre estaban enojados conmigo. Me decían que todo era cuestión de motivación y que era un completo inútil.

Al cabo de un mes, el cuerpo me dejó de funcionar. No podía ni levantarme del futón. Los días que conseguía arrastrarme hasta la puerta, cuando me iba a poner los zapatos se me detenía el cerebro, todo el cuerpo se me agarrotaba y me brotaban las lágrimas a borbotones. Cuanto más pensaba que tenía que ir a trabajar, más me bloqueaba.

Para mi vergüenza, mi madre se encargó de todo el papeleo cuando renuncié al trabajo. Me comporté como un absoluto incompetente y un zángano incurable, mucho más de lo que yo me imaginaba.

Tras dejar la empresa y descansar un poco, decidí que ya podía trabajar al menos medio tiempo. Probé en supermercados y restaurantes de comida rápida, pero no era lo bastante veloz para hacerlo todo a la vez, me sentía fatal porque no paraba de cometer errores y de causar problemas, y nunca duraba más de dos semanas. En cierta ocasión, tras una jornada como transportista de mudanzas, la espalda me dolía tanto que no podía ni moverme, y dejé el trabajo al día siguiente.

Carecía de todo: de capacidad de comprensión, de habilidades comunicativas y de fuerza física. No había ningún trabajo que fuera capaz de llevar a cabo.

El rostro de mi madre irradiaba felicidad.

Era obvio. Su hijo brillante, que tan distinto era a mí, iba a regresar para estar a su lado.

—¡Iremos a buscarlo al aeropuerto! —propuso.

Pero yo no quería ir.

Mientras mi hermano volvía en avión de un país lejano, yo jamás me había subido a uno.

Cuando mi hermano y su brillante evolución regresaran a casa, yo me convertiría en el ser «desfavorable» de los dos.

Aquello me hizo recordar que la señora Komachi me había dado un avioncito.

Cuando en la Antigüedad los humanos veían a los pájaros debían de pensar que ellos también querían volar en el cielo.

Pero entendieron que por mucho que evolucionaran no les saldrían alas. Y por eso se inventaron los aviones.

Yo no podía convertirme en pájaro ni construir un avión y, por consiguiente, tampoco podía volar en el cielo.

«¿Qué buscas?»

Cuando la señora Komachi me hizo esa pregunta, la primera respuesta que me vino a la cabeza fue «un lugar donde encajar» y estar tranquilo... Era eso, ni más ni menos, lo que estaba buscando.

Al día siguiente al parecer Nozomi no trabajaba.

Cuando entré en la biblioteca, me sorprendió encontrar a la sosegada señora Komachi detrás del mostrador de los préstamos.

Se había llevado la caja de Honey Dome con ella y, como era de esperar, estaba entretenida haciendo muñequitos.

—La veo muy concentrada —le comenté en voz baja, mirándola de soslayo mientras me dirigía a la mesa de lectura.

—En la época en la que estaba en la enfermería había una niña que solía hacer muñecos como estos. Al principio pensé que le gustaban las manualidades, pero después me di cuenta de algo: clavar una aguja en la bolita de la lana te abstrae. Cuando lo hice con mis propias manos, lo entendí todavía más. Si estás exaltado o confuso, esto te va calmando poco a poco. Comprendí que así era como la niña trataba de encontrar su equilibrio mental. Fue un buen aprendizaje para mí.

Me sorprendió saber que a la señora Komachi también le pasaba eso de estar exaltada o confusa a pesar de que parecía que nunca le afectaba nada.

Me senté a la mesa de lectura y abrí *La evolución en imágenes*.

Al hacerlo se me fue apaciguando el nerviosismo que me había acompañado desde la noche anterior. A pesar de no interesarse por mí, la señora Komachi tampoco me rechazaba, ella solo seguía a lo suyo a mi lado. Agradecí su presencia y también que me hubiera dicho que podía ir a leer el libro siempre que quisiera.

Pero eso era solo un rato. Estaba claro que no podía quedarme ahí leyendo toda la vida. Para los estudiantes que se refugiaban en la enfermería, esa fase de sus vidas terminaba cuando se graduaban, pero para mí no había una fecha límite. Nadie iba a decidir por mí el final de mi situación.

La selección natural. Los que no consiguen adaptarse a su entorno se extinguen. Entonces ¿por qué yo no desaparecía directamente? ¿Por qué tenía que seguir viviendo a pesar de que sufría y que sabía que era una mutación desfavorable incapaz de adaptarse?

Aun sin ser el más fuerte, si lograba moverme mínimamente sobreviviría en este mundo. Aunque fuera un cobarde.

Así resultaba como yo lo veía, pero el dolor de los perdedores me era demasiado cercano. Me volví a preguntar si Wallace, que no había conseguido el reconocimiento, de verdad consideraba que Darwin era un buen amigo.

Dejé caer la cabeza sobre el libro abierto.

—¿Qué te pasa? —murmuró la señora Komachi con voz monótona.

—Vaya con Darwin, ¿no? Pobre Wallace... A pesar de que él intentó publicar su teoría primero, fue solo Darwin el que se llevó la fama. Yo ni siquiera sabía quién era hasta que leí este libro.

Se hizo un silencio. Yo continuaba con la cabeza postrada sobre el libro mientras la silente señora Komachi probablemente seguía clavando la aguja.

Al poco rato, la señora Komachi se pronunció.

—Cuando lees biografías o libros de historia, hay que irse con cuidado.

Levanté la cabeza. Ella me miró a los ojos y prosiguió su explicación con tranquilidad:

—Hay que tener en cuenta que se trata tan solo de una opinión. En realidad, lo que pasó de verdad únicamente lo saben los implicados. Lo que cada uno dijo o hizo puede tener muchas interpretaciones distintas. Si hoy en día, en la época de internet, hay tantas malas interpretaciones de la realidad, a saber hasta qué punto es precisa esta información de lo que sucedió hace tantos años.

La señora Komachi ladeó la cabeza.

—Pero por lo menos conociste a Wallace, ¿no? Y haberlo conocido te llevó a pensar en muchas otras cosas. ¿No crees que eso hizo que le construyeras un lugar donde vivir en este mundo?

¿Que le había construido un lugar donde vivir?

Me pregunté si el hecho de que alguien piense en otra persona significa que le está dando un lugar donde encajar...

—Además, Wallace también es un personaje célebre. Incluso en el mapamundi aparece la línea de Wallace, que marca un límite biogeográfico. Creo que por eso sí que se llevó un buen reconocimiento. Y detrás de él seguro que hay un sinfín de personas remarcables que por el camino se quedaron en el anonimato. —Se llevó el dedo índice a la frente—. Más allá de eso, también está *El origen de las especies*. Yo me quedé atónita cuando supe que se había publicado en 1859.

—¿Ah, sí? ¿Por qué?

—Pues porque de eso solo hace ciento sesenta años. ¿No te parece que hace nada?

¿Cómo que hacía nada...? ¿De veras?

Al ver que fruncía el ceño, pensativo, la señora Komachi se tocó el pasador del pelo con delicadeza y prosiguió:

—Cuando te acercas a los cincuenta años, un siglo te parece que no es nada. Ahora mismo creo que si me lo propusiera, podría vivir ciento sesenta años.

En eso estaba de acuerdo. Si alguien podía vivir ciento sesenta años era ella.

Chic, chic, chic. La señora Komachi se quedó en silencio y empezó a clavar las agujas en la bolita de lana.

Bajé la mirada hacia el libro y empecé a imaginarme las personas anónimas que se habrían quedado por el camino detrás de Wallace.

Al salir del centro cultural sonó mi teléfono.

Seitarō me estaba llamando. Era muy raro que recibiera la llamada de un amigo, así que me detuve y contesté un poco nervioso.

—Hiroya... Yo... Yo...

Al otro lado del teléfono, Seitarō estaba llorando. Me quedé confuso.

—¿Qué te ocurre, Seitarō?

—Lo conseguí... Lo de debutar como escritor.

—¿Cómo?

—A finales de año recibí un correo de una editora llamada Sakitani que trabaja en Ediciones del Arce. Había encontrado un folleto con mi relato que dejé en una feria literaria el pasado otoño. Nos reunimos varias veces para hablar del tema, ella me propuso algunos pequeños cambios y hoy se aprobó el proyecto.

—Es... ¡Es increíble! ¡Qué bien!

Temblé de la emoción.

Era realmente increíble. Seitarō había conseguido hacer realidad su sueño.

—Quería que fueras el primero en saberlo, Hiroya.

—¿Ah, sí?

—Nadie creía que fuera capaz de ser escritor. Pero, de pequeños, un día tú me dijiste que mi novela te había parecido interesante y que debía seguir escribiendo. Quizá tú no lo recuerdes, pero para mí esas palabras fueron una fuerza motora, como una suerte de talismán en el que podía creer.

Seitarō lloraba a más no poder y yo tampoco pude contener las lágrimas.

No tenía ni idea de que para él aquellas cuatro palabras habían sido tan importantes. Sin embargo, que Seitarō siguiera escribiendo y moviendo sus obras no había sido solo por eso, sino porque había tenido fe en sí mismo.

—Ya no eres un empleado de la Dirección General de Aguas, ahora eres escritor —le dije sorbiéndome los mocos, y él se rio.

—Mi trabajo en la Dirección General de Aguas me permitió que siguiera escribiendo, así que en un futuro continuaré también ahí.

Repetí esas palabras en mi cabeza, tratando de entenderlo. Mi lógica me habría dicho otra cosa, pero lo comprendí perfectamente.

—¡Esto hay que celebrarlo! —exclamé, y después colgué.

Emocionado, di la vuelta al centro cultural. Delante de la reja de hierro había un banquito de madera en el que cabían dos personas apretadas. Me senté.

Al otro lado de la barda se hallaba el patio de la escuela primaria. Aunque el centro cultural era un edificio contiguo a la escuela, no tenía acceso a esta. Seguramente las clases debían de haber terminado, porque los niños estaban jugando en los columpios.

Era una tarde de febrero y los días habían empezado a alargarse.

Metí las manos en los bolsillos de la chamarra con la sensación de que empezaba a calmarme.

En el bolsillo izquierdo encontré el papel de la cápsula del tiempo y en el derecho, el avioncito de la señora Komachi.

Ambos habían permanecido ahí tal como los había metido en su día. Los saqué y me puse uno en cada mano.

Los aviones, esa comodidad moderna conocida por todo el mundo. Ya nadie se sorprendía de verlos surcar los cielos cargados con hordas de pasajeros y sus maletas.

Solo ciento sesenta años atrás...

En Europa estaban totalmente convencidos de que todos los seres vivos los había creado Dios y que estos nunca habían mutado en el pasado ni mutarían en un futuro.

Pensaban que las salamandras procedían del fuego y que el ave del paraíso venía de ahí, del mismísimo paraíso. Estaban convencidísimos.

Por eso Darwin dudaba entre publicar su teoría o no: temía que la selección acabara con su propia persona porque sus ideas no se adaptaban al medio.

Pero la teoría de la evolución ya estaba normalizada. Lo que en su momento era impensable se convirtió en conocimiento común. Darwin, Wallace y el resto de los investigadores de la época creyeron en sí mismos y siguieron estudiando y publicando...

Cambiaron el medio en el que se encontraban.

Observé el avión que tenía en la mano derecha.

Pensé que si a las personas que vivieron ciento sesenta años atrás les hubieran contado que habría un transporte de ese tipo no se lo habrían creído.

Habrían dicho que era imposible que el hierro volara, que eso era pura fantasía.

Yo había pensado del mismo modo respecto a mí.

Me parecía que tampoco tenía tanto talento para el dibujo y que sería incapaz de encontrar un trabajo normal.

Pero ¿cuántas posibilidades había perdido por pensar así?

En mi mano izquierda tenía a mi yo de secundaria, que había estado enterrado bajo tierra. Tomé el papel doblado en cuatro por una punta y lo abrí al fin.

Al leer la frase que había escrito me quedé pasmado.

Quiero hacer ilustraciones que permanezcan en el corazón de la gente.

Sí, eso era lo que había escrito, de mi puño y letra.

Era eso... Sí, claro, por qué no.

Por alguna extraña razón, yo había grabado otra frase en mi mente. Pensaba que había escrito «Quiero pasar a la historia como ilustrador» y que mi grandilocuente sueño se había roto en pedazos. Me había hecho la víctima, culpaba al mundo por no aceptarme y a una sociedad repleta de empresas expoliadoras que la habían envilecido. Y, sin embargo, mi deseo inicial había sido otro.

Recordé el dibujo que iba a acabar hecho bola y que Nozomi había salvado. Y la voz con la que afirmó que le encantaban mis ilustraciones. En su momento no me lo tomé en serio. Pensé que lo decía por ser amable, porque yo no creía en mí ni en los demás. Pedí disculpas a mi yo de dieciocho años.

Todavía no era demasiado tarde, ¿no? Qué más daba si mi nombre no pasaba a la historia... Con que pudiera hacer un solo dibujo que permaneciera en el corazón de alguien ya me bastaba.

¿No sería ese el lugar en el que yo encajaba realmente?

Al día siguiente fui al centro cultural con mi libreta de bocetos y otros materiales para dibujar.

La evolución en imágenes estaba repleto de fotografías que inspiraban mi creatividad tanto como había hecho el *Confuciusornis*. Quería volver a dibujar, ya fuera para presentar la obra a algún concurso o no.

Cuando entré en el centro cultural, me encontré a la señora Komachi hablando con el hombre de pelo blanco que siempre estaba en la recepción. Pasé junto a ella y me dirigí hacia la biblioteca.

Tomé el libro de *La evolución en imágenes* por mi cuenta y, sentado en la mesa de lectura, me puse a seleccionar algunas fotografías. El simple hecho de observarlas con intención de hacer un dibujo me estimuló. ¿Y si hacía una ilustración de un escarabajo longicornio de América del Norte?

Se me ocurrió que también podía crear un personaje con unas alas parecidas a las de un murciélago. O hacer un retrato a lápiz de Wallace.

Mientras pasaba las páginas emocionado, la señora Komachi regresó a la biblioteca y se puso a hablar con Nozomi en el mostrador de préstamos.

—La señora Muroi me comentó que los próximos días no podrá venir.

Volteé el rostro hacia el mostrador.

—Al parecer su hija tuvo un parto prematuro. Lamento tener que pedírtelo, Nozomi, pero ¿podrías echar una mano en la oficina durante el mes de marzo?

Nozomi asintió con cierta turbación en el semblante. Vaya, entonces...

Me levanté y el cuerpo empezó a moverse más rápido que la cabeza.

—Este...

La señora Komachi se volteó hacia mí.

—Yo... podría encargarme si usted quisiera.

Una gota de sudor me resbaló por la frente. Pero ¿qué diantre estaba diciendo?

Pensé que donde Nozomi tenía que estar era en la biblioteca, porque se estaba esforzando mucho para llegar a ser bibliotecaria. No sabía muy bien de qué ayuda podía ser yo ahí, pero al menos tenía mucho tiempo que ofrecer.

La señora Komachi me miró a los ojos sin ni siquiera mover una ceja y después esbozó una sonrisa.

Lo que más me costaba era llegar a las ocho y media de la mañana cuatro días por semana como hacía la señora Muroi. Aunque no podía ser de otro modo, porque de un tiempo a la fecha permanecía despierto hasta altas horas de la madrugada y dormía hasta mediodía sin ponerme el despertador.

A pesar de ello, cada vez que conseguía llevar a cabo la heroica hazaña de levantarme, cuando salía a la calle el aire fresco del exterior me despertaba del todo. Para mi debilitado cuerpo, hacer la limpieza del centro era una ardua tarea, pero al cabo de unos días me puse en forma y dejó de darme pereza. Además de eso, hacía tanto tiempo que no ganaba dinero por mí mismo que me sentía renovado. Desde el principio tuve claro en qué me lo quería gastar.

Trabajaba en la recepción, hacía la limpieza, introducía datos en la computadora y ayudaba con lo que hiciera falta en las actividades. En el primer piso, que hasta entonces desconocía, había una amplia sala en la que se organizaban cursos de danza y conferencias. Al ver todo el trabajo que había de limpieza y de gestión me di cuenta de que era capaz de asumir más de lo que yo creía.

La señora Komachi difundió que se me daba bien dibujar y me pidieron que empezara a hacer las ilustraciones del boletín del centro cultural y de los carteles de las actividades. Cuando la gente se detenía frente a los carteles que colgaban en las paredes y los elogiaban, me ponía feliz y hacía el gesto de la victoria para mis adentros. Por alguna razón que desconozco, mis dibujos gustaban mucho entre los niños.

En el centro cultural el tiempo transcurría lenta y tranquilamente. Era muy distinto al resto de los trabajos en los que había estado hasta entonces.

Quizá yo no era un fracaso, sino que no había sabido escoger bien el lugar para dar lo mejor de mí. Por poco que fuera, ahí me sentía útil. Y aquello me supuso un gran alivio. Ahí estaba bien.

Al centro cultural acudían personas muy diversas, como los profesores de los cursos y sus alumnos. Se celebraban sesiones de cromoterapia, talleres de manualidades y muchas otras actividades. Era un lugar de encuentro para que los vecinos del vecindario se enriquecieran en su tiempo libre, se entretuvieran y pudieran estar tranquilos. Un lugar en el que se pensaba en la gente, se la tenía en consideración y se la aceptaba sin reservas. Esos eran los principales objetivos del centro.

En la recepción solía charlar con una anciana que frecuentaba el centro y me hice amigo de una niña que venía con su joven madre. Me sorprendí a mí mismo de que pudiera ser tan sociable.

Los días que no trabajaba iba a la biblioteca a leer libros o a dibujar. Era extraño, como si me hubieran quitado una tela que me tapaba las ideas y de repente estas hubieran empezado a fluir sin cesar. En cambio antes, que me sobraba el tiempo libre, las ideas no me fluían en absoluto. No me daban ganas ni siquiera de dibujar.

También hablaba de muchas cosas con el resto del personal. El anciano del pelo blanco que siempre estaba en la recepción, el señor Furuta, resultó ser el director del centro, que pertenecía a la Asociación de Centros para los Ciudadanos. Esta asociación se encargaba de gestionar y administrar las instalaciones creadas por el Gobierno metropolitano para que los vecinos de los distintos vecindarios las usaran.

Cuando me dediqué a buscar trabajo, solo se me había ocurrido mandar mi currículo a empresas y tiendas. Sin embargo, a la vuelta de la esquina había muchos empleos que no sabía ni que existían. Si buscaba un poco más, quizá encontraría mi trabajo ideal.

Me sentía agradecido por muchas cosas. Porque me habían brindado la oportunidad de trabajar ahí, porque el cuerpo me respondía y me sentía bien, y porque los visitantes me sonreían.

Y también por mi madre.

Ella jamás me reprochó ni un poco que hubiera dejado la empresa.

En la época en la que solo estaba en casa sin hacer nada me animaba a salir, pero jamás me forzó a hacerlo.

Seguro que la gente le decía que estaba siendo demasiado blanda conmigo.

En reuniones familiares, algunos parientes que no sabían nada me preguntaron a qué me dedicaba en diversas ocasiones y yo me moría de vergüenza. En realidad no lo hacían con ninguna malicia. De ahí que todavía me resultara más duro. Porque me di cuenta de que existe la percepción general de que en esta sociedad los adultos que no estudian tienen que trabajar.

A pesar de ello, a mi madre jamás le preocupó que me miraran mal.

También comprendí que eso no iba a cambiar cuando regresara mi hermano. Al pensar que ella lo tenía en mayor estima que a mí, lo único que había hecho era infravalorarme a mí mismo. Decidí que iría a recogerlo al aeropuerto para darle la bienvenida con nuestra madre.

Puse el primer sueldo que recibí del centro cultural en un sobre y, acompañado de un ramo de flores, se lo entregué íntegro a mi madre.

Quería decirle que lo sentía. Y también darle las gracias. Porque durante todo este tiempo no había dejado de mostrarse alegre conmigo, pese a que en realidad seguro que había estado preocupada.

Mi madre me devolvió el sobre en silencio. Y a continuación pegó el rostro al ramo de flores y se puso a llorar a lágrima viva.

La señora Muroi pasó de visita por el centro cultural.

Vino con su hija y su nieto.

—Muchas gracias, Hiroya. Me has hecho un gran favor. ¡Te ganaste a todo el mundo! —me dijo con voz acelerada.

Detrás de ella, su nieto me observaba fijamente en brazos de su madre.

De la coronilla de la cabeza, que todavía no aguantaba, le salía un rizo. Me recordó a Monger.

—¿Verdad que es una lindura? ¡Es el mejor! No hay nada en este mundo que lo supere —comentó.

Al terminar la sustitución seguí trabajando en el centro cultural cuatro días a la semana.

Si bien el nuevo personal para ese año ya estaba decidido, el señor Furuta abrió un puesto para mí.

—En realidad necesitábamos a más de una persona. Y al ver cómo trabajabas, pensé que deberías seguir con nosotros —me explicó.

No sabía que de ese modo también se podía encontrar trabajo. Pensaba que solo podía obtenerse si te seleccionaban tras mandar un currículo y hacer una entrevista, pero aprendí que si te esfuerzas y das lo mejor de ti también pueden venir a buscarte.

Me ofrecieron un contrato de medio tiempo y mil cien yenes la hora. Más que suficiente. Le estuve muy agradecido. Trabajaría ahí, dibujaría... Y poco a poco seguiría buscando mi camino.

—¡Ah, se me olvidaba! —me dijo la señora Muroi antes

de irse—. Le di una caja de Honey Dome a Sayuri para que la compartan.

—Muchas gracias. Cómo le gustan a la señora Komachi esas galletas, ¿eh?

La señora Muroi me miró de soslayo y sonrió.

—¿Sabes que conoció a su marido gracias a esas galletas? Los dos estaban en una tienda y alargaron la mano a la vez para tomar la misma caja. Al parecer, su marido, cuando le propuso matrimonio, le regaló el pasador de las flores blancas que siempre lleva en el pelo en lugar de un anillo.

—¿En serio?

Primero me quedé estupefacto y después me invadió un dulce sentimiento de felicidad.

Cómo lo diría... Cada uno tiene su historia.

A la hora del descanso fui a la biblioteca.

Nozomi estaba devolviendo unos ejemplares a los libreros.

—Ya devolvieron el libro que habías apartado —dijo al verme.

Era una guía ilustrada sobre peces de las profundidades marinas de todo el mundo. La quería como referencia para participar en un concurso de ilustración que convocaba una revista de arte. Quería dar rienda suelta al mundo de la obsesión, de lo grotesco, de lo humorístico y del amor.

Tras permanecer un rato en la mesa de lectura con la guía ilustrada abierta, oí el tac, tac, tac, tac, tac de la señora Komachi al teclear. Al otro lado del panel del fondo entreví a un señor mayor que llevaba una cangurera cruzada. La señora Komachi debía de estar aconsejándolo.

Se me escapó una risita sin querer. Realmente era como Kenshirō. Pero lo que la señora Komachi me había enseñado era todo lo contrario al ataque de los cien puños.

Era una verdad mucho más simple.

En la larga historia de la evolución, sin duda...

Era hombre vivo.

CAPÍTULO 5

MASAO, SESENTA Y CINCO AÑOS, RECIÉN JUBILADO

El 30 de septiembre, el día que cumplí sesenta y cinco años, fue también mi último día en la compañía.

Cuarenta y dos años al servicio de la misma empresa en los que —sin conseguir ningún logro significativo, pero tampoco ningún fracaso— si se me había reconocido por algo era por mi seriedad.

«Buen trabajo, jefe.»

«Muchas gracias por todo, jefe.»

«Cuídese, jefe.»

Recibí un ramo de flores y un gran aplauso y salí de la empresa con buen sabor de boca. Con una sensación de alivio, de satisfacción y también de cierto vacío.

Si bien a mi manera, había hecho frente a muchas cosas. Todos los días tomaba el tren a la misma hora, iba a la misma oficina, me sentaba en la misma silla y sacaba adelante el trabajo que se me presentaba. Esos días habían llegado a su fin. Observé con atención el edificio de la empresa, le dediqué una profunda reverencia y me fui.

¿Y bien?

A partir del día siguiente... ¿qué iba a hacer?

La temporada de la contemplación del cerezo en flor estaba a punto de terminar, así que me planteé ir a algún parque cercano.

Sin embargo, acto seguido cambié de opinión. No, mejor no. Eso ya lo había hecho mucho.

Todos los años, cuando llegaban los fines de semana de principios de abril, corría a ver las flores antes de que se marchitaran, pero ese año había sido distinto. Había tenido tiempo de verlas todos los días, desde que habían brotado los primeros botones hasta que habían florecido. De día y de noche, tanto como había querido.

Cuando mi hija Chie era pequeña, los fines de semana estábamos demasiado ocupados para dedicar tiempo a eso. La primavera pasaba tan rápido que parecía imposible que pudiéramos contemplar juntos la floración.

Ahora que por fin tenía tiempo para mí, mi hija ya se había independizado y vivía sola. Sin embargo, incluso si viviera conmigo, seguramente tampoco querría acompañarme a contemplar los cerezos en flor.

A lo largo de los seis meses transcurridos desde mi jubilación había descubierto tres cosas. La primera era que a mis sesenta y cinco años me sentía mucho más joven de lo que me había imaginado. Aquello me había sorprendido. No era el anciano que me figuraba que iba a ser cuando era niño. Por supuesto, hacía tiempo que había dejado de ser un jovenzuelo, pero todavía me veía a mí mismo como un hombre de mediana edad.

La segunda cosa de la que me había dado cuenta era de que tenía una terrible falta de aficiones. Había cosas que me gustaban y que esperaba con ilusión. Por ejemplo, tomarme la cerveza de la noche o ver la serie de época de la NHK que ponen los domingos. Pero eso eran momentos que formaban parte del día a día, no aficiones. No tenía ninguna pasión, ni por hacer algo creativo ni por cosas que me entusiasmaran hasta el punto de poder pasarme horas hablando del tema.

Y la tercera cosa era que...

Como ya no trabajaba en una empresa, mi existencia había dejado de reconocerse en la sociedad.

Había estado muchos años en el Departamento de Ventas, así que mi trabajo consistía en hablar con los clientes. Eso quizá me había llevado a tener la percepción errónea de que estaba rodeado de mucha gente.

Cuando a finales de año vi que no me llegaban regalos ni tarjetas de felicitación de Año Nuevo, me quedé estupefacto de ver que no tenía amigos ni para ir a tomar un té. Todas las relaciones sociales que había tenido hasta entonces habían sido por negocios. En esos seis meses desde que había dejado la empresa, el recuerdo de mi existencia ahí se había desvanecido por completo, a pesar de que había trabajado en ella durante cuarenta y dos años.

Miraba distraído la televisión cuando mi mujer, Yoriko, regresó del trabajo. Observó el salón y, tras musitar algo en voz baja, se asomó al balcón.

—¡Oye, Masao! ¡Te había pedido que recogieras la ropa!

Se me había olvidado, pero, por suerte, Yoriko no se enojó.

—¡Vaya que eres olvidadizo! —me dijo como quien le habla a un niño pequeño.

Después abrió la puerta del balcón y se puso los tenis para salir a la calle.

—Lo siento.

Yoriko sacó la ropa del tendedero y metió la ropa. Estaba totalmente seca y olía a haberle dado el sol. Como hasta entonces nunca había contribuido lo más mínimo en las tareas domésticas, siempre olvidaba lo que mi esposa me pedía. Si seguía holgazaneando en casa, mi mente y mi cuerpo se atrofiarían y mis descuidos serían cada vez mayores. Temí que mi paciente mujer algún día dejara de reaccionar con ternura ante su olvidadizo marido. En realidad, por la forma en que lo había dicho, quizá ya había tirado la toalla porque sabía que enojarse conmigo tampoco serviría de nada.

Saqué la ropa enérgicamente de los ganchos. Ahora bien, como no tenía ni idea de cómo doblar los calcetines ni la ropa interior, decidí encargarme primero de las toallas.

—Ah, es verdad. ¡Toma!

Yoriko sacó un papel de su bolso, en cuya parte superior estaba escrito en letras bien grandes: CLASES DE GO.

—¿Recuerdas que en cierta ocasión te hablé de mi alumno, el señor Yakita? A partir de abril va a impartir clases de go en el centro cultural. Pensé que igual te interesarían.

—¿El señor Yakita, dices? ¡Ah! ¿El que está creando esa página web de flores silvestres?

—Sí, ese. Hay que pagar una cuota mensual, pero me dijo que, como ya estamos a mitad de abril, se pueden pagar solo dos sesiones sueltas.

Yoriko daba clases de computación. Había trabajado

en una empresa de computación como ingeniera de sistemas hasta los cuarenta años y después de eso se estableció como trabajadora autónoma. En el momento presente formaba parte de una asociación que la invitaba a dar cursos y talleres. Todos los miércoles impartía unas clases en un centro cultural. Yo no tenía ni la menor idea de computadoras, pero poseer conocimientos de computación era clave para el futuro. Además, Yoriko todavía no tenía edad para jubilarse.

—De casa al centro cultural hay unos diez minutos a pie. ¿Conoces la escuela primaria Hatori? El centro cultural está pegado a la escuela.

—¿Clases de go, dices? Yo no he jugado nunca go.

—Pues por eso mismo. Empezar algo de cero podría ser interesante, ¿no crees? —comentó Yoriko, que, sin que yo me diera ni cuenta, ya estaba ciñéndose el delantal en la cocina.

Yoriko tenía cincuenta y seis años, nueve menos que yo. Cuando nos casamos, a menudo se referían a ella como «tu joven esposa». A medida que pasaron los años, dejaron de decírselo, pero ella todavía se consideraba una esposa joven.

Era realmente una mujer activa, rebosante de energía y juventud.

Hoy en día, las mujeres de cincuenta que trabajan y desprenden seguridad en sí mismas tienen un brillo especial.

Jugar go...

Me quedé pensativo con el folleto en la mano.

Pensé que sería bueno que me aficionara a algo. Era un

juego bastante convencional, pero tampoco estaba mal. Y haría que mi cerebro funcionara mejor.

Las clases eran los lunes a las once. Miré el calendario, en el que había varias cosas apuntadas. Como era de esperar, solo había compromisos de Yoriko, porque yo no había anotado ningún plan ni ninguna otra cosa.

El lunes por la mañana fui al centro cultural.

A pesar de que sabía dónde se encontraba la escuela primaria Hatori, la entrada estaba totalmente cerrada y no pude entrar. Llamé al interfono y me respondió una voz de mujer.

—¿Sí?

—Disculpe, vengo por las clases de go...

—¿Sí?

—Las clases de go del centro cultural.

—¡Aaah!

La mujer, que trabajaba en la escuela, me indicó que rodeara la barda y que después siguiera las indicaciones del cartel informativo que encontraría en la puerta lateral. Me pregunté por qué decían que estaba pegado a la escuela cuando en realidad eran edificios separados. Seguí el camino que rodeaba la barda hasta que encontré el cartel que decía: EL CENTRO CULTURAL ESTÁ POR AHÍ.

Seguí un estrecho pasaje; conducía a un edificio blanco que se encontraba al otro lado del patio de la escuela.

Abrí la puerta y justo a la derecha me encontré con la recepción. Detrás del mostrador había una oficina en la que un chico joven con una camisa verde estaba trabajando delante de una computadora. Un hombre de cabello abundante y blanco salió al verme llegar.

—Ponga aquí sus datos, por favor.

Me dispuse a escribir mi nombre, el motivo de mi visita y la hora en la hoja de registro que había en el mostrador. Tomé la pluma.

—Me costó un poco encontrar el edificio. Mi mujer me dijo que estaba pegado a la escuela, así que pensé que estaría en el mismo recinto.

—¡Ah! —se rio el hombre—. Es que antes era así, pero por cuestiones de seguridad el paso dejó de estar abierto.

—Vaya...

—En un principio, el centro se abrió para fortalecer los vínculos entre los niños de la escuela y los vecinos del vecindario. Pero, como ocurren tantas cosas, se decidió cerrar la puerta principal de la escuela, sobre todo para proteger a los alumnos. De hecho, hay muchos niños que no conocen el centro hasta que se van de la escuela.

—¿De veras? —dije mientras ponía mi nombre en el formulario.

Masao Gonno.

Me di cuenta de que las ocasiones en las que alguien pronunciaba mi nombre habían caído en picada. La última vez había sido el mes anterior en una cita con el dentista.

La clase de go se hacía en una estancia de estilo japonés. Me quité los zapatos y subí al tatami.

Algunas personas ya se encontraban sentadas cara a cara jugando una partida. Al fondo de la sala, un anciano de rostro angulado estaba sentado solo.

—¿Señor Gonno? —me preguntó el hombre al verme. Era el señor Yakita.

Mi esposa me había comentado que tenía setenta y cinco años, pero lucía un cutis luminoso que rebosaba vitalidad.

—Bienvenido. Su mujer me ha hablado mucho de usted.

—Gracias por apoyarla yendo a sus clases.

—Para nada. Es un placer.

«Es un placer»... Hacía muchísimo tiempo que no intercambiaba unas palabras cordiales como aquellas.

El señor Yakita puso el tablero de go entre nosotros y empezó por enseñarme cómo se movían las fichas. También dónde debían ponerse y en qué orden, cómo determinar el primer y el segundo movimiento y las reglas más básicas del juego. Yo escuchaba y asentía con la cabeza.

—Su mujer es maravillosa —dijo de repente.

—¿Perdón?

Alcé la mirada y vi que él se estaba acariciando el mentón.

—La señora Gonno, digo. Le envidio. Es buena en su trabajo, inteligente y además una persona encantadora. Aunque, bueno, yo de relaciones maritales ya tuve suficiente, ¿eh?

Me pregunté si con eso me quería decir que se había divorciado y que estaba soltero.

—Ah... —le respondí con indolencia sin saber qué decir mientras observaba las fichas de go.

Él prosiguió su perorata.

—El divorcio entre jubilados es muy común. Cuando

se trabaja en una empresa es muy habitual que las parejas se peleen por la mañana, después vayan a trabajar y al regresar a casa la cosa quede en el aire o finjan que ahí no pasó nada. Ahora bien, cuando se está en casa todo el día y se comparte más tiempo, se pierde la posibilidad de descansar el uno del otro. Aun así, después de llevar tantos años juntos, yo pensaba que éramos un roto para un descosido.

—Vaya...

—Llega un momento en que las mujeres ya no soportan más lo que nos han tolerado hasta entonces. Al final la mía ya no aguantó más mi mal gusto a la hora de escoger los dibujos de los calcetines y me espetó: «Pero ¿qué demonios es esto?».

Cómo hablaba el señor Yakita. Me pregunté si escuchar la vida y milagros del profesor formaría parte de un ritual de iniciación del curso. Lancé una mirada furtiva a sus calcetines y me fijé en que tenían un estampado que parecía las escamas de un pez y me dije que era una lástima que se hubiera divorciado por eso.

Sonreí con cara preocupada y él continuó con su relato:

—Cuando me pidió el divorcio me quedé asombrado, pero por suerte llevo jugando go desde adolescente y me mantengo ocupado con otras aficiones como la jardinería o buscar flores salvajes. La vida está llena de cosas divertidas. De modo que decidí que, puesto a estar solo, era mejor que disfrutara de mi nuevo estado de soltería.

«Así que de eso se trata», pensé. Por mucho que uno envejezca, que se jubile, que se divorcie y que se quede solo, si se dedica a hacer cosas que le gustan puede mantenerse joven y ser feliz. Además, él era profesor de go, y seguro que pertenecía a alguna asociación y que tendría una colección de plantas. Asimismo, la página web de flores silvestres que estaba haciendo en las clases de Yoriko sin duda debía de atraer muchas visitas.

—Mi mujer empezó a cambiar su modo de comportarse a los seis meses de que me jubilara. Así que le recomiendo que abra bien los ojos de ahora en adelante —me susurró, como si lo que me estaba diciendo fuera mucho más importante que las reglas del go.

Llegó la hora de terminar la clase.

Jugar al go era más complicado de lo que me había imaginado. El señor Yakita lo explicaba todo de viva voz sin que yo pudiera tomar notas, así que me era imposible retener toda la información en la cabeza.

Pensé que solo con aquella clase ya había tenido suficiente, pero había pagado por dos sesiones, de modo que si no iba a la siguiente sería tirar el dinero a la basura.

Al salir de la estancia japonesa, un chico joven pasó por delante de mí. Era el mismo chico de la camisa verde que antes estaba trabajando con la computadora en la oficina. Lo seguí con la mirada y vi que sobre la puerta de la sala del fondo había un cartel en el que decía BIBLIOTECA. El chico entró.

No sabía que ahí hubiera una biblioteca.

Pensé que quizá tendrían algún libro sobre go y decidí ir a ver.

Seguí al chico de la camisa verde hasta la biblioteca y me metí dentro.

El lugar era pequeño, pero los libreros estaban repletos de libros.

El muchacho de la camisa verde charlaba con una chica que llevaba un delantal azul, pero aparte de ellos dos no había nadie más.

Me pregunté dónde se debían de encontrar los libros de go. Mientras observaba a mi alrededor, la chica del delantal pasó junto a mí con varios libros en las manos. En el gafete que le colgaba sobre el pecho decía que se llamaba Nozomi Morinaga.

—Disculpa. ¿Dónde puedo encontrar libros sobre go? —le pregunté.

Nozomi se volteó hacia mí con un rostro sonriente tan luminoso como un girasol y me señaló el librero del otro lado.

—Están ahí —dijo.

Los libros de go se encontraban junto con los de *shōgi** en la sección de juegos de mesa, que estaba más llena de lo que me imaginaba.

—Hay varios... —musité mientras miraba el librero.

—Este tipo de libros son difíciles de escoger. Al principio es incluso difícil saber qué es lo que no sabes —me dijo Nozomi. Su comentario me hizo pensar que era muy atenta y una buena empleada—. Yo no he jugado nunca go, pero ahí hay una bibliotecaria que, si le pregunta, seguro que le puede recomendar un buen libro.

* N. de la T. Tipo de ajedrez japonés.

Tampoco era como para consultarlo a la bibliotecaria, pero ya que me lo había sugerido, pensé que por qué no.

Al fondo vi un cartel colgado del techo en el que decía CONSULTAS. Me acerqué y saqué la cabeza por el otro lado de un panel divisorio que también servía como tablón de anuncios.

Me detuve en seco, sorprendido.

Ahí había una mujer enorme.

La camisa blanca que llevaba parecía que le fuera a estallar y los botones a salir volando. Tenía el pelo recogido en un pequeño chongo con un pasador de flores blancas. Su tez era pálida, como toda ella. Me recordó a un *kagami mochi* de los que se ofrecen en los santuarios en fin de año, pero de un tamaño gigantesco.

Me pregunté si no se habría dado cuenta de mi presencia, porque permaneció con la cabeza gacha mientras hacía algo con las manos. La observé y vi que, chic, chic, chic, estaba clavando una aguja en una bolita de lana. Por su semblante parecía enojada y no invitaba a acercarse a ella.

En fin... Tampoco hacía falta que se lo consultara a una bibliotecaria. Siempre podía escoger el libro yo solo.

Justo cuando estaba pensando eso, una caja que ella tenía al lado llamó mi atención. Su color naranja intenso me era muy familiar. Eran unas galletas de estilo occidental.

Pero en su interior no contenía dulces, sino varias agujas y unas tijeras. Usaba la caja vacía como costurero. La tapa yacía al lado de la caja.

Aquella tapa de forma hexagonal tenía el dibujo de una colmena y unas flores de acacia blancas. Se trataba de una caja de galletas Honey Dome.

De la empresa Kuremiyadō, donde yo había trabajado durante tantos años.

Instintivamente, me incliné hacia adelante y observé la caja.

Y acto seguido la bibliotecaria alzó la mirada.

—¿Qué busca?

¿Que qué buscaba?

Su voz, sorprendentemente tranquila y clara, resonó en lo más profundo de mi ser.

¿Que qué buscaba? Pues... ¿cómo vivir a partir de entonces...?

La bibliotecaria me miró fijamente. En ese semblante que antes me había parecido enfadado, al mirarme de aquel modo percibí una compasión parecida a la de las estatuas de la diosa Kannon.

—Libros de go. Hoy empecé unas clases para aprender a jugar, pero me pareció bastante difícil —le respondí nervioso.

La bibliotecaria ladeó la cabeza y emitió un chasquido con el cuello. En el gafete que le colgaba sobre el pecho indicaba que se llamaba Sayuri Komachi. La señora Komachi metió la aguja y la bolita de lana en la caja y la tapó.

—El go es un juego muy profundo, ¿no cree? No se trata de un mero juego de estrategia, sino que también te permite reflexionar sobre la vida y la muerte. Cada partida es como un drama.

—¿De veras? No pensé que sería algo tan serio.

Pero ¿no se suponía que era un juego? ¿Acaso los juegos y las aficiones no eran para divertirse y estar feliz?

—No sé, en ese caso no creo que sea para mí. —Me rasqué la cabeza y cambié de tema—: ¿Le gustan...?

La señora Komachi se me quedó mirando y yo señalé la caja.

—Las Honey Dome de Kuremiyadō. En realidad yo trabajé en esa empresa hasta el año pasado.

Al oír aquello, la señora Komachi abrió de repente sus estrechos ojos como platos, tomó una sonora bocanada de aire, sonrió como poseída por algo y se puso a cantar con los ojos perdidos en el vacío:

> *¡Do, do, do, do!*
> *¡Doraditas, para ti y para mí!*
> *¡Do, do, do, do!*
> *¡Las Honey Dooome*
> *de Kuremiyadōōō!*

Era la canción del anuncio de las Honey Dome que llevaba treinta años retransmitiéndose.

La cantó con un volumen de voz tan bajo que al otro lado del panel divisorio era inaudible.

Parecía imposible que esa voz tan fina y melodiosa proviniera de una mujer tan corpulenta. En su tonada había puesto especial énfasis en la «ooo» de «Dome», como una niña pequeña que se lo pasa genial cantando.

Al haberse puesto a cantar de la nada, al principio me quedé atónito, pero después me alegré tanto que me dieron ganas de llorar.

Cuando hubo terminado de cantar, la señora Komachi recuperó la seriedad en su rostro.

—Ese «do» es omnipresente, ¿no cree? En «doraditas», en «Dome» y en «Kuremiyadōōō». Y también es la nota musical.

—Es verdad...

Esa era la estrofa principal que se usaba en el anuncio, pero en realidad la canción entera era más larga. Al final la letra tenía una parte en inglés, porque pretendía llegar a hombres y mujeres de todas las nacionalidades y edades.

La señora Komachi me dedicó una respetuosa reverencia con la cabeza.

—Muchísimas gracias por tan maravillosos dulces.

Me reí.

—No tiene que darme las gracias. No los hacía yo.

Así era realmente, no era yo el que los confeccionaba. A pesar de eso, por ser empleado de Kuremiyadō siempre los recomendaba como si fuera yo el que los elaboraba y me hacía feliz que la gente los elogiara.

Pero ya no...

—Ya no trabajo en Kuremiyadō...

Solo con pronunciar esas palabras se me partió el corazón. La señora Komachi me observó y tuve la impresión de que esa atmósfera relajada era como una generosa vasija en la que todo tenía cabida.

Me percaté de que durante todo ese tiempo había querido que alguien me escuchara. Ante mis ojos tenía a una mujer nívea y enorme que, quizá sea maleducado decirlo así, parecía no ser humana y a la que me apetecía confiarle mis sentimientos más íntimos.

—Me di cuenta de que para un hombre de negocios como yo la jubilación es como si te expulsaran de la sociedad. Cuando trabajaba, quería disponer de tiempo para relajarme y ahora no sé qué hacer con él. Hasta he llegado a pensar que el resto de mi vida ya no tiene sentido.

—¿Qué quiere decir con «el resto»? —me preguntó la señora Komachi con tranquilidad y el semblante impertérrito.

Reflexioné para mis adentros. El resto era...

—Lo que queda... ¿O lo que sobra?

Al ver que esa respuesta era ridícula, la mujer inclinó la cabeza hacia el otro lado.

—Pongamos que se ha comido nada menos que diez galletas Honey Dome de una caja de doce.

—¿Sí?

—Entonces las dos que quedan en la caja... ¿sobran?

—...

Fui incapaz de responder de inmediato. Intuí que la pregunta que me había lanzado iba directo al fondo de la cuestión. Aun así, no conseguía verbalizar una respuesta.

Mientras guardaba silencio, la señora Komachi enderezó la espalda y se puso frente a la computadora. Colocó las dos manos sobre el teclado con suavidad, como si fuera a tocar el piano. Y entonces...

Tac, tac, tac, tac, tac, tac, tac. Se puso a teclear a una velocidad asombrosa. Me extrañó que pudiera mover sus rechonchos dedos tan rápido. La observé con la boca entreabierta hasta que al final asestó un último golpe seco y vigoroso al teclado. Acto seguido, la impresora empezó a moverse y de ella salió una hoja. En la hoja impresa había una lista con los títulos de unos libros, los nombres de los autores y los libreros donde estaban.

Los fundamentos del go: defender y atacar; *Go para principiantes*; *Curso práctico de go, nivel básico*.

A continuación, debajo de estos, había otro título:

Genge y las ranas.

Al lado del título, entre paréntesis, decía «Poemas para niños, tomo 20» y el nombre del autor, Shinpei Kusano.

¿Un libro de poesía? Cierto, Shinpei Kusano era poeta.

Me pregunté por qué había incluido ese libro. ¿Qué tenía que ver eso con el go?

Mientras observaba la hoja, la señora Komachi alargó una mano a la cajonera de madera que había debajo del mostrador, abrió el cajón de más abajo y sacó algo que hizo un frufrú.

—Tome, es para usted.

Me tendió la mano con el puño cerrado, yo extendí la mía abierta y sobre esta me puso un muñeco de fieltro rojo. Tenía el cuerpo cuadrado y dos pinzas pequeñas.

—¿Es un cangrejo?

—Es un obsequio.

—¿Un obsequio?

—Sí, va de regalo con los libros.

—Ah...

No entendí nada. Yo le había hecho una consulta relacionada con el juego del go y ella me salía con ranas y cangrejos.

Estaba observando la curvatura de las patas del cangrejo, que me parecieron de lo más realistas, cuando la señora Komachi dijo:

—Es fieltro de lana. Se le puede dar la forma y el tamaño que se quiera. No tiene límites, siempre se puede seguir.

Fieltro de lana... Envidié que tuviera esa afición.

—Eso también da trabajo, ¿no? Trabajo manual —añadió.

—¿Perdón?

Como me pareció que estaba hablando de algo trascendental, levanté la mirada hacia la señora Komachi, pero ella abrió la tapa de la caja de las Honey Dome y sacó la aguja y la lana de dentro, bajó la mirada con rostro taciturno y volvió a ponerse manos a la obra.

Tuve la impresión de que bajaba una barrera que impedía el paso y pensé que si le hablaba de nuevo se molestaría. Así que, sin tener más remedio, me metí el cangrejo en la cangurera y me dirigí hacia los libreros con el papel.

Me llevé prestados todos los libros que me había recomendado la señora Komachi y después de cenar me fui con ellos a la habitación de estilo occidental que teníamos en el departamento. Aquel había sido el dormitorio de mi hija, pero ahora era de uso común; una mitad era para sus cosas y la otra nos servía de almacén.

Cuando tenía treinta y cinco años compré un departamento de construcción nueva con tres dormitorios, pero con el tiempo este se había deteriorado por todos lados. Como ya casi no recibíamos visitas, lo que no era grave lo dejábamos tal cual, como las manchas en las paredes, los agujeros en el papel de las puertas corredizas o las bisagras que chirriaban.

La estancia japonesa era nuestro dormitorio y la tercera habitación, de estilo occidental, era la de la computadora. Esa era la fortaleza de Yoriko, en la que yo no me atrevía a poner los pies.

Dejé los libros sobre el escritorio que le compramos a Chie cuando estudiaba.

Hojeé los libros de go. A pesar de que yo mismo los había pedido, realmente no había ninguno que se me antojara leer. Me costaba creer que el go fuera como un drama que invitaba a reflexionar sobre la vida y la muerte.

El otro libro, que me había llevado prestado por lo que parecía un error, tenía una portada muy bucólica.

Genge y las ranas.

Aparecían tres ranas con expresión relajada en el rostro y, en el centro, un río en cuyas orillas había unas partes de color rosa que parecían cerezos en flor. El dibujo estaba pintado con gises de colores luminosos. Pensé que realmente invitaba a que los niños lo tomaran.

Al abrir el libro y pasar las primeras páginas me encontré con un prefacio titulado «Descubre la poesía». Al parecer, no lo había escrito Shinpei Kusano, sino el editor del libro, Takashi Sawa. Como el mismo título decía que era una colección para niños, el texto estaba escrito con sencillez, pero transmitía una gran pasión por la poesía y por Shinpei Kusano.

Sawa invitaba al lector a que si encontraba un poema bueno, copiara en un cuaderno ya fuera la totalidad del poema o los versos que más le gustaran. Así podíamos crear nuestra propia antología de poemas.

Cuando intimamos con el alma del poeta, con su modo de vida, la emoción es todavía más profunda. Es como si nos emocionáramos y viviéramos con él.

Como si viviéramos con el poeta... Ladeé la cabeza. Para mí aquello era una exageración.

Y en caso de que quieran escribir un poema, no duden, adelante.

—¡Ni hablar! —dije automáticamente al leer aquello, y solté una carcajada.

Ahora bien, copiar los poemas sí que podía hacerlo. Me atrajo que nos propusiera escribir solo los versos que nos gustaban y la palabra *antología* me complacía. Quizá aquello era más sencillo que aprender a jugar go, y encima tenía un punto intelectual. La idea me atraía.

Me pregunté si tenía un cuaderno. Abrí un cajón del escritorio. Rebusqué un poco en él y me encontré con uno de la época de la universidad. En las dos primeras páginas tenía algunas frases en inglés. Estaban escritas con mi caligrafía.

¡Vaya! Esas frases eran de un curso de radio de la NHK que empecé hacía veinte años. Eso significaba que había tenido algo de interés por aprender algo. Debí de pensar que me sería útil para el trabajo o que lo convertiría en mi afición. Pero al poco tiempo lo dejé, convencido de que empezar a aprender inglés a los cuarenta años era imposible. Pensé que si hubiera seguido escribiendo una página al día ahora lo hablaría con fluidez.

Estaba claro que con el inglés ya no iba a seguir, así que arranqué esas dos páginas, las tiré y el cuaderno volvió a estar para estrenar.

Le di la vuelta para poder escribir en vertical.

Leí tres poemas y copié el primero, titulado «Canción de primavera», con un plumón con base de agua.

> *¡Qué esplendor!*
> *¡Qué felicidad!*
>
> *El agua fluye.*
> *El viento susurra.*
> *Croc, croc, croc, croc.*
> *¡Ah! ¡Qué fragancia!*

El poema continuaba, pero yo me detuve ahí.

Me imaginé que el «croc, croc, croc, croc» que se repetía cuatro veces sería el croar de la rana. Me gustaba cómo sonaba.

Seguí leyendo poemas durante un rato.

Pensé que todos los poemas serían alegres, como «Canción de primavera», pero algunos tenían un tono lóbrego y triste.

Me encontré con un poema titulado «Kajika».

> *Ki, ki, ki, ki, ki, ki, ki.*
> *Kiiru, kiiru, kiiru, kiiru, kiiru.*

El poema tenía una sonoridad inicial muy impactante y a medida que avanzaba se volvía todavía más misterioso.

Me pregunté qué hacía ese sonido. Pensaba que el *kajika* era un pez. ¿O quizá un ciervo? A saber, porque ahí no había ninguna explicación. Además, tampoco entendía en qué situación se encontraba, puesto que decía algo como «noche presa en la frontera» y «aleteo de branquias». Escribí «ki, ki, ki, ki, ki, ki, ki, ki» y lo dejé ahí.

Al parecer, la poesía tampoco era tan fácil de entender. Quizá incluso más difícil que las reglas del go. Cerré el cuaderno.

A la tarde siguiente, Yoriko y yo salimos juntos de casa.

Fuimos a los grandes almacenes Edén, que yo desconocía. Me contó que hacía poco una alumna de su clase de computación le había dicho que trabajaba en el Departamento de Ropa de Mujer. Como Yoriko no conducía a pesar de tener licencia, me pidió si la podía llevar porque los grandes almacenes se encontraban lejos para ir a pie. No se me ocurrió ningún motivo para decirle que no.

Nos dirigimos a donde estaba nuestro coche.

—¡Hombre! ¡Señor Ebigawa! —interpeló Yoriko al conserje, que estaba quitando las malas hierbas.

Él se volteó hacia nosotros.

El señor Ebigawa, un hombre de rostro ovalado que ya tenía cierta edad, había empezado como sustituto del conserje anterior a principios de año.

Yoriko le dedicó una reverencia con la cabeza, toda sonriente.

—Muchas gracias por lo del otro día. La limpié tal como me dijo y ahora los frenos funcionan mucho mejor.

La semana anterior Yoriko se lo había encontrado en el estacionamiento de bicicletas y le había mencionado que no le funcionaban muy bien los frenos y él le explicó que solo con que los limpiara con un jabón neutro le funcionarían mejor.

—No hay de qué. Me alegro de que lo haya solucionado. Es que hubo una época de mi vida en la que tuve una tienda de bicicletas —comentó con una sonrisa relajada, y después continuó arrancando malas hierbas.

El señor Ebigawa no era arisco, sino más bien parco en palabras.

Cuando salimos a la calle, Yoriko dijo:

—Siempre que me encuentro al señor Ebigawa fuera del edificio parece otra persona. Quizá sea porque suele llevar un estiloso gorro de punto.

—¿Otra persona?

—Sí. Cómo te diría... Parece un ermitaño. Es como si viviera aislado de este mundo. Pero cuando está sentado en la portería con su uniforme parece un conserje normal.

Cuando llegamos a Edén y estacionamos el coche, Yoriko me llevó directamente al Departamento de Ropa de Mujer, situado en el primer piso.

—¡Tomoka!

La chica a la que había llamado sonrió al ver a Yoriko.

—¡Profesora Gonno! ¡Sí vino! ¡Qué alegría!

—Sí. Él es mi marido, Masao.

Tomoka se llevó las manos al vientre y me dedicó una profunda reverencia.

—Encantada. La profesora Gonno siempre me apoya mucho.

—Y tú también a ella yendo a sus clases.

Ya volvía a estar en las mismas... Igual que con el señor Yakita.

Mis únicos contactos con la sociedad eran a través de Yoriko.

Yoriko empezó a escoger ropa y yo, aburrido, me puse a mirar las blusas y las faldas que había a mi alrededor.

Tomoka tendría unos veintipocos años. Era una chica enérgica y con buen aspecto que transmitía entusiasmo por su trabajo.

—¿Podría probarme esto? —preguntó Yoriko con un vestido en la mano.

—Sí, ¡por supuesto! —le respondió Tomoka, y le abrió la cortina del probador.

Cuando nos quedamos solos, Tomoka me hizo la plática con toda naturalidad.

—Qué gusto, ¿no? Que usted y su mujer vayan de compras juntos... Deben de llevarse muy bien.

—Bueno, ahora que me paso el día en casa quizá sea un estorbo para ella. En las tareas domésticas soy un cero a la izquierda. Me gustaría saber cocinar al menos, pero...

Tomoka meditó unos instantes y después me sonrió con frescura.

—¿Por qué no empieza por hacer unos *onigiri* o algo así...?

—¿Unos *onigiri*...? ¿Crees que eso le gustaría?

—Seguro que sí. A los hombres los *onigiri* les salen deliciosos, bien compactos. Será porque empuñan con más fuerza o porque tienen la mano más grande. Seguro que la profesora Gonno se pondría loca de alegría.

—¿Loca de alegría? —le pregunté riéndome—. ¿No será que tu novio te ha hecho unos *onigiri*?

Tomoka se puso roja como un tomate, pero no lo negó.

Tras comprarse el vestido que se había probado y una playera con el dibujo de un gato, Yoriko me llevó hasta la sección de alimentos.

—Compremos algo para la cena de esta noche.

Nos dirigimos hacia la zona del pescado con la esperanza de que hubiera algo de *sashimi*.

Al lado del refrigerador en el que se encontraban el pescado ya fileteado y los mariscos había una pequeña tarima. Me pareció percibir que ahí había algo que se movía. Miré en esa dirección y vi que en un recipiente cuadrado de plástico transparente había unos cangrejos.

Recordé el cangrejo que me había dado la señora Komachi y me quedé observándolos fijamente.

Debía de haber unos cincuenta o sesenta. Estaban hacinados en una pequeña cantidad de agua. Agitaban sus minúsculas pinzas pegadas a su cuerpo plano como si me estuvieran enviando algún tipo de señal.

Levanté la mirada y me quedé atónito. En un trozo de poliestireno habían escrito con una letra grande, roja y bien visible: CANGREJOS DE AGUA DULCE; y debajo, con una letra de color negro más pequeña: PARA FREÍR O ¡COMO ANIMAL DE COMPAÑÍA!

Como animal de compañía...

Estábamos en la sección de alimentos, de modo que era de esperar que ahí vendieran comida. Ahora bien, que recordaran la posibilidad de que fuera un animal de compañía era desconcertante.·

Ser comidos o ser queridos...

En qué gran encrucijada se encontraban. Al reflexionar sobre el destino de esos cangrejos que se contoneaban dentro de ese contenedor de plástico, se me hizo un nudo en la garganta.

Me pregunté cuál de las dos cosas había sido yo para mi empresa. Mientras estaba dentro de la caja, me encumbraron a jefe, pero al final había sido devorado por la organización.

Yoriko, que estaba examinando el *sashimi*, se volteó hacia mí de repente.

—Oye, ¿qué prefieres: caballa o jurel...? ¡Vaya! ¿Cangrejos de agua dulce?

Los observó con suma atención.

—¡Ni hablar! —dije para descartar la opción de los cangrejos—. Todavía están vivos. ¡Yo no me los voy a comer!

—Bueno, ¿y como animal de compañía? —comentó Yoriko en broma.

«En ese caso, por qué no», me dije.

¿Estarían contentos los cangrejos de vivir ahí aburridos, amontonados en un recipiente? ¿No habrían preferido seguir atrapados en el torbellino de la cadena alimentaria? ¿O era el ego humano lo que me hacía pensar así?

Mientras meditaba en silencio, a Yoriko le llegó un Line.

—¡Vaya! ¡Es Chie! —exclamó con voz alegre mientras manipulaba el celular—. Dice que ya llegó el libro que le pedí. En ese caso, será mejor que no compremos nada y vayamos a verla. Si está en el turno de mañana, saldrá alrededor las cuatro e igual podemos cenar juntos.

Me había empezado a desmoralizar, pero aquello me animó un poco.

Antes de irnos, volví a mirar los cangrejos y les deseé lo mejor. Aunque no sabía qué era.

Chie, nuestra única hija, trabajaba en la librería de la cadena Meishin de delante de la estación. Tenía veintisiete años y estaba soltera. La contrataron al terminar la universidad y gracias a eso se pudo rentar un departamento para ella sola.

Por lo visto, Yoriko se paseaba por la tienda a menudo, pero yo apenas aparecía por ahí. Por alguna razón, me incomodaba ver a mi hija en su lugar de trabajo.

Cuando llegamos, Chie estaba atendiendo a una anciana delante del librero de los ejemplares de bolsillo. Al parecer, la clienta le había hecho una consulta. Yoriko y yo la observamos desde la distancia durante un rato. Descubrí en el semblante de nuestra hija una expresión que en casa no mostraba. Una sonrisa dulce, pero también segura de sí misma.

La anciana asintió satisfecha y se dirigió hacia la caja con un libro en la mano. Chie observó cómo se alejaba con su rostro sonriente y después reparó en nuestra presencia.

Llevaba una camisa blanca con cuello y un delantal de color verde oscuro. No tenían uniforme, pero les indicaban qué tipo de ropa debían vestir. Pensé que el pelo corto le quedaba muy bien.

Cuando nos acercamos hacia ella, señaló uno de los libreros.

—Esta muestra la preparé yo —nos dijo.

Al lado de los libros expuestos con la portada de frente al público había unas cartulinas del tamaño de una postal con el título y las cuestiones más destacadas de cada obra escritos con un estilo directo y resuelto.

—Está muy bien —comentó Yoriko, y Chie mostró satisfacción en el rostro.

—Este tipo de muestras son muy importantes, porque aumentan las ventas y permiten que los clientes conozcan los libros y se interesen por ellos.

«Claro», pensé, y después me acordé de los cangrejos de agua dulce que había visto en el supermercado. Si no hubiera leído aquella pizarra de poliestireno, seguramente jamás habría reflexionado sobre el destino que les esperaba.

—¿A qué hora terminas? —le preguntó Yoriko—. Si tienes el turno de mañana podríamos ir a cenar los tres, ¿te parece?

Chie puso cara de circunstancias.

—Hoy tengo el turno de la tarde. Y además hay un acto.

Trabajar en una librería es una prueba de fortaleza. Hay que estar de pie, cargar con libros pesados y lidiar con todo lo que va surgiendo a lo largo del día. Yoriko me contó en cierta ocasión que a una compañera de Chie habían tenido que hospitalizarla por culpa de una lesión de espalda. Aquello me preocupó.

—Qué difícil. Cuídate, ¿sí?

—No te preocupes. Mañana tengo el día libre —me respondió Chie alegremente, rebosante de felicidad.

Tenía el día libre...

Al decir aquello pensé que otra cosa de la que me había dado cuenta después de jubilarme era que cuando dejas de trabajar ya no tienes días festivos. Las vacaciones existen porque trabajas. Había dejado de saborear esa sensación de libertad que me invadía el día antes de tomarme un descanso.

Chie se volteó hacia Yoriko.

—Viniste por el libro, ¿verdad?

—Sí. También hay una revista que me gustaría llevarme. Espérame un segundo, iré por ella.

Yoriko se dirigió a paso veloz hacia la sección de las revistas. Me pregunté si yo también debería comprar algo, pero no me vino a la cabeza ningún libro que quisiera.

—¿Dónde están los libros de poesía? —le pregunté.

Sorprendida, Chie abrió los ojos como platos.

—¿De poesía dices? ¿De algún autor en concreto?

—De Shinpei Kusano, por ejemplo.

Chie esbozó una sonrisa.

—¡Ah! A mí también me gusta. Recuerdo que en el libro de japonés de primaria salía una poesía suya. La que decía «Croc, croc, croc, croc».

—Sería la «Canción de primavera».

—Sí, ¡esa! Cuánto sabes, papá.

Sintiéndome de lo más dichoso, seguí a Chie hasta la sección de libros infantiles, donde encontré un ejemplar de *Genge y las ranas*. Lo tomé y pasé unas páginas.

—Me pregunto qué será el *kajika* este. ¿Tú sabes?

—Yo diría que es una rana, ¿no? Una rana *kajika*.

«Increíble», pensé. Me había resuelto el misterio en un instante. Así que también era una rana...

—En la escuela el profesor nos propuso leer otros poemas de Shinpei Kusano y nos enseñó unos cuantos. Es por eso por lo que lo sabía. ¿Sabías que el *genge* del título hace referencia a la flor de loto?

—¿Ah, sí? A mí a veces sus poemas me confunden.

—En la poesía no hay que entenderlo todo al detalle, basta con percibir la atmósfera y dejar volar la imaginación.

Yoriko regresó con una revista femenina muy gruesa y yo devolví el libro a su lugar.

—¡Era esta! Quería el bolso que viene de obsequio con este número.

La revista me había parecido gruesa porque el regalo estaba metido dentro. Abrí la cangurera pensando que yo también tenía ahí el obsequio que me había dado la señora Komachi. El cangrejo rojo asomó el rostro desde el interior.

—¡Vaya! ¡Un cangrejo! —exclamó Chie al verlo.

No sé por qué, pero me sonrojé.

—¿Lo quieres?

—Sí... —asintió.

Se lo di, ella lo agarró feliz y a mí se me enterneció el corazón. Me hizo gracia que algo así le ilusionara; todavía era una niña.

Al final, Yoriko y yo cenamos fuera, y al regresar a casa volví a abrir el libro de *Genge y las ranas* en el cuarto de estilo occidental.

Saber que la *kajika* era una rana hizo que el poema cobrara sentido.

Así que una rana...

El suyo no era un croar alegre de primavera como el «croc, croc, croc, croc», sino uno mucho más profundo.

Seguía sin entender qué quería decir con lo de la «noche presa en la frontera» y el «aleteo de branquias», pero de algún modo visualicé un agua que fluía en la oscuridad. Me pareció que algo..., el mundo... brillaba a la vez que se abría y se cerraba, y de algún modo se iba expandiendo. En ello había algo extraño y opresivo, pero aun así, desde algún lugar, el croar de las ranas seguía resonando.

Ahora lo entendía...

Así que apreciar la poesía era eso... Me pareció divertido. Incluso a mí quizá se me daba bien.

A partir de ahí, empecé a pasar las páginas pausadamente y seguí leyendo, hasta que unos versos en particular llamaron mi atención.

El poema se titulaba «La ventana». Comparado con el resto de la colección, era excepcionalmente largo.

Las olas vienen,
las olas se van.
Las olas lamen los viejos muros de piedra.
En esta cala donde no brilla el sol
las olas vienen,
las olas se van.
Sandalias geta, restos de paja
y manchas de aceite.

Sandalias *geta*, restos de paja y aceite... Me imaginé que se trataba de una escena en la que en una bahía sin sol se iban acumulando desechos humanos.

Después de eso, el poema repetía varias veces los versos «Las olas vienen, las olas se van». Sin duda evocaba el vaivén de las olas.

Las olas venían y se iban desde mar adentro hasta la bahía. Me imaginé ese magnífico mar. Las olas venían, las olas se iban.

Pero entonces...

¿Por qué ese poema se titularía «La ventana»? Esos versos solo describían la escena de las olas. ¿Por qué «La ventana» y no «Las olas»?

El poema proseguía y, además de evocar las olas, mencionaba palabras como *amor, odio* o *corrupción.*

Leí todo el poema con atención, palabra por palabra hasta el final, y después copié en mi cuaderno las tres páginas que ocupaba y lo releí una y otra vez.

El lunes siguiente

No me dieron ganas de ir a clase de go, pero tampoco quería desperdiciar el dinero que había pagado por ella. De modo que me preparé para salir de casa, pensando que iría ese día y no más.

Recordé que Yoriko había comentado que el señor Ebigawa llevaba un gorro estiloso. Pensé que quizá estaría bien que yo también me pusiera algo para ir a la moda. Quise preguntarle a mi mujer dónde tenía mi sombrero, pero ella acababa de salir a la tintorería.

Dentro de una caja que estaba escondida en un rincón del clóset encontré una gorra negra. Me la habían regalado hacía muchos años. Me puse la gorra, me calcé los zapatos y salí a la calle.

Llegué a la escuela primaria Hatori. Pasé por delante de la entrada principal, caminé a lo largo de la barda y oí las enérgicas voces de los niños en el patio de la escuela.

Me detuve y observé el patio desde la barda. Parecía que estaban en clase de Educación Física. Debían de ser los alumnos de tercero o cuarto. Llevaban puesto el uniforme de gimnasia, que consistía en playera y shorts, y estaban haciendo unos ejercicios de calentamiento.

Eran tan lindos... Chie también había sido así.

Un día de puertas abiertas para los padres la profesora la regañó porque había exclamado «¡Papá!» en voz baja al verme al fondo de la clase. A mí eso me hizo tan feliz que no pude evitar sonreír para mis adentros. Los niños crecen tan rápido...

En ese momento noté que a mi lado alguien me miraba. Me volteé y vi a un joven policía que me observaba fijamente. Aparté la mirada instintivamente e hice ademán de alejarme.

—Disculpe —me dijo.

No tenía nada que ocultar, pero, no sé por qué, me sobresalté. Fingí no oírlo y aceleré el paso.

—¡Deténgase! —gritó el policía.

Yo me estremecí. Era la primera vez que un hombre joven me daba una orden con ese volumen de voz y experimenté una mezcla de emociones.

Me detuve, paralizado, y el policía se me acercó.

—Abuelo, ¿acaso está huyendo? —me preguntó con el semblante adusto.

Abuelo...

Me quedé desolado. Los demás me veían como un anciano. En los ojos del policía había un brillo lacerante.

—Quisiera hacerle unas preguntas. ¿Cómo se llama?

—Masao... Gonno...

—¿A qué se dedica?

No respondí. No podía decirle que no trabajaba. Entristecido, bajé la cabeza al suelo.

—¿Me mostraría alguna identificación? —me pidió, amenazante.

Me metí la mano en la cangurera y me estremecí. Solía llevar la licencia de manejo y de la Seguridad Social en la cartera. Pero aquel día, como no iba a salir del vecindario, solo había agarrado un monedero.

Me quedé petrificado.

—¿Qué ocurre? —me preguntó el policía al verme con la mirada perdida, y dio otro paso hacia mí.

Al final resultó que llevaba el celular conmigo, de modo que pude llamar a Yoriko y ella vino a buscarme. Gracias a que pasó por casa, a que me trajo la licencia de manejo y a su don de la palabra, el policía me dejó ir rápidamente.

La clase de go ya hacía rato que había empezado y se me habían quitado las ganas de ir.

—Ese oficial de policía fue un maleducado, pero vaya que tú también... ¿Por qué te pusiste tan nervioso?

—Es que... me tomó por sorpresa. De repente me empezó a tratar como si fuera un criminal. Yo solo estaba viendo a los niños, pensando que eran muy bonitos.

—Sí... —dijo Yoriko, enarcando las cejas—. Bueno, es que andar por ahí con este aspecto en pleno día laborable viendo niños con una sonrisa en el rostro es bien sospechoso. ¿No ves que últimamente los niños son víctimas de muchos crímenes?

—¿Con este aspecto?

Abrí los ojos como platos, extrañado. Qué había de malo en aquella ropa casual que llevaba. Además, me había puesto la gorra para ir a la moda. Yoriko me señaló la cabeza.

—Para empezar, esa gorra. Te tapa los ojos. Eso no puede ser más sospechoso.

—¿Cómo?

—Llevas una sudadera gastada con un pants. Tienes un aspecto desaliñado —refunfuñó Yoriko como si hablara para sus adentros—. ¿Y dime? ¿Por qué combinas zapatos de cuero con esa ropa?

Los llevaba porque con esos zapatos viejos de cuando iba a la oficina estaba más cómodo que con mis flamantes tenis. Además, eran más fáciles de quitar cuando entraba en las estancias con tatamis. Pero ¿el policía había sospechado de mí por cómo iba vestido? ¿Acaso si hubiera llevado traje no habría pasado nada?

—¿Realmente es tan extraño ir con una sudadera y zapatos de cuero? —pregunté temeroso.

—Para combinar eso con estilo hay que tener muy buen gusto.

Al oír eso, comprendí algo: a mi mujer no le gustaba cómo vestía. Reparé en que a menudo, sin que me diera cuenta, me cambiaba la camisa que tenía preparada para ponerme y que en varias ocasiones me había preguntado indirectamente si me gustaba la cangurera que llevaba. Nunca me había dicho de un modo abierto que yo tenía mal gusto, pero quizá lo toleraba a duras penas.

Me vino a la cabeza el término que había empleado el señor Yakita del «divorcio entre jubilados». Llega un momento en el que las mujeres ya no soportan más lo que nos han tolerado hasta entonces...

—Sea como sea, lo peor que puedes hacer es salir corriendo cuando te llama un policía.

—¡No salí corriendo! Fue él quien pensó eso.

Recordé que me había llamado «abuelo» y estuve a punto de deprimirme de nuevo, pero decidí no contárselo a Yoriko y observé con dolor mis zapatos de cuero.

Unos días más tarde llegó una caja repleta de mandarinas que nos había mandado un pariente de Yoriko que tenía una plantación en Ehime.

—¡Guau! ¡Increíble! Compartámoslas con el señor Ebigawa. Es perfecto como agradecimiento por haberme enseñado lo de los frenos.

Yoriko escogió unas cuantas mandarinas con buen aspecto y las metió en una bolsa de plástico.

—Toma, llévaselas.

—¿Cómo?

—Tú también usas la bici, ¿no?

—Pues también es verdad.

«Y además no tienes nada que hacer, ¿no?»

Eso no lo dijo, pero seguro que lo pensó.

Agarré la bolsa con las mandarinas y me dirigí hacia la conserjería.

La oficina del conserje estaba al lado de la puerta de la entrada.

Era una de esas porterías comunes, con una ventanita y una pequeña oficina detrás. La ventana tenía un cristal corredizo que siempre estaba cerrado y que el conserje abría desde dentro cuando era necesario.

Al otro lado de la ventana, el señor Ebigawa se encontraba sentado con el cuerpo torcido y la mirada perdida. Cuando me acerqué hacia él, alzó la cabeza.

—Señor Ebigawa —lo llamé a través del cristal.

Se levantó y salió por la puerta de la conserjería. Le entregué la bolsa.

—Un pariente de Ehime nos mandó muchas mandarinas. Tenga, queríamos darle unas cuantas.

—Muchas gracias.

Mientras el señor Ebigawa agarraba las mandarinas, vi que detrás de él había un monitor. Al parecer, mostraba las imágenes de la cámara de seguridad. Entendí que eso era lo que estaba viendo.

—¡Ah! ¿A usted y a su esposa les gusta el *mizu yōkan*?* —me preguntó.

—Sí...

—Ayer me regalaron, pero en realidad no me gusta

* N. de la T. Dulce japonés hecho con judía roja, agar, azúcar y agua, con consistencia de gelatina compacta.

mucho. Si se lo queda me hará un favor. Espere un momento, si no le importa.

Supuse que alguien se lo habría dado en agradecimiento por algo también. Seguro que recibía muchas cosas. ¿Y si tampoco le gustaban las mandarinas?

Mientras yo estaba sumido en estos pensamientos, el señor Ebigawa se dio la vuelta para meterse dentro de la oficina.

Era la primera vez que me asomaba a la conserjería. Me pareció más grande de lo que me imaginaba. Vista desde fuera, parecía que solo había espacio para que el señor Ebigawa se sentara, pero al fondo había incluso un pequeño lavabo y una repisa.

Asimismo, la oficina también tenía otro estante repleto de archivos, un escritorio con una montaña de documentos y un pizarrón blanco en la pared. Era un despacho magnífico.

—Y una ventana... —murmuré sin darme cuenta.

El señor Ebigawa regresó con una bolsa de papel de una tienda de dulces japoneses en la mano.

—Este... Disculpe. Me estaba preguntando a qué se dedica un conserje. Es que estoy jubilado y tengo mucho tiempo libre, y si encontrara algún buen trabajo... —dije sin pensar, pero una vez que pronuncié esas palabras, tampoco me parecieron tan descabelladas.

Estaba sano, tenía tiempo y se me hacía duro estar desocupado, así que volver a trabajar no me parecía una mala idea. Eso lo tenía claro.

Sin embargo, como siempre había trabajado en la misma empresa, se me hacía difícil pensar qué otro empleo podía encontrar como jubilado. Por eso no había querido retirarme a los sesenta, sino seguir trabajando hasta el límite de los sesenta y cinco.

—Pase —me dijo el señor Ebigawa en voz baja, y yo entré a la conserjería—. Por lo general, los vecinos tienen prohibido acceder aquí. Si alguien le mencionara algo, diga que me estaba preguntando sobre cómo se podría mejorar la asociación de administradores de fincas.

Después me estuvo hablando durante un rato sobre su trabajo, sobre la naturaleza de este, sobre los precios que se pagaban por hora y dónde se podían encontrar ofertas para trabajar. Él era un año mayor que yo.

Al otro lado de la ventana la gente iba pasando.

Vecinos, visitantes, mensajeros.

Niños, adultos, ancianos.

Al ver la escena, me vino a la cabeza el poema «La ventana».

Las olas vienen, las olas se van.

Así era como el señor Ebigawa veía pasar las olas de gente a diario.

La vida y los quehaceres de las personas que se repetían una y otra vez día tras día.

—Por aquí pasa todo tipo de gente, ¿verdad? —le pregunté.

—Sí, es bien extraño. Nos separa únicamente un cristal, pero parece que un lado y el otro pertenecen a mundos totalmente distintos. Es como ver los peces que nadan en la pecera de un acuario. Aunque desde el otro lado el que debe de parecer que está en una pequeña pecera soy yo —dijo riéndose.

Cierto, podía verse así. Ese cristal inorgánico lo aislaba totalmente del resto de los seres vivos.

Hacía poco había visto a una pareja joven discutiendo a gritos en la entrada del edificio. Seguramente no eran conscientes de que al otro lado de la ventana había alguien. Cuando se dieron cuenta de mi presencia detuvieron la pelea en seco, pero seguro que antes de que yo llegara el señor Ebigawa se había percatado de todo.

Una anciana con la espalda encorvada cruzó el vestíbulo a paso lento en dirección a la puerta. Levantó la mirada hacia nosotros y nos dedicó una fugaz reverencia con la cabeza. El señor Ebigawa y yo le devolvimos el saludo.

Su cara me sonaba, pero no sabía en qué piso vivía.

—Menos mal. Parece que sigue bien. Pasa por aquí todos los días más o menos a la misma hora. Como vive sola, trato de prestarle especial atención. Durante una época fui fisioterapeuta y puedo saber más o menos cómo está por su modo de andar.

Puse los ojos como platos.

—Además de tener una tienda de bicicletas, ¿también ha sido usted fisioterapeuta?

El señor Ebigawa se rio abiertamente.

—Me he dedicado a muchas cosas. Cuando hay algo que quiero probar, me lanzo a ello. Es mi naturaleza.

—Vaya... Es magnífico, porque en un futuro seguro que eso le servirá de algo —afirmé impresionado.

—Pero yo cuando empiezo algo no pienso si más adelante me será útil o no —me respondió relajado—. Lo hago sencillamente porque me lo pide el corazón.

Porque se lo pedía el corazón...

Me pregunté si alguna vez yo había tenido esa sensación.

—¿Cuántas veces habré cambiado de empleo? —prosiguió—. Durante un tiempo también fui asalariado, pero fui cambiando de una empresa a otra. He trabajado en una fábrica de papel, en una empresa de limpieza, en una compañía de seguros, en un taller de bicicletas, en un restaurante de ramen. ¡Ah! Y también en una tienda de antigüedades.

—¿En una tienda de antigüedades? ¿De veras?

Al señor Ebigawa le cambió la cara, pero después me explicó con tono desenfadado:

—Eso fue lo menos rentable de todo, pero era interesante. Al final tuve que cerrar la tienda porque me endeudé. Me fui un tiempo a casa de un pariente lejano para ayudarlo en su negocio, pero un conocido que me había prestado dinero pensó que me había fugado y la policía me estuvo buscando por todas partes. Trabajé y devolví lo que debía, pero mis clientes habituales de esa época siguieron pensando que yo era un fugitivo. La policía solo sabe ir por ahí haciendo mucho ruido, y cuando las cosas se arreglan no informa de ello.

Recordé el interrogatorio al que me habían sometido y asentí enérgicamente con la cabeza.

El señor Ebigawa prosiguió su relato con serenidad:

—Aunque en realidad la policía solo estaba haciendo su trabajo. Fue culpa mía por no haberme puesto en contacto con la persona a la que le debía dinero.

Dejé de asentir. Así era. Aquel joven policía solo estaba

haciendo su trabajo. Para proteger a los niños. ¿No era eso digno de elogio?

—¿Ahora se aclaró ya el malentendido? —le pregunté, y el conserje esbozó una amable sonrisa.

—Sí. Un cliente habitual que se dedica al sector inmobiliario trabaja con el administrador de este edificio. Un día me lo encontré por casualidad. Me contó que un joven que frecuentaba mi negocio, en su momento estudiante de secundaria, ahora está a punto de abrir una tienda de antigüedades. Por aquel entonces era solo un adolescente, pero ahora ya tiene treinta años. A mí me fue mal, pero me alegro de que eso despertara en alguien la ilusión de abrir otra tienda.

Observé el perfil del señor Ebigawa. Tenía unas arrugas profundas y la piel seca. De algún modo, se tomaba las cosas con filosofía y, tal como había dicho Yoriko, parecía un ermitaño.

El señor Ebigawa había tenido muchos trabajos distintos y vivido numerosas experiencias, pero había conseguido el gran logro de que alguien tuviera una ilusión que lo hiciera cambiar de vida. Seguro que no había inspirado solo a ese chico, sino también a muchas más personas.

Bajé la mirada.

—Es increíble... Yo hasta ahora siempre he estado en el mismo puesto de trabajo, encargándome de lo que se me asignaba. Nunca he influido en la vida de otros como ha hecho usted. Y tan pronto como dejé la empresa pasé a ser un inútil para la sociedad.

El señor Ebigawa sonrió con docilidad.

—¿Qué es la sociedad para usted? ¿Su empresa?

Me llevé una mano al corazón, como si me hubieran clavado algo en el pecho.

Señaló la ventana con un sutil movimiento de mentón y continuó hablando:

—El sentimiento de pertenencia es ambiguo. A veces estamos en un mismo lugar y el simple hecho de que en medio haya un cristal transparente como este puede darnos la impresión de que no tenemos nada que ver con lo que hay al otro lado. Pero apartas esa barrera e inmediatamente formas parte de ello. Al final, observar y ser observado es lo mismo.

Me miró fijamente.

—Desde mi punto de vista, señor Gonno, la sociedad son las relaciones humanas. Todo ocurre gracias a los puntos de conexión que tenemos con otras personas, tanto en el pasado como en el futuro.

Repetí esas palabras en mi cabeza: «Todo ocurre gracias a los puntos de conexión que tenemos con otras personas, tanto en el pasado como en el futuro»...

Las palabras de ese ermitaño me parecieron demasiado elevadas y no conseguía seguirlo bien.

Sin embargo, tal como comentaba el señor Ebigawa, quizá para mí la sociedad era la empresa y yo me veía al otro lado de la ventana; un mundo que podía observar a través del cristal, que podía ver, pero no tocar. Por ejemplo, en el edificio donde estábamos solía pasar por un lado de la ventana, pero ahora me encontraba al otro lado hablando con el señor Ebigawa.

Según las palabras del señor Ebigawa, tener ese punto de conexión con él aquí... ¿era formar parte de la sociedad?

Las olas vienen, las olas se van. Las olas lamen el viejo muro de piedra...

Los mares agitados son una parte esencial de nuestra sociedad.

Me pregunté desde qué ventana debió de observar el mar Shinpei Kusano.

¿Y por qué lo hacía desde una ventana y no desde la playa?

¿No sería porque conocía tanto la belleza como la crueldad del mar? ¿Sería por eso por lo que quería ver el mundo a través de un cristal?

Por supuesto, todo eso eran elucubraciones mías.

Sin embargo, por unos instantes, unos breves instantes..., sentí como si viviera con él.

Al día siguiente, al mediodía, fui solo a la librería Meishin de delante de la estación. Me había ido sin decirle nada a Yoriko, pero como me había llevado un par de mandarinas seguro que ya se habría dado cuenta.

Chie estaba trabajando en la sección de los libros de bolsillo, en la que había mucho desorden.

—Últimamente vienes mucho por aquí, ¿eh? —me dijo riéndose.

Encima de una montaña de libros había puesto una cartulina de color rosa brillante con el dibujo de una hoja y las palabras *El plátano rosa* con letras tridimensionales.

—¿Esto también lo hiciste tú?

—Sí. Es el libro *El plátano rosa*, de Mizue Kanata. Anunciaron que la película se va a estrenar en cines.

En la fajilla del libro aparecía el rostro de dos actrices famosas. Me imaginé que serían las protagonistas de la película.

—Esta novela es realmente buena —dijo Chie emocionada—. La naturalidad de sus diálogos es conmovedora. No solo lectoras, sino también hombres de tu edad me han dicho que han llorado de la emoción. Aunque el contenido sea el mismo, el hecho de que de la novela por entregas en la revista se hiciera el libro permitió que llegara a un público más amplio. ¿No te parece maravilloso?

—Sí —respondí mientras observaba a Chie, que desprendía entusiasmo.

—¿Viniste a comprar un libro?

—No... Es que quería preguntarte algo.

Ella miró a su alrededor y dijo en voz baja:

—Dentro de poco me toca descansar. Si me esperas podemos comer juntos.

Chie tenía un descanso de cuarenta y cinco minutos. Se quitó el delantal y fuimos al área de los restaurantes que había en el mismo edificio de la estación. Entramos en uno de fideos *soba* y nos sentamos cara a cara en una mesa. Chie dio un sorbo al té *hōjicha* caliente y suspiró.

—¿Tienes mucho trabajo? —le pregunté.

—Hoy no mucho.

Observé los dedos con los que sujetaba la taza y me fijé en que llevaba las uñas cortas. En la época de la universidad las llevaba largas y se las pintaba de muchos colores. Esbozó una sonrisa.

—Me dijeron que me ofrecerían un puesto fijo, pero al final no fue así.

Hacía cinco años que Chie trabajaba ahí, pero ya había oído que era complicado conseguir un contrato fijo. Al parecer, el sector de las librerías no era nada fácil.

—Vaya... Lo siento.

—Bueno, por lo menos tengo la suerte de tener trabajo.

Nos trajeron los fideos. Chie se los había pedido *soba* con tempura y yo *udon* con tofu frito.

—Dicen que las librerías han ido a la baja porque hoy en día los libros no se venden —comenté mientras sumergía el trozo de tofu en el caldo, y Chie frunció el ceño, ofendida.

—No sigas por ahí. Todo el mundo dice eso sin saber de lo que hablan y al final las cosas van como van. Las personas siempre van a necesitar libros, y es en las librerías donde se descubren los libros que nos marcan en un futuro. No pienso dejar que las librerías desaparezcan de este mundo.

Sorbió los fideos ruidosamente.

Se lamentaba de que nunca conseguiría un contrato fijo, pero ella seguía pensando en grande.

Quizá fuera eso lo que le pedía el corazón. Los libros le gustaban muchísimo. Y también trabajar en la librería.

—Lo siento, Chie... Te estás esforzando de verdad. Tienes mucho más mérito que tu padre.

Dejé los palillos en el tazón y ella negó con la cabeza.

—Que trabajaras toda la vida en una misma empresa es increíble. Tú también te esforzaste de verdad. A todo el mundo le encantan las galletas Honey Dome de Kuremiyadō.

—Pero si no era yo el que las hacía.

Mientras volvía a tomar los palillos, recordé que había tenido la misma conversación con la señora Komachi.

Chie frunció el ceño con fuerza.

—¿Y qué? Visto así, yo también vendo libros que no escribí yo. Cuando se vende un libro que considero bueno, yo me pongo muy feliz. Es por eso por lo que me esmero tanto en preparar los cartelitos de promoción. Es como si los libros que recomiendo fueran también un poco míos.

Dio un mordisco a la tempura.

—No basta con que solo haya personas que hacen las cosas. También tiene que haber quien las transmita y las entregue. ¿Cuántas personas crees que están implicadas desde que se termina un libro hasta que llega al lector? Yo formo parte de ese proceso y estoy orgullosa de ello.

Miré a Chie. Nunca había hablado con ella de trabajo así, cara a cara. ¿En qué momento... se había hecho adulta?

Yo no confeccionaba las Honey Dome. Pero también yo, al igual que Chie, las había recomendado con entusiasmo como unos dulces maravillosos. Quizá había formado parte de ese proceso para que al final alguien se las comiera con cara de satisfacción. Al pensar aquello, sentí que mis cuarenta y dos años en la empresa habían valido la pena.

—¡Ay! Se me olvidaba. Ahora que lo pienso...

Chie casi había terminado sus fideos. Se llevó la mano a su bolsa y sacó un libro. Era *Genge y las ranas*.

—Me hizo tanta ilusión que estuvieras leyendo a Shinpei Kusano que compré el libro.

Lo abrió y lo hojeó.

—Este poema de «La ventana» es bueno, ¿verdad? Es un poco distinto al resto.

Me alegró mucho que a mi hija le hubiera llegado al corazón el mismo poema que a mí.

—¿Por qué crees que lo tituló «La ventana»? ¿No te parece extraño?

Sin apartar la mirada del libro, Chie suspiró pensativa.

—Yo me imagino que se alojaba en una casa de huéspedes, que abrió la ventana y que se emocionó al ver el mar, ¿no? Hasta ese momento solo había visto el interior de la habitación, pero descubrió que fuera había un mundo inmenso. Sentado junto a la ventana, soplaba la brisa marina y su vida convergió con el sublime mar —dijo, y al final puso el libro abierto contra su pecho, como dejándose llevar por la imaginación.

Me quedé fascinado. A pesar de que era el mismo poema, ella le había dado una lectura totalmente distinta.

El Shinpei Kusano que vivía en Chie era mucho más alegre y positivo.

Desde el fondo de mi corazón pensé que la poesía era maravillosa.

La verdad solo la sabía el propio autor, pero estaba muy bien que cada lector lo interpretara a su manera.

Chie cerró el libro y acarició con suavidad las ranas de la portada.

—Para mí comprar libros como lectora también es formar parte del proceso. El mundo del libro no solo gira gracias a las personas que trabajan en él, sino sobre todo gracias a los lectores. Los libros son de todos: de las personas que los crean, de las que los venden y de las que los leen. Yo creo que la sociedad es eso.

La sociedad...

Me quedé estupefacto de que esas palabras hubieran salido de la boca de Chie

El mundo no giraba únicamente gracias a las personas que trabajan...

Chie guardó el libro en la bolsa y vi que le había pegado el cangrejo. Señalé el muñequito con un «¡Vaya!» y ella me dedicó una mueca infantil.

—¡Ah, sí! Como lo vi bonito, le puse un segurito por detrás y lo convertí en un broche. ¿Verdad que está bien?

Me pareció genial. Ese cangrejo iba a tener una vida mucho más divertida que si se hubiera quedado conmigo.

Chie observó el cangrejo y sonrió.

—¿Recuerdas que en la escuela una vez hicimos una carrera de cangrejos?

—¿Una carrera de cangrejos? —le pregunté extrañado, y ella soltó una carcajada.

—¿No te acuerdas? Cuando iba a tercero. El día de la fiesta del deporte en el que participaban padres e hijos. Esa carrera en la que corrimos con las espaldas pegadas como si fuéramos cangrejos. Al final quedamos en el último lugar.

—¡Sí, es verdad!

—Papá, ese día me explicaste lo interesante que era andar como los cangrejos. Porque el paisaje pasa de lado, ves el mundo más grande de lo habitual y, por tanto, tienes una visión más amplia de este.

Me quedé pensativo, dudando de si realmente yo le había dicho eso. Pero seguro que Chie lo recordaba bien.

Bajó la cabeza, como si estuviera avergonzada.

—Desde que soy adulta, de vez en cuando me acuerdo de esas palabras. Si solo miras hacia delante, la visión es estrecha. Así que cuando estoy triste y me bloqueo, pienso que debo cambiar mi modo de ver las cosas, relajo los hombros y trato de andar como un cangrejo.

Me asombró que pensara de ese modo...

Me emocioné tanto que me fue difícil contener las lágrimas. Llevaba mucho tiempo preocupado.

Me había pasado la vida sumido en el trabajo, dejándola al cuidado de Yoriko.

Me preocupaba que no tuviera muchos recuerdos de momentos juntos. Que no le hubiera enseñado demasiadas cosas.

«La sociedad son las relaciones humanas. Todo ocurre gracias a los puntos de conexión que tenemos con otras personas, tanto en el pasado como en el futuro.»

Pensé que por fin había comprendido las palabras del señor Ebigawa.

No era solo la empresa. Me pregunté si no habría también una «sociedad» entre padres e hijos. Ella había dado importancia a las palabras que le había dicho sin darme cuenta cuando era pequeña y las había hecho suyas. Me conmovió mucho ver que se había convertido en adulta.

El cangrejo de la bolsa de Chie me miraba y parecía a punto de ponerse en movimiento.

A lo largo de todo ese tiempo yo había estado andando únicamente hacia delante. Pensaba que la vida se alargaba en línea recta.

Pero si caminaba de lado, ¿qué paisaje vería?

¿Qué me parecerían mi hija, mi mujer y mi día a día?

Chie levantó la mano para llamar al mesero, pidió otro *hōjicha* y después me miró como si hubiera recordado algo.

—Por cierto, ¿qué era lo que me querías preguntar?

Unos días después fui a la biblioteca a devolver los libros a primera hora de la tarde.

El chico de la camisa verde del otro día estaba colgando un cartel en el panel del rincón de las consultas que también servía como tablón de anuncios.

—Ponlo un poco más a la derecha, Hiroya —le indicaba Nozomi desde cierta distancia.

El tal Hiroya sacó la chincheta de la esquina superior derecha del póster y lo recolocó.

BIBLIOTECARIO POR UN DÍA. Me sorprendió leer que fueran a hacer una actividad así. En el póster había un dibujo de una oveja con un libro abierto cuyos cuernos en espiral parecían tener vida propia. Era un dibujo un poco misterioso, llamativo y curiosamente fascinante.

—¡Hola! —saludé al pasar junto a él.

—¡Ah! ¡Hola! —me respondió Nozomi con una sonrisa en el rostro.

Al otro lado del panel, la señora Komachi estaba sentada, por supuesto, dándole a la aguja. Al darse cuenta de mi presencia, se detuvo y fijó su atención en el logo de la bolsa de papel que yo llevaba en la mano... Se trataba del logo de Kuremiyadō.

—Tome, para usted.

De la bolsa de papel saqué una caja. Una caja de doce unidades de Honey Dome.

La señora Komachi se llevó las manos a las mejillas y, soltando un suspiro, dijo:

—¡Qué ilusión...!

Había decidido que quería seguir comiendo y recomendando las Honey Dome con seguridad en mí mismo y orgullo. Porque en el fondo, emocionalmente, también eran mis Honey Dome.

La señora Komachi se levantó, me dio las gracias y agarró la caja.

—Usted misma me lo preguntó, ¿verdad? Que si me comía diez de las doce Honey Dome, si las dos restantes serían «sobras». Creo que por fin hallé la respuesta a su pregunta.

La señora Komachi me miraba con la caja todavía en las manos y yo sonreí.

—Las dos que quedan en la caja no tienen nada de distinto respecto a la primera Honey Dome que me comí. ¡Todas las galletas son igual de maravillosas!

Sí, lo había comprendido.

El día en el que nací, el día de hoy y todos los días que vendrán en un futuro.

Todos los días son igual de importantes.

La señora Komachi sonrió con cara de satisfacción y se sentó en la silla con la caja entre las manos.

—Quisiera hacerle una pregunta —le dije despacio.

—¿De qué se trata?

—Es sobre los obsequios... ¿Cómo los elige?

Respecto a la selección de libros, sus muchos años de

experiencia e intuición podían llevarla a pensar que esos eran los adecuados para cada visitante. Pero resultaba imposible que supiera que yo me iba a encontrar unos cangrejos en el supermercado o que hablaría de una carrera de cangrejos con mi hija.

Yo me esperaba que tuviera alguna sorprendente técnica secreta, pero ella me respondió con total naturalidad:

—Al azar.

—¿Cómo?

—Dicho con más gracia: según como me viene la inspiración...

—¿La inspiración?

—Si eso lo llevó a algún lado, me alegro. Me alegro mucho.

La señora Komachi me miró fijamente.

—Ahora bien, no se trata de que yo sepa algo ni que se lo quiera conferir. Todos ustedes descubren por sí mismos el significado de los obsequios que les doy. Con los libros es igual. El lector relaciona algunas palabras del libro consigo mismo de un modo que no tiene nada que ver con la intención de quien lo escribió, y así es como obtiene algo único para él.

La señora Komachi levantó la caja y volvió a agradecerme el regalo.

—Muchas gracias. Me las comeré con mi marido.

Una vez abierta, esa caja de Honey Dome deleitaría los ojos, el paladar y el corazón de la señora Komachi y su marido. Para mí era un honor formar parte del proceso.

Entrado el mes de mayo

A primera hora de la tarde de un día soleado quedé con Yoriko en el vestíbulo del edificio de un centro social que se encontraba junto a un parque. Habíamos acordado que haríamos un pícnic cuando ella saliera de unas clases de computación que impartía a gente mayor.

Yoriko y yo paseamos por el parque, que estaba repleto de frondosos cerezos.

En mi mochila llevaba unos *onigiri*. Era una sorpresa. Había estado practicando en secreto cuando ella salía de casa. En el restaurante de *soba* había preguntado a Chie cuál era el *onigiri* preferido de su madre.

De *nozawana*.*

Sorprendido de que fuera ese, me alegré de habérselo preguntado. A mí no se me habría ocurrido nunca. No tenía ni idea. En cambio, Yoriko sabía perfectamente cuál era mi preferido.

Nos sentamos en un banco y saqué los *onigiri*, que había envuelto en plástico.

—¿Cómo? —se extrañó ella, y me miró a mí y a los *onigiri* repetidas veces hasta que se decidió a darle un mordisco a uno—. ¡De *nozawana*! —exclamó, abriendo los ojos como platos.

No sabía hasta qué punto le había hecho ilusión, pero ver su rostro de felicidad a mí también me hizo muy feliz. De repente, bajó la cabeza y me dijo:

* N. de la T. Hoja de nabo que suele servirse encurtida, típica de la prefectura de Nagano.

—Masao... ¿Recuerdas que me llevaste a Nagano cuando me despidieron de la empresa?

—¡Ah! Sí.

Cuando Yoriko tenía cuarenta años, fue la primera de la que prescindieron porque la empresa para la que trabajaba atravesaba dificultades económicas. Al parecer la eligieron a ella porque pensaron que yo podía mantenerla.

«Me frustra que el despido no tenga nada que ver con mis competencias», me había dicho Yoriko llorando, y como yo, que soy parco en palabras, no supe qué responderle me la llevé a dar una vuelta en coche. Se me ocurrió que le sentaría bien pasar un día en un centro de aguas termales.

Yoriko continuaba con la mirada fija en el *onigiri*.

—Ese día, mientras observaba tu perfil desde el asiento del copiloto, me di cuenta de que, a pesar de que primero pensé que el despido me había supuesto una gran pérdida, en realidad tampoco había perdido gran cosa. Porque yo seguía siendo la misma y aquello era simplemente una ruptura con la empresa. Realmente solo había sido eso. Me dije a mí misma que la satisfacción por el trabajo y la alegría de pasar tiempo con las personas que son importantes para mí, todo eso era algo que podía seguir procurándome por mí sola. Entonces, decidí que a partir de ese momento trabajaría por cuenta propia.

Yoriko se volteó hacia mí y me sonrió.

—Ese día en Nagano comí *nozawana*. Jamás olvidaré lo bueno que estaba. Es por eso por lo que me encanta.

Yo le devolví la sonrisa. Había hecho un poco de trampa al preguntarle a Chie sobre las hojas de *nozawana*, pero seguro que Yoriko me lo perdonaría. Yo tampoco iba a olvidar ese día que estábamos dedicando a comer *onigiri* juntos.

Empecé a desenvolver el plástico.

—El señor Yakita estaba muy contento. ¿Te gustó la clase?

Ya había pagado la cuota mensual de mayo y había leído los libros de introducción al go que me había recomendado la señora Komachi. A pesar de que no entendí nada, me di cuenta de que estaba familiarizado con el juego, seguramente porque, aunque solo una vez, había tenido una toma de contacto con las fichas en mi primera clase. Seguro que sin esa experiencia previa no me habría sentido así y las cosas habrían ido de un modo muy distinto. Pensé que quería descubrir dónde estaba el drama.

—¡Es muy difícil! Todo lo que memorizo se me olvida —dije riéndome—. Pero disfruto cada vez que aprendo un movimiento nuevo, y eso hace que me den ganas de seguir un poco más.

Hasta entonces siempre me preguntaba si las cosas me serían útiles o si podría obtener algo de ellas, y ese modo de pensar me obstaculizaba. Pero cuando aprendí que lo importante es lo que te pide el corazón, me dieron ganas de hacer muchas cosas.

Quería aprender a hacer fideos *soba*, visitar lugares históricos, empezar unas clases de conversación en inglés por internet que me había sugerido Yoriko, y también quería intentar hacer figuras de fieltro de lana. Y si veía alguna vacante de trabajo que me interesara, me presentaría. Quería saborear en abundancia lo que surgiera ante mis ojos en el día a día. Con una visión amplia.

Terminé de comer el *onigiri* y caminé sobre la verde hierba de principios de verano con los tenis.

Los pájaros piaban. El viento soplaba. Y Yoriko se reía a mi lado.

No quería renunciar a mí.

A partir de ese momento reuniría lo que quiero para cuidarlo. Haría mi propia antología.

A medida que se me fueron ocurriendo, pronuncié estas palabras:

Ma, ma, ma, Masao anda.
Sa, sa, sa, Masao avanza.
¡Oh! A su lado, Yoriko va.

—¿Y eso? —me preguntó Yoriko abriendo los ojos como platos.

—La «Canción de Masao» —le respondí.

—Pues no está mal —aprobó.

LISTA DE LIBROS QUE APARECEN
EN LA NOVELA

Los títulos de los libros han sido traducidos para comodidad del lector ya que aún no han sido publicados en castellano. En los casos en los que existe una edición en castellano, se menciona la edición y se ha respetado su título.

『ぐりとぐら』 中川李枝子 文 大村百合子 絵 福音館書店
Guri y Gura, texto de Rieko Nakagawa e ilustraciones de Yuriko Ohmura, publicado por Fukuinkan Shoten.
Libro para niños.

『英国王立園芸協会とたのしむ 植物のふしぎ』 ガイ・バーター著 北綾子訳 河出書房新社
Diviértete con la horticultura; descubre el maravilloso mundo de las plantas, de Guy Barter, publicado por Kawade Shobo Shinsha.

『月のとびら』『新装版 月のとびら』 石井ゆかり著 阪急コミュニケーションズ/ CCCメディアハウス
La puerta de la luna, de Yukari Ishii, publicado por

Hankyu Communications (primera edición) y CCC Media House (nueva edición).

Libro de astrología.

『ビジュアル 進化の記録 ダーウィンたちの見た世界』
デビッド・クアメン ジョセフ・ウォレス著 渡辺政隆監訳
ポプラ社

La evolución en imágenes: El mundo a ojos de Darwin y sus colegas, de Robert Clark y Joseph Wallace, publicado por Poplar.

『げんげと蛙』草野心平著 銀の鈴社

Genge y las ranas, de Shinpei Kusano, publicado Ginno-Suzu.

Libro de poesía.

『21エモン』 藤子・F・不二雄著 小学館

21-Emon, texto e ilustraciones de Fujiko F. Fujio, publicado por Shogakukan.

Manga.

『らんま1/2』『うる星やつら』『めぞん一刻』 高橋留美子著 小学館

Ranma ½, Urusei Yatsura, Maison Ikkoku, texto e ilustraciones de Rumiko Takahashi, publicado por Shogakukan [traducción en castellano: *Ranma ½*. Barcelona: Planeta Cómic, 2016. *Lamu (Urusei Yatsura)*. Barcelona: Planeta Cómic, 2020].

Manga.

『漂流教室』 楳図かずお著 小学館

Aula a la deriva, texto e ilustraciones de Kazuo Umezu, publicado por Shogakukan.

Manga de terror.

『MASTERキートン』 浦沢直樹著 小学館

Master Keaton, texto e ilustraciones de Naoki Urasawa, publicado por Shogakukan [traducción en castellano: *Master Keaton*. Barcelona: Planeta Cómic, 2012].

Manga.

『日出処の天子』 山岸涼子著 白泉社

El emperador del país del sol naciente, texto e ilustraciones de Ryôko Yamagishi, publicado por Hakusensha.

Manga.

『北斗の拳』 武論尊原作 原哲夫作画 集英社

El puño de la estrella del norte, texto de Buronson e ilustraciones de Tetsuo Hara, publicado por Shueisha [traducción en castellano: *El puño de la estrella del norte*. Barcelona: Planeta Cómic, 2019].

Manga.

『火の鳥』 手塚治虫著

Fénix, texto e ilustraciones de Osamu Tezuka, publicado por Kadokawa [traducción en castellano: *Fénix*. Barcelona: Planeta Cómic, 2019].

Manga.